# 大雑把かつあやふやな怪盗の予告状

警察庁
特殊例外事案専従捜査課
事件ファイル

倉知淳

ポプラ社

# 大雑把かつあやふやな怪盗の予告状

警察庁特殊例外事案専従捜査課事件ファイル

# 目次
Contents

装画　伊豆見香苗
装丁　bookwall

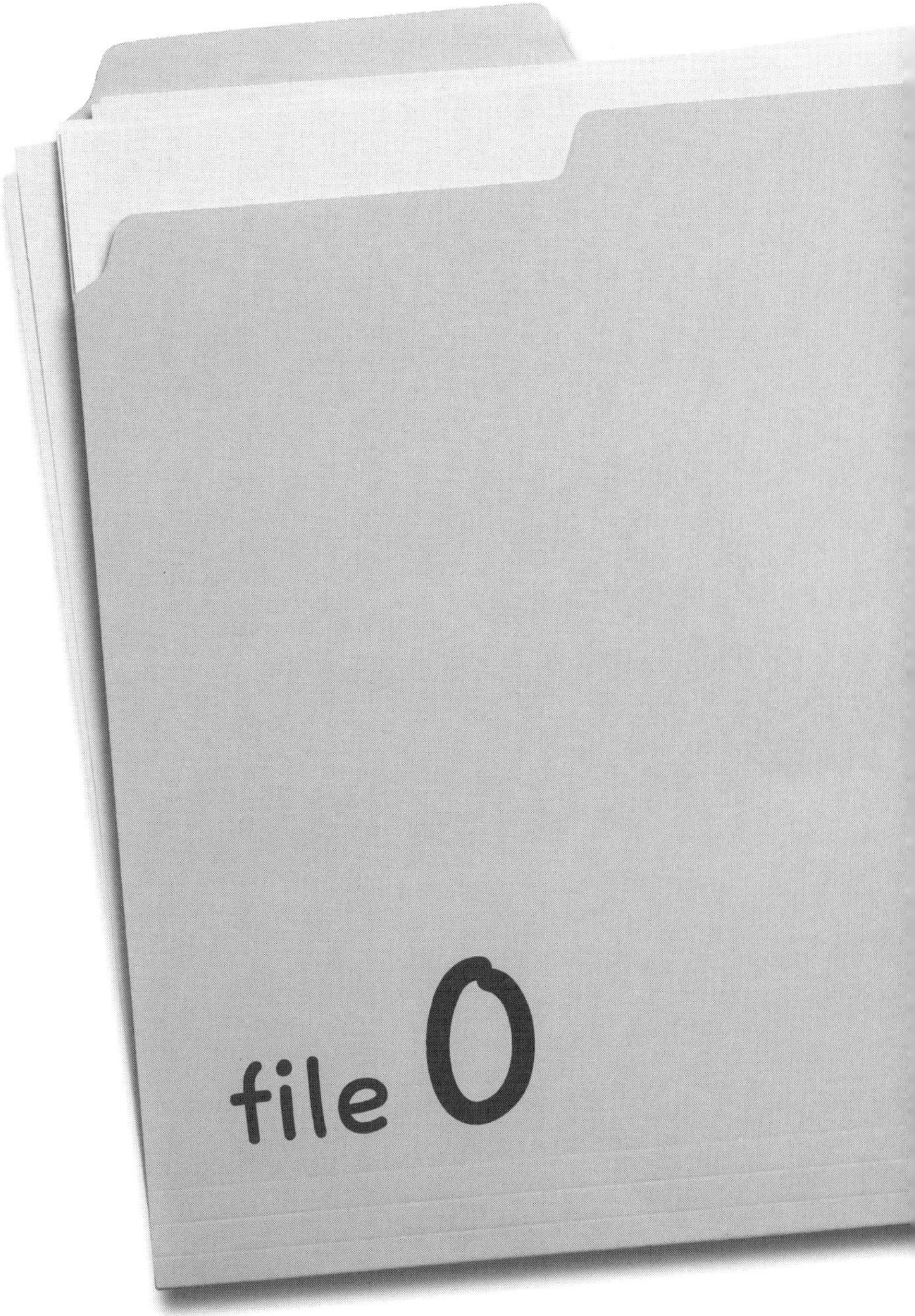
file 0

呼び出されたのは入庁式の後のことだった。

木島壮介《きじまそうすけ》は訝しく思った。

明日から始まるはずの研修に備えたガイダンスのようなものがあるのだろうと、てっきり思い込んでいた。

しかし同期入庁の仲間から引き離され、一人だけ別行動だ。何かやらかしたのかと一瞬ひやっとしたけれど、入庁したばかりだからポカをする暇すらない。

警察庁には固有の庁舎がない。霞《かすみ》が関《せき》の中央合同庁舎第2号館の中でその組織は動いている。

木島が呼び出されたのは、刑事局次長の部屋だった。庁の幹部の個室だ。緊張し、木島はそのドアをノックする。

「入りたまえ」

と、重々しい男性の声が返ってきた。

「失礼します」

かしこまって木島は、ドアを開いた。

窓が大きい、広々とした明るい部屋だった。機能的でスマートなオフィスだ。シャープなデザインの大きな机がひとつ。そこに座る人物は五十過ぎくらいの年齢だろうか。ぱりっとしたスーツにメタルフレームの眼鏡。細身で秀でた額の、見るからに有能な官吏《かんり》といった風貌である。警察庁刑事局次長。新卒の木島にとっては雲の上の存在だ。机の前まで行き、木島は直立不動の姿勢を取った。

そんな木島の行動をじっと観察してから、次長は、

「君が木島くんか」

と、威厳のある口調で云った。目つきも鋭い。

「はい、さきほど入庁式を終えました。木島壮介です」

と、かちこちになって応えると、

「まあ、そんなに硬くなるな、リラックスしてくれ」

と、次長は無理な注文をつけてくる。

「時に、木島くんは推理小説を読むか」

唐突かつ予想外の問いに動揺しつつ、木島は、

「はい、嗜《たしな》む程度には」

警察関係の機関の入庁試験を受けるに当たり、何かの参考になるかと思って探偵小説と呼ばれる娯楽本の類いも一通り読破した。基礎教養は重要だ。勉強も苦にはならない。官僚志望者として、その点は抜かりがない。

次長は手元の薄いファイルを開くと、

「では、そんな木島くんに問題だ。実際に起きた事件の話だ。夫A、妻Bの若い夫婦がいる。妻Bには浮気相手の男Cがいた。ある日、妻Bと男Cがめった刺しにされて殺害されているのが発見された。現場はAB夫婦の自宅。凶器はキッチンにあった包丁。現場は血塗れで、壁のあちこちに血の手形が残っていた。手形からは指紋《しもん》も採取された。凶器にも指紋が残留していた。すべて夫Aの指紋だ。さて、推理小説を読む木島くんとしてはどう考える？　犯人は誰か」

引っかけ問題か、と一瞬考えてから木島は、慎重に答える。

「Aが犯人ならば、指紋をべたべた残すような迂闊《うかつ》なマネはするはずがありません。恐らくそれは、Aに罪を着せようとした犯人の工作です。指紋は、Aの手首を切断して現場に持ち込んだ真犯人が、スタンプのように捺《お》して回ったものと思われます。ですから多分、Aもすでに殺害されているのでしょう。従って犯人はAに恨みを持つ人物です。Aの周辺を洗えば、犯人に辿り着けるものと思われます」

「と、推理小説の筋書きならそう展開するだろう。しかし残念。犯人はAだ。Aは自分の指紋をべたべた残すほど迂闊だった」

「いや、それじゃそのまんまじゃないですか」

あまりにも単純な答えに気が抜けて、木島はうっかり砕けた口調になってしまう。次長はそれを気にしたふうでもなく、

「そう、そのまんまだな。では次の事例」

と、ファイルのページをめくる。

「タクシーが人通りのない道で見つかった。運転手は運転席で刺殺されており、売上金が奪われていた。後部座席には遺留品が残されている。パスケースだ。中には運転免許証が入っていた。それによると、遺留品の持ち主はXという人物。強盗傷害で前科二犯の男だ。タクシーの内部にはXの指紋がいたるところに残されていた。Xの指紋は警視庁のデータベースに前歴者として登録されているから、すぐに照会できたわけだ。さて、この事件、犯人は何者か？」

今度は引っかけではないだろうと、木島は素直に考えて、

「X、ですか」

「そう、君の言葉で云うと、そのまんまだ。事件は単純な強盗殺人。何の捻りもない」

と、ファイルを閉じた次長は、至って無表情に、

「事《こと》ほど左様《さよう》に、現実の事件は大抵そのまんまだ。工夫も趣向もない。推理小説に出てくる犯人と違って、まったく手間をかけない。現実の殺人犯は密室を作ったり、電車を乗り継いでアリバイ工作をしたりはしない。首を落とした死体を入れ替えて人物の誤認を図ったり、足跡を残さずに雪の山荘から姿を消したりもしない。大概は見た通りの人物が犯人だ。ついかっとなって、激情に駆られて、目先の金欲しさに、こいつさえいなくなればと咄嗟《とっさ》の口封じに、と短絡的にその場凌ぎで人を殺す。それが現実だ」

メタルフレームの眼鏡の奥から、じっとこちらを見つめてきて次長は、

「我が国の警察は非常に優秀だ。そうした単純な犯人などすぐに特定できる。犯人の身元が割れれば立ち回り先に追い詰め、たちどころに逮捕する。悪足掻きした犯人が逃走を企てても、徹底的に追いかけ必ず身柄を確保する。どこへ逃げようとも、草の根分けて捜し出す。この地道な追跡力と粘り強い弛まぬ努力が検挙率の高さの秘訣だ。優秀な捜査員達は皆、泥の中を這いずり回るような地味な骨折りを厭わない。執念深く、執拗に追いかける。ちなみに、逃亡した被疑者が潜伏する可能性が高いのは土地鑑のある場所だそうだ。生まれ故郷、出張が多かった街、転勤前の赴任先、そうした土地を張っていれば、八割方姿を現すらしい」

と、椅子に深く座った次長は云い、

「ただ、ごくまれにイレギュラーな事態が出来《しゅったい》する。今の例題に出した二件とは違うタイプの殺人事件だ。たまに頭を使う犯人が現れる。もちろん生半な浅知恵ならば警察で対応可能だ。しか

し、まれに変な知恵をつけた犯人がややこしい犯罪を起こす。不可解で不可思議な事件だ。それこそ推理小説に出てくるような、不可能犯罪だな。残念ながら、抜群の捜査力を誇る我らが捜査陣は、そうしたイレギュラーな事態には慣れていない。彼らは高度な鍛錬を積んだ最強の狩人だが、発明家の資質には欠ける。不可能犯罪という壁が立ち塞がった時、発想のジャンプ力でそれを飛び越えるような訓練は受けていないのだ」

　次長は、静かな口調で云う。この話の落ち着き先が読めなくて、木島は戸惑いながらも黙って聞いているしかない。

「そこで現在、試験的にだがある特別な部署を運用している。警察庁長官直々の肝煎りで、長官の直轄組織が動いている。怪事件、難事件を専門に捜査する部署だ。あまり大々的に喧伝することでもないので便宜上、私が裏でそのセクションの責任者を任され、その課の課長も兼任する形になっている。ただしセクションといっても、庁内でも知る者はほとんどいないし、庁の人間はほぼ関わってはいない。実労には臨時雇用の民間人を起用している。不可能犯罪を解く才に長けている者だ。そういう特異な能力を持った者が市井にいる。発明家のように発想を飛躍させて、立ち塞がった壁を飛び越えることを得意とする者達だ。そのセクションでは随時、そうした民間人に協力を要請する。無論、民間人だから現場にフリーパスというわけにはいかない。捜査権限もない。そこで、捜査陣との橋渡し役に、我が庁から誰かが現場に随行する必要がでてくる。これを随《ずい》伴《はん》官《かん》と呼んでいる。ここまでくれば話は判るだろう、木島くん、君の仕事だ。君にはその随伴官の任に就いてもらう」

「なぜ僕、いや、自分なのでしょうか」

意想外な成り行きに、大いに戸惑いつつ木島は尋ねる。

「それはもちろん、君が適任だと判断したからだ。入庁試験の結果を見て、優秀な人材を抜擢すると決めていた」

次長は云う。大の大人が真顔で、人の目をまっすぐ見て一点の曇りもない瞳のまま嘘をつく現場を、木島は初めて見た。絶対にそんなまっとうな理由などとは思えない。木島の成績は至極平凡なはずだ。これは、将来性の見込めない新人を体よく島流しにするための人事なのではなかろうか、と木島の胸に疑念が去来する。

そんな、暗雲に覆われ始めた木島の心中に構わず次長は、

「前任者がたまたま体調を崩して休職したばかりのタイミングだ。入庁したての君に任せるのは心苦しいが、この任務は是非とも君にやってもらいたい」

と、ちっとも心苦しそうでもなく云う。木島が異議を唱える間もなく、あれよあれよと話が進む。

「というわけで、君には本日付けで随伴官の任を命じる」

そこで初めて次長は意味ありげに、にやりと笑った。

「ようこそ、警察庁特殊《とくしゅ》例外《れいがい》事案《じあん》専従《せんじゅう》捜査課《そうさか》へ」

file 1

# 古典的にして中途半端な密室

千石邸書斎周辺図

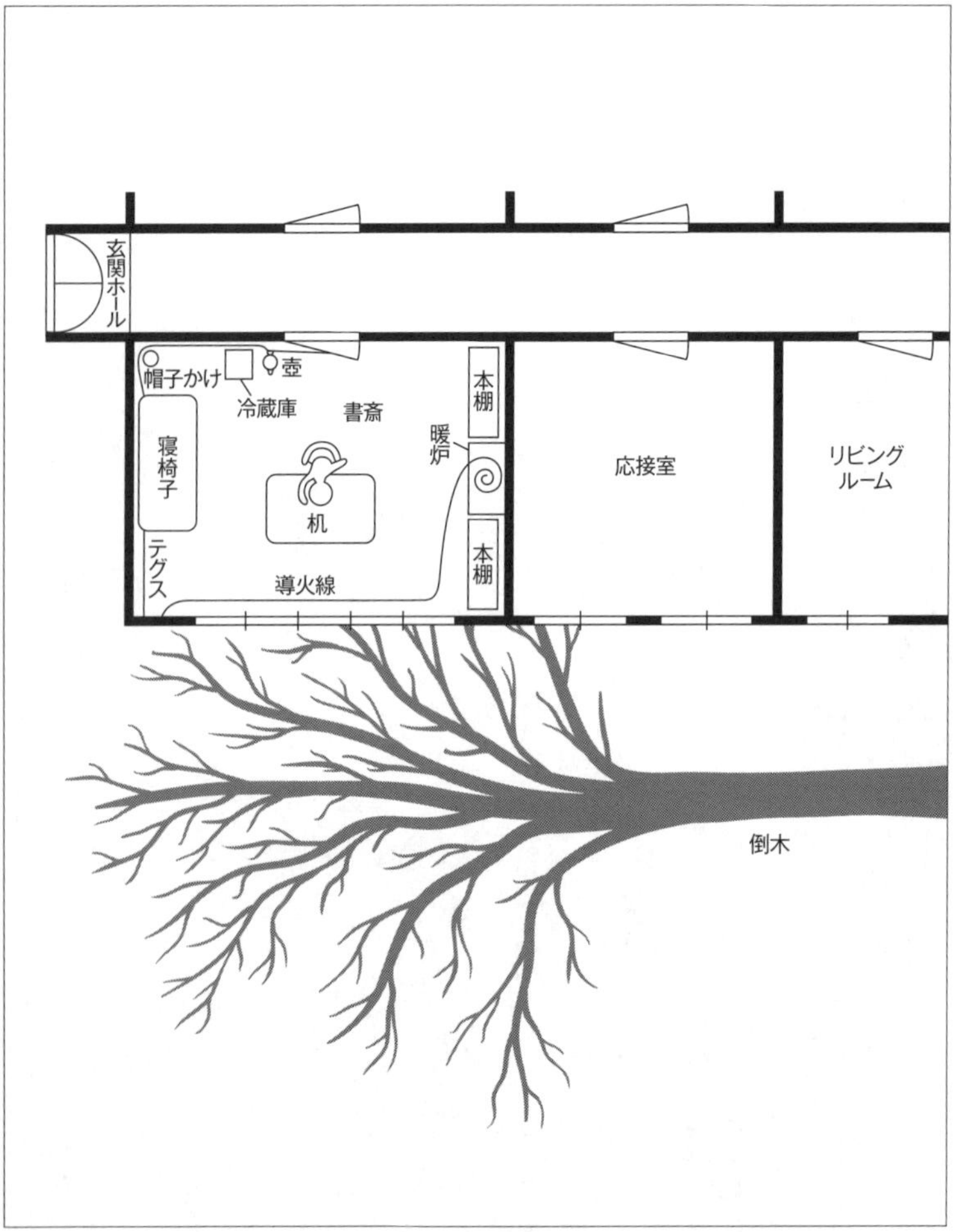

死体は机に突っ伏していた。

椅子に座った姿勢で、そのまま机の上に倒れ込んでいる。

右手には拳銃。オートマティック式の無骨な銃である。

死体の右の側頭部には銃弾《じゅうだん》を撃ち込まれた跡があり、血塗れの穴が空いている。多量の血液が机の天板に散り、季節外れの彼岸花が咲き乱れているようだった。

「被害者はこの館の主人で千石義範《せんごくよしのり》、六十七歳。監察医の先生の見立てでは、死亡推定時刻は昨日十八時から二十時頃。死因はご覧の通りだ。即死で間違いないと先生のお墨付きをいただいている」

と、窓の前に立った警部は説明してくれる。さらに、

「昨日、この家には被害者の他に四人の人物がいた。住み込みの執事、そして被害者の甥が二人に姪が一人。この三人は都心部から訪問してきて一晩泊まった。彼ら四人の証言によると、ここのドアには鍵がかかっていて廊下側からは開かなかったらしい」

「とすると、これは密室殺人ということになりますね」

〝探偵〟は嬉しそうに云った。最上級の食材を目の前にした凄腕料理人のごとく、にんまりとした特上の笑顔で。

＊

出動命令は日曜の午前中に来た。

メールを受けた木島壮介は、寝ぼけ眼でその文章を読んだ。日曜というのには特に驚きはしない。事件はカレンダーの色とは無関係に起きるものなのだろう。ただ、早いとは思った。えっ、もう出動するの、という動転する気持ちがあった。何せ、着任してまだ三日目なのだ。警察庁に入庁して二日しか経っていない。研修のひとつも受けていない身で早くも出動だ。木島は焦りを感じた。いくら何でも早すぎるのではないだろうか。前任者の残した資料を読み込むなりして、もっと勉強する時間があると思っていたのに。

動揺しつつも、一応スーツに着替えて待機した。ほどなく迎えのパトカーが到着する。よもや、そんな大げさなものが来るとは思わなかった。独り暮らしのワンルームマンションにパトカーの横付けはいかにも決まりが悪い。世間体《せけんてい》にも問題がある。木島はそそくさと車の後部座席に乗り込んだ。近所の人に見られていないといいのだけど。

運転手は若い制服警官だった。行き先を心得ているらしく、木島が何も云わないのにパトカーを出発させた。

「どういう事件が起きたんですか」

木島が尋ねると、若い警官は緊張した様子で、

「申し訳ありません、本官は詳細を知らされておりません。ただ、随伴官殿をお送りせよとの命令を受けただけです」

しゃっちょこ張って答えた。雑談をする空気感ではない。

サイレンこそ鳴らさないものの、パトカーはかなりのスピードを出していた。都心部から西へと走る。世田谷《せたがや》区を突っ切り、都下へと向かっているようだった。木島はだんだんのどかに変化

する車窓の風景を眺めていた。昨日まではあちこちで満開だった桜が、昨夜の強風のためかまったく見えなくなっている。そんな景色を眺めつつ、木島はため息をつく。

警察庁に入ったのは官僚になるためだった。できることなら内勤希望。一日机にへばりついて、パソコンの画面と睨めっこして過ごす。そんな公務員らしい毎日を夢見ていた。外へ出るのは億劫《おっくう》だ。現場仕事は遠慮したい。呑気で気楽なデスクワークこそが官吏の醍醐味。その一念で勉強した。努力の甲斐あって難関の試験もパスした。国家公務員総合職試験は狭き門なのだ。やれやれこれで役人として安泰な人生が待っている、と思いきやとんでもない陥穽《かんせい》に足を取られた。何の因果か、殺人事件の現場へ駆り出されようとしている。己が運命を嘆くことしきりの木島であった。

そうこうするうちにもパトカーは西へとひた走る。二十三区内を抜け、田園風景を通り越して野性的な展望になってきた。

一体どこまで連れて行かれるのだろう、と木島が不安になり始めた頃、パトカーは停まった。

「あの邸宅が現場だと聞いております」

運転手の警官は車を降りた木島を置いて、土埃を立てながらパトカーを転がして去って行く。一人、取り残されてしまった。

木々の間にぽつりぽつりと大きな屋敷が建っている。広々とした風景である。のどかで贅沢なスローライフといった趣きである。

その中の一軒、どうやらそこが目的地らしい。

もう一度ため息をついて、とぼとぼと木島はそちらへ向かった。門の前にパトカーが何台も停まっている。他にも警察関係と覚しき車輛が並んでいる。立派な構えの石の門柱の間には、規制線の黄色いテープが張り巡らされていた。地元の人達らしき野次馬が十人ほど、その前に集まっている。門柱の前には、左右に一人ずつ制服警官が立ち、野次馬達に睨みを利かせていた。

木島も野次馬の群の中に交じって、門の向こうを見てみる。

ゆったりとした敷地の奥に、屋敷が建っていた。木造二階建ての大きな建物である。家というより館と呼んだほうがいいほど立派だが、いかんせん古い。年月を経て、建物そのものがくたびれ果てている。デザインも古風で、玄関などは昔の映画に出てくる小学校の校舎のようだ。築何十年くらいだろうか。古色蒼然《こしょくそうぜん》、というより無遠慮に云ってしまえばオンボロ。コントのセットみたいに、今にも横にひしゃげてぺったりと潰れそうでもある。よくもまあまっすぐ建っているものだと感心するほどだ。

そんなふうに、いささか失礼な感想で館を眺めていると、いきなり肩をぽんと叩かれた。びくりとして、木島は振り返る。

そこには、一人の男が立っていた。

「警察庁の木島くんだね」

男は云った。三十を少し過ぎたくらいの年格好だろうか。すらっとした長身で、スタイルのいい男だった。顔立ちも渋い二枚目風。ただ、整った顔立ちに反して頭髪がくしゃくしゃだ。セットされていない髪が頭の上であっちこっちに乱れている。そのせいで見映えが半額くらいに見積もられる、何となくもったいない印象の男だった。

木島はその男に向き直り、

「確かに木島ですけど、どうして判ったんですか」

尋ねると、相手は鮮やかな手つきでスマートフォンをポケットから取り出し、鋭い目つきで、

「ここに位置情報が表示されている。警察庁の随伴官は体内にマイクロチップを埋め込まれているからね。GPS機能で追跡が可能だ。ほら、君の首の後ろの辺り、そこにチップが入っている。迷子になっても安心だよ」

「えっ、いつの間にそんな」

仰天して木島は、自分の首筋に手を伸ばした。違和感はないものの、直接見ることのできない部位なので確認のしようがない。焦ってこすってみても、埋め込まれているのでは取り外せないだろう。いや、そもそもそんなことが許されるのだろうか。木島の人権はどうなるのだ。プライバシーも何もあったものではない。

わたわたと木島が慌てていると、長身の男は面白くもなさそうに、

「おいおい、本気にしないでくれ、ただの冗談だ。まさかこんな単純な洒落でそんなにおたおたするとは思わなかった。君はあれだね、どうやら極めてシンプルな性格をしているようだね」

なんだ、GPSは嘘だったのか、と木島はほっとしつつ、

「僕の性格はどうでもいいです。でも、だったらどうして判ったんです?」

改めて問うと、二枚目風の男は薄い唇でにやりと笑い、

「ちょっとした観察と推察の結果さ。日曜に、こんなところにスーツの若い男が一人でいるのは明らかに不自然だ。周囲の野次馬に交じっても浮いている。合流せよと指示を受けた随伴官だとすぐに判った」

なるほど、見回すと確かに、野次馬達は近隣の住人らしくラフな服装である。

「するとあなたが」

木島が云いかけるのを、相手は押しとどめ、

「そう、俺が君のパートナー、名探偵だ」

と、名刺を差し出してくる。

受け取って見ると〝名探偵　勒恩寺《ろくおんじ》公親《きみちか》〟とだけ印刷されていた。住所も電話番号もメールアドレスすら書かれていない。名探偵、だけだ。ふざけているのか本気なのか、どうにも見当がつかない。

「断っておくが、抹香《まっこう》くさい苗字だからといって実家が寺というわけではない、雅《みやび》な名前だからといって高貴な家柄でもない。俺はただの名探偵だ。よろしく、随伴官くん」

大真面目な顔で勒恩寺は云う。一応ジャケットを羽織ってはいるけれど、どことなく崩れた雰囲気を身に纏っている。まっとうな社会人には、あまり見えない。まあ、まっとうな社会人は名刺の肩書きに名探偵などと臆面もなく書かないし、初対面の相手をタチの悪い冗談でからかったりもしないものだが。

そのまっとうには見えない勒恩寺は、木島を急かす。

「さあ、行こう。君の身分証がないと始まらない。俺は名探偵だが公的な身分はあくまでも一民間人だ。随伴官が一緒でないと現場にも入れやしない」

云われて、木島はあたふたと身分証を取り出した。三日前に支給されたばかりの警察手帳だ。捜査権のある刑事と同じバッジ付きのデザインである。本来ならば木島は、警察庁刑事局に所属

するだけの一般職員だ。警察官ではない。ただし現場に出入りする便宜上、こんな物を持たされている。階級は警部補。新卒の、入庁したての新米が名乗っていい肩書きではない。身の丈に合っていないこと甚だしい。衣冠束帯《いかんそくたい》でレッドカーペットを歩かされている気分だ。恥ずかしいからあまり人に見られたくない。

しかし勒恩寺探偵は、ずけずけと遠慮もなしに立ち番の警官の目の前まで行き、

「警察庁特殊例外事案専従捜査課の者だ。警視庁捜査一課長の要請で臨場《りんじょう》した。俺は探偵の勒恩寺、こちらは随伴官の木島警部補。ただちに現場の捜査責任者に会わせてくれたまえ」

高飛車な調子で云った。それにしてもこんな漢字ばかりの台詞をよくつっかえずに喋れるものだ。

立哨《りっしょう》の警官二人は、きょとんとした顔を見合わせている。

「えーと、何ですって」

「だから我々は警察庁特殊例外事案専従捜査課だ。君は所轄署の巡査くんか。君では埒《らち》が明かない。上の人を呼んでくれ。警察庁特殊例外事案専従捜査課、略して特専課《とくせんか》が来たと伝えてくれればいい。さあ早く、急いで」

自称探偵の顔と木島の掲げる身分証をとっくりと見較べてから、首を傾げながらのそのそと、警官の一人が動き出す。その背中を勒恩寺が、

「ほら、もたもた歩かないっ、走るっ」

と、叱咤《しった》する。

それからが難儀だった。

地元所轄署の警官が最初に呼んできたのは地元所轄署のベテラン制服警官でこの人にも勒恩寺の話は通じず次に地元所轄署の若い私服刑事が出てくるもやはり話が通らず地元所轄署の老刑事がやって来て勒恩寺の口上を承って引っ込み警視庁捜査一課の若手刑事が顔を出して戻って行ったかと思うと警視庁捜査一課の中堅刑事が出てきて次に警視庁捜査一課のベテラン刑事が出張って来て、と相手の階級が順繰りに上がっていく。そんな物凄く煩雑な手続きの末、ようやく責任者と面会することができた。

最後に来たのは本庁の警部だった。彼がこの現場の捜査指揮を執る人物だという。この人には木島の身分証の威光が通じた。しかし反応があまりはかばかしくはなかった。相手は困惑とも迷惑とも戸惑いとも取れる複雑で渋い表情になり、

「特専課さん、ですか。話には聞いていますがまさか私の現場で出会うことになるとは。やれやれ、課長がまた余計なことを」

と、後半はぼやくような独り言で云った。五十歳近くの、貫禄のある警部である。一課の刑事達を束ねているだけあって、迫力があり精気に満ちている。少しだけ白いものが交じり始めた髪を後ろに撫でつけ、精悍な顔立ちで押し出しのいい人物だ。

警部は苦虫を嚙みつぶしたような顔のままで、

「名和《なわ》といいます、名和警部。どうぞよろしく。特専課さんのご登板は結構だが、しかしあんまり引っかき回さんでくれよ」

今ひとつ友好的とは云いかねる態度だった。渋々迎え入れているのが丸判りだ。だが勒恩寺は涼しい顔で、

「もちろん。すぐに解決してみせますのでご心配なく」

けろりとした顔で云う。

名和警部は大儀そうに、

「では、現場にご案内します。こちらへどうぞ」

そうして、名和警部の先導で敷地内に入ることができた。

古ぼけた屋敷へと近づいて行く。玄関へ向かって、三人で建物を回り込んだ。そこで木島はちょっと足を止めてしまった。

太陽の位置から考えて邸宅の南面だろうか。門からは死角になっていたけれど、こちらに回ってみて初めて目に入った。そこが何だか凄いことになっている。

「何ですか、あれは」

木島は思わず尋ねてしまった。

名和警部も歩みを止め、振り返る。

「桜の木だ、ひどいものだろう」

倒木だった。

建物の南面と平行して巨大な樹が一本、どでんと倒れている。

高さは七、八メートルほどもあったのだろうか。民家の庭に立っているにしては高いほうだと思われる。ただ、倒れているから高さの目算が合わなくて、実際にはどのくらいなのかよく判らない。

土に塗れた頑丈そうな根がムキ出しになっている。本来なら力強く地中に伸びているものが陽光に晒されているのは痛々しく見える。枝は半分が建物の外壁にのしかかっている。数十本の枝々が絡まり合い縺《もつ》れ合い、玄関に一番近い部屋の窓はすっかり枝に覆われていた。窓ガラスがよく割れなかったものだと感心するほどだ。

「昨日の強風で倒れたそうでね。花もすっかり吹き飛ばされてこの有り様だよ」

名和警部は、ひっくり返った大木を指さしながらそう云った。

昨日、大風が吹いた。日没の頃から夜明けまで、一晩中ひどい暴風が吹き荒れた。雨はなく風だけだったが、瞬間最大風速四十メートルにも達する猛烈な風が関東平野を蹂躙《じゅうりん》した。数十年に一度という規模の春の嵐である。花散らしなどという風雅なものではない。土曜の夜は大惨事になった。都内でもビルから巨大な看板が外れて落下し、駐輪場の自転車が軒並み吹き飛び、うっかり外出して転倒する人が続出した。高速道路ではトラックが横転し、列車は運休を余儀なくされ、交通網はずたずたに引き裂かれた。送電線が切れて数万世帯が停電し、多くの人々が不安な一夜を過ごした。死者こそ出なかったものの、百名を超える負傷者を出し、救急車がひっきりなしに町を走り回った。強風の来襲は各地に甚大な被害を及ぼしたのだった。それらの情報を、木島も朝のニュースで見た。

そしてこの屋敷では桜の大木が倒れた。屋敷と平行に、根こそぎひっくり返った。建物を直撃しなかったのが不幸中の幸いなのかもしれない。

木島はそちらへ足を向けようとする。しかし、

「そっちじゃない、木島くん、どこへ行くんだ」

勒恩寺が呼び止めてきた。木島はてっきり桜の倒木の近くが事件現場なのかと思ったのだが、

違うらしい。

玄関のほうへ向かって歩き出す勒恩寺の背中に、木島は話しかける。

「勒恩寺さんは現場がどこかご存じなんですね、もう情報が入っているんですか」

「いや、何も聞いちゃいない、木島くん同様に前知識はゼロだ。ただ、現場が庭でないことは判る」

「どうして判るんでしょう」

「何も聞かされていなくても知ることはできる。なぜなら、俺の論理がそう告げている」

勒恩寺はにやりと笑って謎めいたことを云った。

そうして玄関に到着した。

古びた木造の、両開きのドアがある。ドア板は左右共に厚い一枚板。重厚で威厳が感じられる立派な入り口だ。古くてオンボロなのは仕方がないが、時代がかった趣きがある。

ちょうどそこから、紺色の制服の一団がぞろぞろと出て来るのに行き合った。背中に白抜きで〝鑑識〟の文字が入っている。各員が手に、仕事道具らしきジュラルミンのケースを提げている。どうやら鑑識班が引き上げるところらしい。

スーツ姿の男達が三人ほど、鑑識係を見送りに玄関まで出て来ていた。目つきが鋭くガタイのゴツい彼らは、多分本庁の刑事達だろう。

紺の制服の集団と入れ替わるようにして、木島達も玄関ホールへ入る。吹き抜けの開放感のあるホールである。

刑事の一人が目聡くこちらへ視線を向けてきた。ただでさえ怖いご面相なのに、睨みつけるみたいな目つきに圧迫感がある。

「主任、そちらのお二人は？　何かの目撃証人ですか」

尋ねられた名和警部は首を横に振って、

「いや、警察庁の人達だ。特専課」

「特専課？」

語尾が威圧的に跳ね上がり、三人の厳つい刑事達がにわかに色めき立った。空気が張り詰め、その場に緊張感が走る。三人のがっしりした肩から殺気のような気配が立ちのぼるのを感じる。木島は思わず縮み上がった。

「特専課がまた何の用事でおいでで？」

刑事の一人は睨めつけるみたいに木島を見て聞く。どうやら歓迎してくれる気はないらしい。

名和警部がそれに応えて、

「まあそういきり立つな、正式な捜査要請でおいでなんだから。課長が連絡したらしい」

すると三人の刑事は口々に、

「また要らんことを、あのゴマすり課長が」

「随分若いんだな、特専課さんは。こんなので役に立つのか」

「素人に首突っ込まれるだけでも邪魔なのにな」

確かに、叩き上げらしい迫力ある刑事達に比べると勒恩寺探偵は若い。木島に至っては新卒の若僧だ。木島は萎縮《いしゅく》してしまったが、勒恩寺はどこ吹く風で、

「ご心配なく、すぐに解決して早々に引き上げますのでお邪魔にはなりませんよ」

刑事の一人がその言葉をせせら笑って、

「大口を叩きやがる。せいぜい引っかき回さんでくれよ、特専課の素人さん」

「その当てこすりはもう警部殿から頂戴しましたよ。一課の刑事さんは皮肉のバリエーションが貧弱でいらっしゃるようで」

「何だ、その生意気な口の利き方は」

「言葉が過ぎるのはお互い様でしょう。つまらない因縁をつけている暇があったら捜査を進めたらどうです。ああ、捜査はもう必要ありませんか、俺が一人で解決しますから」

「何をっ、貴様一人で何ができると云うんだ」

「おや、聞こえませんでしたか、事件の解決ですよ。まあ、皆さんにも力仕事くらい手伝ってもらうかもしれませんがね」

「無礼な素人めが、ふざけた口を叩きやがって」

刑事達が詰め寄って来た。一触即発。木島はどうにかして止めなくては、とは思うものの足が一歩も動かない。全身がこわばって口を挟むことすらままならない。小心者の木島はこういう時に何の役にも立たないと自覚している。こんな臆病な新米をどうしてこの役目につけたのか、人事部の神経が判らない。この仕事、自分に向いているとは思えない。

そんなふうに木島がおろおろしていると、名和警部が進み出て、

「まあまあ、よさんか。ややこしくなるからこんなところで揉めんでくれ、後で上からうるさく云われては敵わん。探偵も、あんまりうちの連中を挑発せんでくれ」

警部はうんざり顔で仲裁《ちゅうさい》に入っている。

何となく関係性が摑めてきた。

特専課は警察庁の所属だ。それも警察庁長官の直轄組織である。それに対して捜査一課はあくまでも警視庁の一部署にすぎない。警視庁といえども、全国的に見れば都内を管轄する地方警察でしかないのだ。そして警察庁は、各都道府県の警察すべてを監督する上位機関である。警視庁の捜査一課長としては、警察庁長官にへつらっておいて損はない。特専課に出動要請を出したのも、長官へのご機嫌取りの一環のつもりなのかもしれない。警察も官庁のひとつだ。上部組織にいい顔をしたいのは公務員の本能のようなものだろう。

お偉方にとってはそうした政治的駆け引きも仕事のうちかもしれないが、しかし、それに巻き込まれる現場の実働部隊はいい面の皮である。しわ寄せを喰うのはいつも下っ端。上層部の点数稼ぎに付き合わされて迷惑なのは、無理からぬことだ。ただの民間人の探偵に現場を踏み荒らされるのは、プロの刑事達にとっては屈辱だろう。誇りを傷つけられ、沽券《こけん》に関わる。だから刑事達は反発する。ところが名和警部は中間管理職だ。一課長の決定に表立っては逆らえない。消極的ではあっても、探偵の介入をフォローせねばならない立場だ。上と下との板挟みになって、警部も大変なのだろう。心中お察しする。

そんな警部にたしなめられて刑事達は不満そうに、それでも玄関から出て行った。指揮官に直接止められては、矛を収めざるを得ない。ただし、

「けっ、探偵課め」

と、捨て台詞を吐くのは忘れない。言葉に蔑みの響きが感じられた。彼らにとって〝探偵課〟というのは蔑称の一種なのだろう。

名和警部は刑事達を見送ってから、取り成すように勒恩寺に、

「まあ、気にせんでくれ。現場での刑事は気が立っているから」

「何も気にしてはいませんよ、慣れてますので」

自分で煽っておいたくせに、勒恩寺はしれっとした顔で応えた。

立派な玄関ホールで靴を脱いで廊下へ上がった。所轄署が用意してくれたスリッパがあったので、遠慮なく使わせてもらう。

廊下に立つと内部も古いのがよく判る。木の廊下、板張りの壁。古風な佇まいだ。やはり昔の小学校を思わせるのは、すべてが木造だからだろうか。天井が高いのも昔の建物の特徴だ。レトロなムードは悪くないが、やっぱりオンボロ感は隠しきれない。

名和警部は廊下を二、三歩進んで、

「現場はこの部屋だ」

と、右手、一番手前のドアを示した。

がっしりした木の一枚板の扉。ノブは昔ふうの電球みたいな球形をしている。多分、真鍮《しんちゅう》製だろう。金色のノブは手擦れでところどころくすんでいる。

名和警部が内開きのドアを押し開くと、中にも刑事が五、六人いた。部屋の隅々を調べていた彼らは一斉にこちらを向いた。「誰だ、この若僧どもは?」と、厳つい顔に書いてあるようだ。

「警察庁の特専課のお二人だ」

名和警部の紹介に、

「特専課?」

ゴツい刑事達はにわかに色めき立つ。と、この件《くだり》はさっきもやった。やはり険悪なムードになる。勒恩寺が余計なことを口走って火に油を注ぐ。恐ろしいことだ。探偵本人だけでなく、木島自身も随伴官として刑事達に睨まれる立場なのだ。いたたまれない。

前任者は体を壊して休職していると聞き及んだ。ひょっとしたら現場でのこうしたいざこざのせいで、胃でもやられたのではなかろうか。木島も、すでに胃が痛くなってきた。こんなはずではなかったのに。お気楽な、親方日の丸の国家公務員生活を夢見ていたのだが、なぜこんな目に遭っているのだろう。

再び乱闘寸前の一悶着があったのを、名和警部がどうにか捌いてくれて、

「とりあえず探偵に現場を見てもらう。皆、悪いが一旦外へ出ていてくれ」

中間管理職の警部はそう命じる。

刑事達はぞろぞろと出て行くけれど、舌打ちと憎々しげな一瞥《いちべつ》をこちらに向けるのは忘れない。木島はおどおどと目を逸らすしかなかった。ああ、これでは胃がもたない。やはりこの仕事に向いているとは思えない。

「ここが現場だ、主人の書斎だな」

木島の気分にお構いなく、名和警部は云う。ここも廊下と同様、床も壁も板張りだ。懐古調の趣きのある部屋である。

ドアの正面には大きな窓が二面。多分南向きのはずだが、昼近い時間帯なのに光が入ってこない。例の桜の倒木のせいだ。のしかかってきている木の枝が窓ガラスを覆って、陽光を遮っている。

左手には古めかしい暖炉。マントルピースはレンガ造りの洒脱《しゃだつ》なデザインだ。暖炉の左右には書棚が据えられている。古い革張りの洋書でも並んでいれば部屋の雰囲気にぴったりだろうが、置いてあるのは経営学や経済関連の実用書ばかり。現代的で即物的な背表紙の並びが、映画のセットになりそうな復古調《ふっこちょう》のムードを乱している。

反対側の右手の壁には大型のソファ。長椅子とか寝椅子と呼んだほうがいいレトロな意匠である。頑丈そうで、人一人充分に寝られそうだ。

そして部屋の中央。そこにあまり直視したくない光景が繰り広げられていた。

大きな机が窓を向いて鎮座している。木製の立派な両袖机だ。古いが威厳が感じられ、明治の元勲の肖像画に使われていたら似合いそうな風格である。

ただし、風格も風情も吹き飛ばすインパクトを持ったものがそこにはあった。

死体が椅子に座り、机に突っ伏しているのだ。

死んでいるのは初老の男性だった。顔の左半分を机の天板につけ、寝椅子のほうに顔を向けている。頭のすぐ近くに右手があり、その手には拳銃が握られている。左手は机からずり落ち、だらりと力なく下に垂れていた。

机の上には赤黒い液体が大量にぶちまけられている。もちろん血液だ。凝固していても血みどろの地獄絵図は猟奇的で、物凄い迫力だった。

見ないようにしていても書斎の中央にどでんとあるから嫌でも目に入る。死体、しかも他殺死体だ。無論、木島は初めて見る。これは怖い。本能的な恐怖をかき立てられる。血の気が引くのが自分でも判り、木島は気が遠くなりかけていた。ドアの前で茫然と立ちすくむだけである。

しかし勒恩寺は違った。慣れているふうで、死体の突っ伏した机に近寄り、じっくりと観察している。平然とした顔をして、科学者みたいな冷静な目でしげしげと死体を見ている。まるで死者の顔面に書かれている文字でも読み取ろうとしているかのように、とっくりと。その冷徹な態度を見ていて、木島はますます気分が悪くなってきた。

窓際に立った名和警部が、手を後ろに組んで解説を始めた。

「被害者はこの館の主人で千石義範、六十七歳」

警部の話によると、死亡推定時刻は昨日の夜早い時間帯で、ここには四人の人物がいた。彼らの証言によると、書斎のドアには鍵がかかっていたのだという。それを聞いて、勒恩寺は死体の観察から顔を上げ、

「とすると、これは密室殺人ということになりますね」

嬉しそうに云った。満面の笑みで両掌を揉み合わせ、上機嫌だ。そして再び死者に視線を戻すと、

「服装に乱れはないな、争った痕跡は無し。座っているところをいきなり撃たれた、といった感じか。少なくとも警戒していた様子は見られない。表情も穏やかだ。驚いたふうでもない。油断していたか、犯人がよほど素早く発砲したか。いずれにしても顔見知りの犯行の線が強そうだ」

と、勒恩寺はこちらに顔を向け、

「木島くん、何をそんなところに突っ立っているんだ。君も見たまえ、随伴官なんだから」

「いえ、僕は、その、遠慮しておきます」

「遠慮などする必要があるものか。よく見ておきたまえよ、後で報告書を書くのは君だぜ」

「それはそうですけど」

もごもご云うしかない木島に構わず、今度は名和警部に向かって、

「死体から判るのはそのくらいですね、警部殿、有力な残留《ざんりゅう》指紋は見つかっていますか」

勒恩寺は尋ね、名和警部が答える。

「いいや、ドアノブの内側には被害者の指紋しか残っていなかった。反対に外側のノブは何種類も混じり合って判別不能だ。他に不審な指紋は見つかっていない」

「結構です。では次に、被害者のプロフィールなど教えていただけますか」

勒恩寺の問いかけに、名和警部はひとつうなずいて、

「都内でいくつか会社を経営していたらしい。個人でも不動産や株取り引きに手を出していた。実業家、というのかな。経営は順調で、なかなかの資産家でもあったようだ。二年ほど前までは都心部に住んでいたが、六十五になったのを機に表面上は引退、執事と二人でここへ移り住んできた。隠居だね。信頼できる腹心の部下に社長の座を譲って、本人は会長や特別顧問の職に就いていたという。ただし実権は握ったままだったそうだ。六十七ではまだ枯れるには早いからな。以前と変わらず経営に辣腕《らつわん》を振るっていたらしい。今でも週に二、三度は都心の会社に顔を出していたという」

「この建物は随分古いようですが、千石義範氏はどうしてここへ越して来たのでしょう」

「いや、その理由は誰も聞いていないそうだ。ただ、ここは被害者の曽祖父が建てた別荘だったらしくてね、隠居所としても使っていたらしい」

「曽祖父に倣ったのですね」

「そうだな。古くて色々不便だろうに建て替えなかったのも、曽祖父の使っていた当時のままにしておきたかったからだそうだ。何か当人にしか判らない思い入れでもあったのかな」

「判りました、被害者についてはそのくらいで。ところで、警部殿、この凶器は？　出所は判明しているのですか」

「ああ、被害者本人のものだったらしい。その机のまん中の引き出しに、いつもしまっていたとの関係者の証言が取れている」

「なるほど、机の引き出しに。うん、面白いな」

と、勒恩寺は薄い笑みを浮かべた顔で、

「さて、凶器はともかく、問題はこいつですね」

両掌を擦り合わせながら死体から離れる。勒恩寺はこの上なく機嫌がよく見える。メインのお楽しみは最後に取っておいて、いよいよそれに取りかかる、といった様子だ。

「警部殿、これは何ですか」

勒恩寺がドアを指さす。名和警部は、うんざりしたように顔をしかめて、

「そいつが頭痛の種だ。多分、一課長が特専課に出動要請を出したのはこのせいだろうな。いかにも、という感じじゃないか」

「そう、探偵の出馬が期待される場面ですね。鑑識は終わっているんでしょう、触っても構いませんか」

「ああ、好きにしてくれ」

幾分投げやりに答えた名和警部を尻目に、勒恩寺はドアに顔を近づけた。両掌を揉み合わせて

嬉しそうだ。どうやらさっきからやっているこの仕草が、探偵の興奮した時の癖らしい。

「こいつは気になるね。実にいいじゃないか」

と、勒恩寺は笑顔で云った。いいのかどうかは判らないが、木島も最前から気には掛かっていた。それは大いに違和感を覚える光景だった。殺人現場に相応しくないふざけた、いや殺人現場だからこそ似つかわしいといったほうがいいのだろうか。それは、ある仕掛けだった。

書斎のドアは分厚い一枚板の、重厚な造りである。ドアノブは球形で、その十センチほど上に、鍵の機構が据え付けてある。平らなプリンみたいな形をした金属製の台座があり、そこにつまみがついている。サムターンと呼ばれる金属のつまみである。それを九十度捻ることで鍵がかかる。廊下側には鍵穴も何もなかったので、これは純粋に内鍵だ。部屋の中からしか鍵の開閉はできない。つまみを縦に立てれば開き、九十度回転させて横に倒せばロックがかかる仕組みである。

それだけ見ればごく一般的な鍵だ。問題はない。ただ、そこにくっついている付属品が奇妙なのだった。

金属製のピンセット。

鍵がかかっていないから、今はサムターンが縦になっている。それを挟み込んでピンセットが刺さっているのだ。床とは垂直の角度のつまみを摑んでいるので、ピンセットはエッフェル塔のごとく屹立している。根元近くまで押し込んであるらしく、つまみの金具をがっしりホールドしている。ピンセットの両方の先端には、ゴムのカバーが嵌まっていた。

そして、そのピンセットの頭、突き立ったエッフェル塔の頂上部分には、太いテグス糸が結びつけられている。丈夫そうな糸で、ちょっとやそっとでは切れそうにない。

テグスは長い。ピンセットの頭からだらりと垂れ、ドアの左側へと続いている。

勒恩寺は糸を軽く撫でながら、その行く先を追って歩き始めた。木島も後ろについて、それを目で追う。

ドアの左横には青磁《せいじ》らしき壺が置いてある。大型の青白い壺は高さ六十センチくらいだろうか、どっしりとして重量もありそうだ。ふっくらとした丸形で、外側にふたつ、半円形の取っ手がついている。

テグスはこの取っ手の中を通って次に進んでいる。

壺の横には小型の冷蔵庫。これだけは新しく、全体的にレトロな書斎の色調と著しく乖離している。ちょっと場違いだ。恐らく、近年になって置かれたものなのだろう。

テグスは、冷蔵庫の底面の隙間をくぐっている。床を這い、冷蔵庫の下を左に向かっている。そしてさらに、壁の突き当たりの隅まで伸びていた。

部屋の角には帽子掛けが立っていた。これも古風なデザインで、一本の棒が立っている形だ。台座が円盤状の大理石で、非常に重そうである。その中央に支柱が立ち、最上部が枝分かれしていて、そこに帽子やコートを掛けるのだろう。ただし、今は何も掛かっておらず、帽子掛けは丸裸である。

床を這ったテグスは、この帽子掛けの支柱の最下部を回り込んでいた。そこで九十度角度をつけて、今度は寝椅子のある床に沿って進んでいる。寝椅子の下をくぐり抜け、壁一面分を横切っていた。

突き当たりは、窓のある南側の壁だ。その壁の隅、床と接した辺りでテグスは消えていた。いや、正確には消えているわけではない。細い隙間に潜り込んでいるのだ。屋敷の老朽化のせいで床と壁との接点に、わずかな隙間ができている。ほんの五ミリほどの狭い隙間なので、テグスが入り込んでいなかったら見落としていただろう。そんな細い隙間を、テグスは通り抜けて見えなくなっていた。恐らく、このまま外に繋がっていると思われる。

勒恩寺は律儀にそこまで追って行ってから、満足そうな顔を上げた。

そんな探偵の様子を窺っていた木島は、一段落ついたらしいので声をかけてみた。

「どうですか、勒恩寺さん、何か判りましたか」

すると相手は、こちらに向き直って一瞬、怪訝そうな表情になる。そしてすぐに破顔すると、

「ああ、木島くんか、いや、まだ判ったというほどのことはないがね」

今、確かに勒恩寺は一瞬「ん？　誰だっけ、これ」と云わんばかりの顔になった。完全に木島の存在そのものを忘れていた態度だ。確かに木島は探偵のおまけみたいなものだけれど、さすがに完全に忘れられては気持ちがヘコむ。

そんなこちらの気分にはお構いなしに、何事もなかったかのように勒恩寺は、

「さて、木島くん、この糸の意味するところが判るね」

そう問われて、木島はうなずく。

「ええ〝糸と針〟の密室の仕掛け、にしか見えませんね」

「その通り。今時なんと古風な、懐古趣味横溢《おういつ》じゃないか。素晴らしい。最高だよ、この現場は」

勒恩寺は踊り出しそうなほど舞い上がった表情で云う。恍惚とした顔つきだ。

名和警部はうんざり顔のままで、はしゃぐ勒恩寺を見やって、

「糸と針とは何だね。糸はともかく、針などどこにもないじゃないか」

勒恩寺は機嫌よさそうに答える。

「探偵小説の専門用語ですよ、警部殿。今回は壺や帽子掛けで糸の角度を調節してありますが、昔の探偵小説だと壁に針を刺して、そこに糸を引っかけて角度を変えたりしたものです。そういう仕組みが数多く案出されたことでひとつのジャンルとして認識され、糸と針というテクニカルタームが生まれました」

木島も知識としては知っていた。付け焼き刃の知識だが、古い探偵小説にはこうした荒唐無稽な仕掛けがいくつも出て来たのを読んだ覚えがある。そんなセピア色の探偵小説の世界が現実世界に侵食してきたみたいで、いささか気味が悪い。

「実にいいね。俺も探偵として雇われてそれなりに場数を踏んだつもりだったけれど、こんなのには初めてお目にかかる。よもや本物の糸と針の密室の仕掛けを見られるとは、こいつは何ていう幸運なんだ。素晴らしい。こういうのを直に拝める日が来るなんて、思いもよらなかったな。おっと、もう一本ある。こっちも興味深いぞ」

興奮状態の勒恩寺は、もう一度テグスの潜り込んだ壁の隙間に顔を近づけた。そこからテグスとは別に、紐状のものが出ているのだ。ただしこちらはテグスよりさらに太く、材質も違っている。どうやら紙を捻ってこより状にしているらしい。

「見てみたまえ、木島くん、これが何だか判るだろう」

「ええ、導火線、ですね」

そう、導火線だ。テグスと並んで壁の隙間から伸び出ているのは、サスペンス映画に登場する爆弾魔などが使うことでお馴染みの、導火線にしか見えなかった。

ただしこちらは寝椅子のあるほうの壁へは進んでいない。逆だ。テグスとは反対に、窓側の壁の隅を這っている。窓の下を通り、部屋の角で直角に折れ曲がり、書棚の前を進んで暖炉の中へと向かっている。そこでまた、おかしな形状になっていた。渦を巻いているのだ。蚊取線香《かとりせんこう》のようにぐるぐると、何重もの円を描いている。渦巻きは徐々に中心に近づき、まん中が終点。そこには小さな細い紙筒がくっついていた。白い紙の円筒形の正体も、一目で判った。

「爆竹《ばくちく》、ですね」

木島が云うと、勒恩寺は満足げにうなずいた。暖炉の中にあるのは導火線の渦巻きと、その中心に爆竹。これも探偵小説で見覚えがある小道具だ。

勒恩寺は、ぼさぼさの頭髪をざっくりと掻き上げて楽しげに云う。

「実に古典的な手法だ。糸と針の密室に爆竹の時限装置。クラシカルにもほどがあるじゃないか。こんなものに実際に出会えるなんて、俺はツイてるな。しかし警部殿、これは手をつけていませんね、発見時のままなんでしょうね」

「無論だ。鑑識が入った他は誰も触っておらん。まあ、こんなおかしなものに興味を持つ物好きは一課にはいないがね」

名和警部がつまらなそうに云うのを気にせず、木島は勒恩寺に尋ねてみて、

「しかし、糸と針の仕掛けがこうして丸々残っているのは変なんじゃないですか。普通に考えれ

ば、こういうのは発見された時にはなくなっているものだと思うんですけど」

「今のところは何とも云えんな。ただ云えるのは、これを設置した人物は仕掛けを作動させなかった、ということだね」

と、勒恩寺は答える。

「でも、扉には鍵がかかっていたという話ですが」

「関係者の証言だとそうなるようだな。ふふん、実に興味深いじゃないか。密室になりかけの密室だ、面白いな」

勒恩寺は云う。死体の目の前で面白いと公言するのも少々不謹慎な気もするが、勒恩寺はそんなことには関心がないようだった。

興味の対象は他にあるようで、勒恩寺は窓のほうへ近づいて行く。

ふたつの窓が、大きく並んでいる。外側に、倒木の枝が折り重なっているのが見える。

勒恩寺は、窓の鍵を外しながら云う。

「これはまた古めかしい型の鍵だね、今ではほとんど見られないタイプだ。ほら、見てみたまえ、木島くん」

と、呼びかけてくる。

左右の窓枠が重なったところの中心部分。そこに金具がついていて、金属の棒のような物が引っかかっていた。棒は、勒恩寺が外した鍵の部品だ。棒の先端にネジの溝が彫られている。このネジ棒を窓枠の穴に差し込み、両方の窓枠を固定することでロックする仕組みだ。確か温泉旅館か何かで一度、目にした記憶がある。どちらにせよ、物珍しい。

木島がその鍵の機構を眺めていると、隣で勒恩寺は、

「ネジ締まり錠というそうだ、昔の鍵だね。これも糸を使ってロックして外から密室を作る方法があるんだが、その方法にはちょっと欠点がある。糸で引っぱって棒を回転させるから、どうしても締まりが甘くなるんだ。人の指先で最後まで回しきったほどにはきっちりとは締まらない。今、確かめたところ、この錠はがっしりと締め付けられていた」

と、勒恩寺はもう片方の窓も確認して、

「ほら、こっちもだ。力を入れてねじ込んで締めてある。ということは、窓には糸と針の仕掛けの類いは使われていないんだ。それに、ほら見てみたまえ、木島くん、鍵の金具を触った俺の手が汚れた。少し埃が溜まっていたんだな。ここしばらく、誰も窓の鍵に触っていないという証明だ。昨夜、ここから誰かが出入りはしていないことが判る」

勒恩寺が云ったところへ、名和警部が横合いから、

「出入りといえば、あの暖炉の煙突も出入りには使えない。中がとても狭いんだ。円筒形の空間が屋根の上まで通っているんだが、直径が二十センチ程度だからどれほど小柄な人間でも通り抜けることなど到底できない。おまけに内側は煤まみれでね、もう十数年も使っていないということだから掃除を怠っていたんだろう。ひどく汚れている。こびりついた煤に擦った跡も乱れもないことから、煙突内には糸の一本たりとも通っていないことが判明している。鑑識課員が一人、煤でまっ黒になりながらそれを確認した」

その報告を聞いて勒恩寺は、

「では、やっぱり出入り口はドアしかないんでしょうね」

と、扉を見ながら云う。するとタイミングでも計ったかのように、そのドアが開いて刑事が一人、顔を出した。ドアは内開きなので、ピンセットの仕掛けには影響は出ない。テグスがだらりと弛緩《しかん》しただけである。

「主任、先生が遺体を早く搬出したいと。まだかまだかと催促がうるさくて敵《かな》いません」

刑事に乞われて、名和警部はこちらを向いた。

「だそうだ。探偵、もう構わないか」

「いいでしょう、見るべきところはもう見ました」

勒恩寺の返事を聞いて、刑事はドアを閉めて引っ込む。遺体を運び出してくれるのは、正直助かる。木島は少しほっとした。できるだけ直視しないように努めていたけれど、視界の端に入るたびに貧血を起こしそうになっていたのだ。どれほど時間が経とうが、まったく慣れない。同じ室内にいることに、そろそろ耐えられなくなっていた。やはりこの仕事に向いていないのだろう、と木島は改めて思う。

そんなこちらの気も知らず、勒恩寺は突然、ドアのほうへずかずかと歩いて行く。明らかに部屋を出て行く様子だ。木島は慌てて呼び止めて、

「あの、勒恩寺さん、どちらへ」

すると勒恩寺は、ちらりと振り向いて一瞬「あれ？　誰だっけ、これ」と云わんばかりの顔つきになった。また完全にこちらの存在を忘却している。存在そのものを忘れ去るのは悲しいからやめてほしい。

しかしすぐに思い出したようで、勒恩寺は潑剌《はつらつ》と、

「外だ。糸の先がどうなっているのか、見に行くんだよ」

弾んだ調子で宣言し、扉を開いて出て行く。

木島はせめてもの礼儀に遺体へ向けて合掌してから、探偵の後を追った。

＊

外へ出て庭に回った。

しかし探偵の期待するようなことにはならなかった。

書斎の外側、南に面した壁は例の桜の倒木ですっかり覆われていたからだった。枝が窓と壁にのしかかり、それで行く手が阻まれている。

麗らかな四月の太陽の下、何人かの刑事が何を調べているのか庭を歩き回っていた。

勒恩寺は、木の枝が八幡《やわた》の藪知らずのごとく絡み合っている前で腕組みをして、

「やれやれ、これじゃどうにもならない。それにしても絶妙な角度で倒れたものだね、あとちょっとズレてたら書斎をぶち抜いていた」

勒恩寺が感嘆したように、桜の大木は館の壁とほぼ平行に倒れている。東から西へとひっくり返った形だ。根こそぎ倒れたせいで、地面に大穴が空いていた。強風がいかに猛烈だったのかが察せられる。

目標地点である書斎の外側の壁には、幾重《いくえ》にも絡んだ枝々を踏破《とうは》しないと辿り着けそうもない。

横倒しになった大木に背を向けると、勒恩寺はこともなげに、

「仕方がない、警部殿、人海戦術です。刑事さん達に枝を切り払うように頼んでください」

当然のリクエストのように云う。

木島の後からついてきていた名和警部は物凄い渋面《じゅうめん》を作って、それでも刑事を呼んで指示を出した。指令を与えられた刑事も迷惑顔で、

「どうして私らがそんな庭師の真似事をせにゃならんのですか。私らは一課の刑事ですよ」

と、もっともな不平を云った。するとそれに対して勒恩寺が余計な口を挟んで、

「一課の刑事サマがどれだけ偉いのか知りませんがね、警部殿の命令なんだから黙って従ったほうがいいんじゃないですか」

「何を、この探偵課が、生意気な」

気色ばむ刑事に、なおも勒恩寺は、

「生意気で結構。事件解決に貢献できない刑事は肉体労働くらいしか役に立たない、とうちの随伴官殿も云っていますし」

「何だとっ」

刑事がこちらを睨んでくる。怖い目つきだ。どうしてこの探偵は要らんことを云って無駄な波風を立てるんだ。とばっちりを受けるこっちはたまったものではない。木島が首をすくめていると、見かねた名和警部が割って入ってくれて、

「まあまあ、そのくらいにしておいてくれ。捜査上必要なことだから枝を切ってほしいんだ、頼むよ」

上司に頭を下げられては刑事も引き下がるしかない。しかし不服そうな顔は隠そうともしなかった。憎々しげに木島を睨み続けている。怖いから勘弁してほしい。余計なことを云ったのは勒恩寺探偵なのに。

とはいえそこは勤勉な警視庁捜査一課。たちまち五人の刑事が手に手にノコギリを持って集結した。一体どこから持ってきたのだろうか。

何の因果で俺達がこんなことを、と不満の気持ちを丸出しにして、五人の刑事は作業に取りかかる。ヤケクソパワー全開に、無駄な力を込めて枝を切っていく。

それを眺めて勒恩寺は涼しい顔で、

「さてと、終わるまで少し時間がかかりそうだな」

小さく独り言を云うと、その場を離れようとする。木島は焦りながら、その背中に、

「えっ、ちょっと、勒恩寺さん、今度はどこへ行くんですか」

「関係者の話を聞きに行くんだ、密室がどうできたのかが気になる」

後ろを振り向きもせずに、勒恩寺はすたすた行ってしまう。木島は慌ててその後を追いかける。余計な波風を立てるのもそうだけど、マイペースに勝手に行動するのもやめてほしい、と思いながら。

＊

再び屋敷に入る。

スリッパに履き替え、名和警部の案内で木の廊下を奥へと進んだ。

書斎の隣の応接室の前を通過し、その奥がリビングルームである。さらにダイニングルーム、厨房《ちゅうぼう》へと続いている構造らしい。

事件関係者達はリビングルームで待機していた。

そこは広々とした洋間だった。掃き出し窓が南向きに開き、陽光が燦々《さんさん》と降り注いでいる。木の床に、複雑な模様のカーペット。古風なデザインだがゆったりとしたソファ。飴色に磨かれた一枚板の大テーブル。居心地のよさそうな部屋だった。

ソファには三人の人物が座っていた。男性が二人に女性が一人。その背後に、棒ネクタイの初老の男性が目立たぬように立っている。そして奥の、リビングとダイニングルームの境界線辺りに制服警官が一人、直立不動の姿勢で控えていた。関係者の見張り役なのだろう。

警官を除いたこの四人が、名和警部の云っていた証人達なのだろう。木島がそう見当をつけた通り、警部が紹介してくれる。

「こちらが執事の辻村《つじむら》さん。この屋敷の家事全般を任されているそうだ」

その言葉に、辻村は恭しく一礼して、

「辻村でございます。当家の執事をしております。お見知りおきを」

年齢は被害者より少し下くらいだろうか。白髪交じりの頭を几帳面に整えた長身瘦軀《そうく》の人物だった。物腰なども折り目正しく、いかにも執事らしい。

続けてソファに腰かけた三人を、名和警部は紹介する。

「こちらのお三方は亡くなった千石義範氏のご身内です。手前から甥御さんの千石登一郎《とういちろう》さん、千石正継《まさつぐ》さん。そして姪の千石里奈子《りなこ》さん」

千石登一郎は三十半ばくらいだろうか。まだそれほどの年配者でもないのに、やけに貫禄のある男だった。恰幅がよく、重々しい印象である。

「どうも」

と、千石登一郎は顎を引いた。むっつりとして、不機嫌さを隠そうともしなかった。

隣に座る千石正継は登一郎より五つほど下か、全体的に軽薄な感じだが、目つきは油断のならない鋭さを感じさせる。

「初めまして、どうぞよろしく」

と、正継はにやにやと皮肉っぽい笑みで頭を下げた。

紅一点の千石里奈子はさらに五つばかり下に見える。黒髪でほっそりした体形で、終始俯いているから影が薄いような印象を受ける。里奈子は下を向いたまま、かろうじて聞き取れる程度の覇気のない声で、

「こんにちは」

と、お辞儀をする。伏し目がちで、一度もこちらを見ようとはしない。おとなしいのか控え目なのか病弱なのか、とにかく精気に乏しい人物だった。

名和警部は関係者達にこちらも紹介して、

「警察庁の木島警部補です」

云われて木島は慌てて頭を下げる。間違ってはいないけれど、その肩書きで紹介されるのがこそばゆい。

「そして木島警部補のお手伝いの勒恩寺さん」

と、名和警部は、民間人が現場に出入りしているのを公言するのも問題があると判断したのか、ぼかした紹介の仕方をした。

しかし、当人はその気遣いを台無しにして、

「よろしく、探偵です。名探偵の勒恩寺公親といいます。事件を解決するために参上いたしました」

大げさな動作で挨拶する。

「探偵？」

と、千石正継が首を傾げて、

「本物の探偵さんですか、小説なんかに出てくるような」

「もちろん本物です。それにただの探偵ではない、名探偵です。それこそ小説に出てくるような」

勒恩寺は胸を張っている。千石登一郎が不審そうに、

「警察のかたではないのかね。そんな人に捜査権限があるんだろうか」

もっともなことを云う。名和警部は取り繕うように、

「その点は問題ありません、警察庁の正式な嘱託《しょくたく》ですので。疑問に思わず彼の捜査にご協力いただきたい」

そうは云ったが、リビングに漂う変なムードは払拭できなかった。

そんな空気感など一切気にしない勒恩寺は、薄い唇で微笑しながら関係者の様子を観察してい

る。ソファには身内の三人が座っていて、空きはあと一席しかない。広々としたリビングルームだが、来客が多いことは想定していないようだ。

　すると呆れたことに勒恩寺は、その空いた一席にさっさと腰を下ろした。さも当然と云わんばかりの堂々とした態度だ。勒恩寺がどっかりと座ったので仕方なく、木島と名和警部はその背後に立った。木島はともかく、これでは名和警部まで探偵の従者みたいに見える。警部の堪忍袋の緒が切れないか、木島はひやひやした。

　しかし勒恩寺はそんなこちらの心配などどこ吹く風、早速関係者相手の事情聴取を始める。

「まずは執事の辻村さん、あなたにお伺いします。辻村さんは住み込みで働いていると伺いましたが」

「はい、あちらの奥に私室をいただいております」

　と、辻村は丁寧な口調で、ダイニングルームのほうを示して云う。

「お仕事は家事全般と、他には？」

「屋敷の管理もしております。そしてもちろん旦那様の身の回りのお世話も」

「亡くなった千石義範氏は、あなたから見てどんな人物でしたか」

「お仕事一筋の立派なかたでございました」

　辻村は折り目正しく答える。勒恩寺は満足したのか、質問の相手を変えて、

「次に親族のお三方、千石さんは、いや失敬、皆さん千石さんでしたね、これではこんがらかってしまう。馴れ馴れしいようですが下のお名前でお呼びしても構いませんか。抵抗がないようでしたらそうさせていただきます。皆さんは亡くなった義範氏とはお身内なわけですね」

その問いに、にやにや笑いの千石正継が答えて、

「そうです、父親同士が兄弟でしてね、四兄弟です。義範伯父貴を筆頭に、以下次男、三男、四男」

と、登一郎、自分、里奈子を順番に掌で示して、

「僕らはその息子と娘です。つまり従兄妹同士ですね」

関係者というより血縁者である。それにしては伯父を亡くしたばかりの悲愴感がない。三人とも淡々としている。身内ならばもっと、悲嘆に暮れたり悲しみに沈んだりするものではないのだろうか。そう思って、木島は少し戸惑った。

木島の疑念とは関係なしに、勒恩寺は続ける。

「お三方は昨日から泊まりがけで伯父様を訪ねてきていたそうですね。伯父さんにかわいがられていたのですね」

「いや、特にそういうわけでは」

と、登一郎が言葉を濁すのに、正継が皮肉っぽく、

「まあ、他の親戚に比べれば目をかけられていたと云えないこともない。あくまでも比較の話ですけど」

「正継、あまり身内の恥をさらすようなことを云うな」

不機嫌そうに登一郎が咎めても、正継はにやにやしたまま、

「警察の人を相手に隠しごとをしたって仕方ないでしょう、登一郎さん。気取ってみたって周囲の連中に聞き込みをしたら全部バレるんだから」

「しかしだな、何もこんな場所で」

と渋る登一郎を無視する形で、正継は、

「探偵さんの前だからぶっちゃけちゃいますけど、亡くなった伯父貴はちょっとした暴君でしてね、長男だからなのか、金を稼ぐのが得意だからなのか、権威を振りかざしてやりたい放題でしたよ。今時、家父長制でもあるまいし、そんなのは流行らないはずですけどねえ。その辺の感覚は昔の人でした。そのせいで兄弟仲はすこぶる悪い。うちの父とも、登一郎さんや里奈子ちゃんの親父さんとも犬猿の仲でしたね。顔を合わせりゃ諍いや罵り合いに発展するんで、もうお互いに嫌気が差したんでしょう。かれこれ十年も没交渉でしたよ。今朝も伯父貴の死を知らせたんですが、うちの父なんか『そっちでどうにかしてくれ、ゴルフで行けないから。ついでに葬式の手配も登一郎くんと相談して適当にやっつけといてくれ』って、けんもほろろの有り様で。父の配偶者、つまり僕達の母親達も伯父貴には気に入らない。皆、都内在住なのにまったく顔を合わせていないんです。僕も登一郎さんも里奈子ちゃんもそれぞれ兄弟がいるんですがね、そっちともソリが合わない。甥や姪だからってかわいがるという発想がそもそもないんですね、伯父貴には。子供の頃からお年玉なんかくれたこともありませんでした。もらえるのはゲンコツか怒声だけで。ただ、どういうわけかこの三人だけは割と嫌われていなかったんです。登一郎さん、僕、里奈子ちゃん、この三人だけはお目通りを許されていたんですよ」

「お気に入りというわけですか」

勒恩寺の言葉に、正継はなおもにやにや笑いで、

「いやいや、比較の問題だと云ったでしょう。どうにか拝顔の栄に浴すのを許可されていたって

程度ですよ」

正継は、皮肉っぽい喋り方をする割にはよく口が回る。逆に登一郎は、口数少なく苦々しげに、

「正継、もうそれくらいでいいだろう。身内の恥をそう吹聴せんでも」

不機嫌そうに云う。

その中で、里奈子だけは一人口を挟まずに、おとなしく下を向いている。影が薄くて言葉数も少ない。自己主張は控えるタイプのようだった。

正継は、登一郎の苦言を気にもせず、にやつきながら続ける。

「昨日もいきなり呼びつけられたんですよ。話があるから泊まりで来いと、一方的に」

「そういうことはよくあったのですか」

勒恩寺の問いに、正継は首肯して、

「突然呼びつけられて用事を言いつけられるのはたまにありましたね、僕か登一郎さんが。伯父貴も辻村さんもいい年だから、さすがに屋根に上がってアンテナの配線を修理するのは難しいでしょうし。ただ、泊まり込みで来いって話は今までなかったかな。珍しいご命令だから少し驚きましたよ」

「何の用件でしたか」

「さてねえ、聞いていないんです。聞く前に伯父貴がふて腐れモードに入っちゃって、書斎から出て来なくなっちまったんで」

と、正継はにやにやして、何か含むところがありそうな顔つきで云った。登一郎は苦々しげに

そっぽを向き、里奈子は顔を伏せたままだ。

なるほど、と木島は内心で納得していた。暴君の伯父に普段から振り回されて、彼らは辟易していた。そして家族揃って仲が悪い。それで悲愴感がなかったわけか。

「では、昨日のことを話していただけますか。順番に、そしてできるだけ丁寧に」

勤恩寺の事情聴取は続いている。正継がそれに応えて、

「どこから話しますか、ここへ来たところから？　だったら僕は最後だ」

そこへ、執事の辻村が遠慮がちに半歩進み出て、

「では、私がお客様をお迎えする準備をしているところからお話ししましょうか。昨日の午後、旦那様はお出かけでございました。普段は毎日書斎でお仕事をなさっていますが、週に何度かは都心の会社に指示を出しにおいでになります。土曜日でしたが、旦那様はご自分の気分を優先なさいます。何社かの主立った面々を出社させ、業務報告を受けて今後の方針をご命令なさるのがいつものことだと伺ったことがございます」

「都心に行くのに専属の運転手はいるのですか」

「いいえ、旦那様はハイヤーをお使いになります。週に二、三度のことなので人を雇うのは不経済だとおっしゃって」

「金はあるのにそういうところは渋いんですよ、伯父貴は」

と、正継が皮肉っぽい調子で茶々を入れる。執事はそれに耳を貸さずに、

「旦那様がお戻りになる前に里奈子様がおいでになりました」

全員の注目を集めて、おどおどと里奈子は、

「はい、呼ばれましたので」

消え入りそうな声で云った。勒恩寺は尋ねる。

「着いたのは何時頃ですか」

「多分、五時くらい、だと思います」

蚊の鳴くような声で答える。そこへ登一郎がぶっきらぼうに、

「その次に来たのは私だな、伯父が不在だったから拍子抜けしたが」

「何時頃でしたか」

「はっきりとは覚えておらん、五時十五分かそこらだったかな」

むっつりと云う登一郎とは対照的に、辻村が折り目正しい口調で、

「その後、旦那様がご帰宅なさいました。五時三十分頃だったと記憶しております。ただ、大層ご機嫌斜めのご様子でございまして、会社で部下のかたに何か不手際があったのかもしれません。そういう時の旦那様は大変ご不満なご様子で、昨日もそのまま書斎に籠もってしまわれました。その際、誰も近づけるな、邪魔をするな、夕飯も要らん、声をかけるな、と矢継ぎ早にご命令を。何かお急ぎのお仕事を持ち帰られたのでございましょう」

「ふうん、書斎に籠もった、と」

勒恩寺が何か考えている顔で云う。書斎といえば殺害現場である。どっかり座った大きな態度で足を組み、勒恩寺は何事かに思考を巡らせている。

そこへ正継が割って入って、

「五時半なら、僕が着いたのもそのくらいだったかな。多分、伯父貴の直後でしょうね。辻村さ

んから籠もっちゃったと聞いて閉口しましたよ。伯父貴が書斎に閉じ籠もると出てこなくなるから」

「では、正継さんは伯父さんとは会っていないんですね」

「うん、会っていませんね」

「籠もったところも見ていない」

「見ていません」

「では、義範氏が籠もったのを見たのは辻村さんだけですか」

そこで里奈子が遠慮がちに片手を小さく上げて、

「あの、私はちらりと見ました。その、伯父が書斎に入るところを、廊下のこっち側から。辻村さんにさっきの命令をしているのも、聞きました、遠くからですけど」

「五時半くらいでしたか」

「はい」

俯いたまま視線を上げもせず、里奈子はうなずく。勒恩寺は一同を見回して、

「それからどうしましたか」

登一郎が不機嫌そうに、

「どうもこうも、話があるから来いと云ったのは伯父だ。その伯父が閉じ籠もってしまったのだからどうにもならん。時間を持て余しただけだ」

「皆さん何をして過ごしましたか」

「僕はこのリビングにいましたよ、テレビを見たり持ってきた雑誌を眺めたり、ごろごろしてい

ました」

正継が云うと、登一郎はむすっとした顔で、

「二階に一人一人部屋をあてがわれていたからな、客室が四つあるんだ。そこで仕事をしていたね、ノートパソコンを持ち込んでいて。こう見えても私は会社をやっている。伯父に比べたら吹けば飛ぶような小さな規模だが。経営者はいつも雑用を抱えているものだ。それを片付けていた」

「里奈子さんは？　どうですか」

勒恩寺に水を向けられ、里奈子はおずおずと、

「私も、二階の部屋に。ちょうど窓の外に庭の桜があって。風が出てきて、花が盛大に散ってきれいで」

風は、例の大風の兆候だろう。

「それを見ながら、読書を」

「ちなみに、何の本でしょう」

「永井荷風《ながいかふう》です」

顔を伏せたまま、里奈子は恥ずかしそうに答えた。勒恩寺はひとつうなずいて、

「辻村さんは何をしておられましたか」

「私はお客様方の夕食の準備を始めておりました。お泊まりになるのは旦那様から伺っておりましたので」

「閉じ籠もってしまった義範氏が気になりませんでしたか」

「旦那様の気まぐれはいつものことでございます。籠もってしまわれたらご自分の気が済むまでお出ましにはなりません。私も近づくなと命じられたからには、へタにお声がけしては叱られます。書斎には近づかないようにしておりました」

「なるほど、行動は各人バラバラですか。それからどうしましたか」

勒恩寺の質問に、辻村が代表して答えた。

「七時から夕食でございました。当家ではいつもそうするのが習慣です、そちらのダイニングで。お客様方をお呼びしました」

「義範氏は夕食にも呼ばなかったのですね」

「はい、必要ないとおっしゃった時はテーブルにお着きになりません。書斎の冷蔵庫には飲み物や簡単な食べ物も入っております。お仕事に熱中なさっていると、それで夕食を済ますことも珍しくはありませんでした」

ああ、あの場違いな冷蔵庫か、と木島は思い出していた。それにしても被害者は、なかなか自分勝手な性格だったようだ。客を呼んでおいて顔も出さずに籠もりっきりとは、かなりわがままである。

「伯父が身勝手なのはいつものことです」

と、登一郎が眉をひそめて、

「てっきり夕食の席で話があるのかと思ったら、いつもの横暴を発揮して出てきやしない。仕方なく私達だけで食事をいただいた」

「おいしかったですよ、ビーフシチュー」

正継が云い、辻村が恭しく頭を下げる。

「恐れ入ります」

そして登一郎が、むすっとした顔のまま続ける。

「それから食後のコーヒーを飲んでいる時だ、七時半くらいかな、この頃には風が強くなってきて」

「そうそう、怖いくらいびゅうびゅう唸っていたね。第一波のピークが来たって感じで」

正継が口を挟むのを横目で睨んで登一郎は、

「そうしたら庭で凄まじい音がした。メリメリバシーンっと、轟音が響いた」

「そうそう、凄かったね、あれは。雷でも落ちたのかと思った。地面も一瞬、突き上げるみたいに揺れたし。みんな飛び上がってびっくりしてたっけ」

正継が再度口を挟んで、里奈子が珍しく自分から発言し、

「あれは本当に驚きました」

小さくつぶやいた。よほど印象が強かったのだろう。

勒恩寺が身を乗り出して、

「桜の木ですね、その轟音は」

「そうそう、僕らは大慌てであっちからこっちへ移動して」

と、正継はダイニングルームからリビングまでを指で示しながら、

「窓から外を見たんですよ、音は明らかにこっちのほうから響いてきたから。そうすると、風が荒れ狂う中、立っているはずの桜が消えている。いくら外が暗くてもあの大木は目立ちますから

ね。これはどうしたことだと、みんな仰天したものですよ。よくよく目を凝らすと、木の根っこが倒れているのが見えた。地面に大きな穴も空いててね。それで桜が倒れたんだと判ったんです、暴風のせいで」

「あれは確かに驚いたな」

登一郎が云うと、辻村も、

「根が弱っていたのでしょうね、あれは樹齢六十年とも七十年ともいわれていた老木でしたので。ソメイヨシノは五十年を超えると老木の域に入ると申しますから、もう木の寿命が尽きかけていたのかもしれません」

「そこへあの強風だからねえ、桜もひとたまりもなかったんだろうな」

と、正継が脱線気味の話を始めるのを、勒恩寺が軌道修正して、

「桜が倒れたと判ってから、どうしましたか」

その問いには登一郎が答えて、

「さすがに伯父が心配になった。木は書斎のほうへ倒れ込んでいたからな。皆で書斎に向かった」

「なるほど、それではその時の動きを再現してみましょうか。恐らくここが重要なファクターになりそうですので。さあ皆さん、行きますよ」

勒恩寺は勝手に決めると、椅子から立ってもうすたすたと一人で歩き始めている。そのやや突飛な提案に、一同は顔を見合わせてから渋々と従った。

全員でリビングを出て廊下を進み、書斎のドアの前に揃う。執事の辻村、三人の従兄妹、名和

警部に勒恩寺、そして木島自身。七人も集まると、さしもの広々とした廊下も窮屈に感じられる。

「四人でここへ駆けつけたんです」

と、正継が云う。勒恩寺はその四人のほうへ向き直って、

「では、誰がどうしたか順番に再現していただけますか。最初に声をかけたのはどなたです？」

「私はちょっと」

と、辻村が大きく一歩、退いた。声をかけると主人に叱られると主張していた。この時も躊躇《ちゅうちょ》したらしい。

「一番手は僕だったかな」

と、正継がさすがに、にやにや笑いを引っ込めてドアの前に進んだ。そしてドアノブに手をかけ、何度かノックする。

「こうやってドアを叩いて、中に声をかけました。伯父さん、大丈夫ですか、庭の桜が倒れました、被害はありませんか。とまあ、こんな具合に呼びかけた。でも返事はなかった。入りますよ、と断ってドアも押しました。しかし開かなかった」

「開かなかった」

と、目を輝かせて繰り返す勒恩寺。そうだ、これは密室殺人事件だったのだ、と今さらながら木島は思い出す。

「そう、中から鍵がかかっていたんでしょうね。どうやっても開きませんでした」

と、正継は、ドアを力を込めて押す仕草をしてみせた。

「だから何度も声をかけたんですけどね、しかしやっぱり返事がない」

そう云う正継と場所を交代して、進み出た登一郎が、

「私もやった。どれ、どいてみろ、と正継と交代して」

と、ドアノブを摑んで肩でドア板を押すようにして、

「伯父さん、返事だけでもしてくれませんか、無事ですか、と呼びかけた。だが反応はまったくなかった」

そこへ辻村も前へ出て来て、

「さすがに私も変に思いまして、試してみました」

と、登一郎と立ち位置を入れ替わり、ドアを叩きながら、

「旦那様、大丈夫ですか、と声をかけました。ノブは回りますがドアは開きません。内側のロックがかかっておりました」

ここの鍵は完全な内鍵で、外側に鍵穴もなければノブとも連動していない。だからノブは回転しても、中で錠がかかっていればドアは開かないのだ。

正継が困ったような表情を作って、

「返事がないんじゃ何もできない。皆で顔を見合わせましたよ」

と、周囲を見回してその時のことを再現してみせる。それにうなずきながら勒恩寺は、

「里奈子さんは呼びかけなかったんですか」

「はい、ええ、私は」

と、里奈子は言葉少なに、引っ込み思案らしく俯いた。他の三人が声をかけたのだから、里奈

子までやる必要を感じなかったのだろう。そう木島は推測した。

さて、それにしても密室だ。

この時すでに被害者は射殺されていたのかどうか。どっちなのだろう。死亡推定時刻は午後六時から八時の間だと、名和警部は教えてくれた。木が倒れて一同がこのドア前に駆けつけたのが七時半過ぎ。射殺される前とも後ともいえる時間帯だ。ただ、ドアを叩いても呼びかけても中から返事はなかった。とすると、この時にはもう殺害されていたと考えたほうがいいのか。そして鍵は内側からかけられていた。犯人はどこから部屋を出たのか。窓の鍵には細工した様子がないと勒恩寺は云っていた。やはりドアから出たのだろうか。しかし鍵がかかっていたということは、ん？　待てよ、ということは？

と、木島が頭を捻っている間も、勒恩寺による事情聴取は続いている。

「その後はどうしましたか、返事がなかった後は」

「どうもこうもない、伯父が出て来ないんだから仕方がない」

不機嫌そうに登一郎が云うと、辻村も横から、

「旦那様は天《あま》の邪鬼《じゃく》なところがございまして、私どもが心配するとかえって無視する。そういう傾向がございました。お仕事に集中しておられる時などは特にそうでした」

正継も皮肉っぽく片方の頬だけを歪めて、

「そうそう。ああ、またいつものヘソ曲がりが始まった、とそう思ったんですよ。例によって偏屈じじいがふて腐れて、鍵を中からかけて閉じ籠もっているんだと。その上でわざと僕らを無視しているんだろうって。まさか中であんなことになっているなんて夢にも思いませんでしたから

ね」

「誰も近寄るな、邪魔もするな、とのご指示がございました。それを守らなかったのでご機嫌を損ねたのではないかと、私などは考えました」

辻村が云うと、登一郎もむっつりとした顔でうなずいて、

「そう、だから我々もつい意地になってしまった。伯父が好き好んで閉じ籠もって頑固に無視を決め込むのなら、言いつけを守って邪魔はしないでやるよ、勝手にしろ、というふうな感じになって」

「それで放っておこうという流れになったわけですか」

勒恩寺の言葉に、正継が片手を振って、

「だからさ、あの時は中で死んでるなんて想像もしなかったんですってば」

言い訳がましく云う。勒恩寺は気にしてもいないふうで、

「責めているわけではありません。事実確認をしているだけです。で、その後はどうしましたか」

「どうしたもこうしたも、リビングに戻ったよ、こんな感じで」

と、登一郎が背を向けて、昨夜の行動を再現しようとするので、それを木島は思わず呼び止めてしまう。

「いや、ちょっと待ってください」

「ん？　どうしたね、木島くん」

勒恩寺が怪訝そうな顔で聞いてくる。その前に一瞬、勒恩寺が「あれ？　誰だっけ、これ」と

いうふうに素で戸惑った様子だったのを、敢えて気にせず木島は、

「いいえ、少し思いついたことがあるんです。あの、犯人はその時、まだ中にいたんじゃないでしょうか」

「え、どういう意味だね」

と、足を止めた登一郎が首を傾げる。

「ですから、皆さんがノックしたりドアを押したりしている時、犯人はまだ中にいたと考えればいいんではないでしょうか。射殺された被害者には鍵を閉めることができるはずはありません。そして皆さんがここで呼びかけた時、ドアの鍵はかかっていた。素直に考えるのなら、この時に被害者以外の何者かが書斎の中にいて、ドアをロックしたとすればいいだけのことです。殺害する、桜が倒れる、皆さんがドアの前に駆けつける、犯人は逃げ場を失ってドアに鍵をかける、という段取りです。そして皆さんが呼びかけてドアを開けようとしましたが、当然鍵がかかっているからドアは開かない。そして皆さんが諦めてリビングに戻ります。廊下に誰もいなくなったのを見計らい、犯人はこっそりドアを開きこの部屋を出て、玄関から逃走するというわけです。どうでしょうか。これで辻褄《つじつま》が合うと思うんですが」

我ながら理路整然としている、と木島は思った。犯人が中にいて密室を作り、そして自ら解除して出て行った。そう考えればいいのだ。

しかし、反応が捗々しくなかった。

微妙に気まずい空気が廊下に漂う。

てっきり、なるほどそうだったのか、という反応があるとばかり思っていたのだけれど。

「木島くん、悪いがそれはないんだ」

と、名和警部が云った。

「どうしてですか」

尋ねると、警部はさして興味もなさそうな顔で、

「辻村さん、彼にあの話を聞かせてやってもらえますか。例のマッチ棒の」

「かしこまりました。私どもは先ほど、リビングに戻ろうとしたと申し上げましたね、旦那様とコンタクトを取るのを断念して戻ったと。お客様方はまっすぐリビングに向かいました。しかし、その後ろ姿を見送ってから、私はこうしたのでございます」

と、辻村は胸の内ポケットから小さな箱を取り出した。マッチ箱だ。今時珍しい。古びた屋敷では執事の持ち物も懐古調らしい。

「厨房施設が旧式なのでこれがないと火がつきません。それで持ち歩いております」

と云いながら辻村は、マッチ棒を一本引き抜いて、その場にしゃがみ込む。そしてドアの蝶番近く、ドア板にそれを斜めに立てかけた。

「このようにしたのでございます」

辻村は物静かに云った。ドア板にマッチ棒が一本、寄りかかって立っている。床もドア板も木造りなので、溶け込んで目立たない。廊下はあまり明るくないから余計に判りにくくなっていた。

勒恩寺は愉快そうに、

「なるほどなるほど、こいつは面白い。木島くん、ドアを開けてごらんよ」

云われた通り、木島は手を伸ばしてドアノブを摑むとドアを押した。抵抗なく開く扉。そこにもたれかかっていたマッチ棒は、ドアが内開きなので当然、向こう側に音もなく倒れる。

「これで旦那様の動向をある程度把握することができます」

と、辻村が補足して、

「書斎に籠もった時、一度は出てきたのか、それとも籠もったきりだったのか、それによってご機嫌の度合いを測ることができるのでございます。旦那様はよくお籠もりになりますので、その時は私もよくこうしております。籠もる時は冷蔵庫の中の物でとりあえず空腹を凌ぎ、寝椅子で一晩眠ってしまうこともございます。お仕事に集中して一度もお出ましにならない時などは、ご機嫌が麗しくないことが多いのです。事前にご機嫌の度合いを知っておくことは、私にとって都合のいいことでございます。ただ、私もずっと扉を見張っているわけにもまいりません。そこでマッチ棒に見張りの代わりをさせているのです。書斎から一度は出られたのかどうか、これで観測することができる仕組みでございます。マッチ棒が倒れていたら、外に出られた目安になりますので」

と、辻村はドアを閉めると、もう一度しゃがんでマッチ棒をドアに立てかけた。

「昨夜も、私はこっそりこうしました。お客様方がリビングに戻られてから一人で残って。そして今朝になって、旦那様がお亡くなりになっているのを発見するまで、マッチ棒はこのままでございました」

えっ？　と木島は思わず息を吞んでしまう。

マッチ棒が動いていない？

木島の思考が混乱する中、勒恩寺が総括して云う。

「つまり、昨夜七時半頃に関係者の皆さんがこのドアの前から解散して、今朝死体が発見されるまで、ドアは一度も開いていないことになるわけだ。ドアは一晩中、閉ざされたままだった」

そう、一度でも開けばマッチ棒は倒れる。ところがマッチ棒は立てかけられたままだったという。これでは誰も中から出られない。

「木島くんの犯人内部仮説はなかなか興味深いが、これで崩れてしまったね。誰もドアを出入りできないのだから」

勒恩寺が楽しそうに云うのに、木島は異を唱えて、

「しかし、逃げる時にマッチ棒をもう一度、立てかけ直しておけばいいんじゃないですか」

「おいおい、どうして外部の犯人がマッチ棒の仕掛けのことを知っているんだ。知っているのは多分、辻村さん一人だぜ」

勒恩寺の言葉に、辻村は恭しくうなずいて、

「左様でございます。これは私だけの秘密でございました。お恥ずかしながら、このような下劣な手段で旦那様のご機嫌を推し量ろうと企むのは、執事として大変見苦しいことだと自覚しております。ですので誰にも申し上げたことはありません」

「うん、僕も知らなかった」

と、正継が云うと、登一郎もむっつりと、

「そうだな、マッチ棒一本なんて目立たないし、見つけられもしないだろう。辻村さんに聞かなければ誰も気がつかなかった。私ももちろん知らなかったよ」

その言葉に、里奈子も無言でうなずいた。視線は伏せたままだったが、同意の意思だけは伝わってきた。

木島は大いに戸惑った。これではドアは一晩中閉じたきりだったことになる。誰一人として出入りすることはできない。何てことだ。これでは本当に密室殺人じゃないか。空想の中だけのものだと思っていた探偵小説まがいの密室が、今まさに目の前に立ち塞がっている。こんなことが現実に起きるとは、信じられない。

「それで、リビングに戻ってから、皆さんはどうされましたか」

勒恩寺の質問は続いている。

「どうもこうも、いつ伯父が出て来て話が始まるか判らない、伯父は気まぐれだから。おとなしく待機していたさ」

と、登一郎が云うと、正継も、

「そうそう、どうせ強風がひどくて帰れなくなったんだ。交通機関も麻痺しているとテレビで盛んに云い始めましたからね、電車も運休しているかもしれない。あの大風の中、無理を押して出て行ってケガでもしたらつまらないし」

「車の運転も危険そうだったからな。結局、伯父の云うように泊まりになった」

と、うんざり顔の登一郎に、勒恩寺は問いかけて、

「一晩どう過ごしましたか」

「いや、特にどうということもないな。暴風関連の臨時ニュースをやっていたから、三人でずっとそれを見ていたよ、リビングのテレビで」

「私はお客様方にお茶をお出ししたりした他は、夕食の後片付けで厨房におりました」

辻村が云うと、正継も、

「交替で風呂も入ったね、レディファーストで里奈子ちゃんが最初で」

里奈子も無言でうなずいた。

「で、いつまでたっても伯父貴は出て来ない。こっちももう痺れを切らせちゃってね。こりゃ話も明日の朝になるだろうってんで寝ることにしました。十二時過ぎ、いや、一時前だっけ？」

正継に問われて、登一郎はむっつりと首を横に振って、

「覚えておらん。とにかく二階に上がって、自分に割り振られた部屋にそれぞれ引っ込んだんだったな。それですぐにベッドに入った」

「里奈子さんもそうですか」

「はい、風が一晩じゅう凄い音で、なかなか寝つけませんでしたけれど、ベッドに入っていました」

「辻村さんもお休みになった？」

勒恩寺に尋ねられ、辻村は、

「はい、お客様方がお休みになってから私も下がりました。ただ」

と、書斎のドアをちらりと見て、

「私も風の音が気になってうまく眠れませんでした。ですので夜中にここへ、旦那様の様子を窺いに参りました」

「このドアの前まで？」

「はい」

「声はかけましたか」

「それは憚られます。邪魔をするなとのご命令でございましたので。ただ、マッチ棒が動いていないのは確認いたしました。それで旦那様はずっとお籠もりになっているのだと思いました」

「それは何時頃のことですか」

「二時と、三時過ぎに。二度ほど」

「二回とも異常なかったんですね」

「ございませんでした」

「他のお三方は、二階で寝ていた、と」

勤恩寺の確認に、三人の従兄妹はてんでんばらばらにうなずいた。

それを確かめてから勤恩寺は、

「そして一夜明けて発見に至るわけですね。さっきのお話だと、発見者は辻村さんのようですね。何時頃でしたか」

「朝六時過ぎでございました。身支度を整えますと、まず旦那様の様子を見に参りました。この時もマッチ棒はそのままでしたので、旦那様は書斎の寝椅子で仮眠を取られたのだろうと思いました。そしてほんの少し様子を窺おうと、何気なくノブを捻ってドアを押すと難なく開きました」

「開いた？」

木島は、我ながら素っ頓狂な調子だと自覚しながらも、つい裏返った声を上げてしまった。し

かし辻村は淡々と折り目正しく、

「はい、すんなりと開きました」

どういうことだ、それは。

密室が開いた？

昨夜は鍵がかかっていたというのに、今朝になったら開いていたとはどういう意味だ。何なんだ、その中途半端な密室は？

木島は唖然としてしまったが、勒恩寺は両掌を揉み合わせて笑みを浮かべ、

「なるほど、開いていた。それで、中を見ましたね」

「はい、旦那様が変わり果てたお姿で。すぐに目に飛び込んで参りました。思わず駆け寄りまして、机の下に垂れていた左手を取ると、もう冷たくなっておられて。机が血塗れで右手には銃が。お気の毒なことでございます」

「その時、ドアの鍵に糸の仕掛けがあったのに気づきましたか」

「いえ、慌てておりましたので、それは目に入りませんでした」

と、辻村は丁寧に答える。

彼が死者を発見した際、さっき刑事が遺体の搬送の打診に来た時のように、テグスはだらりと垂れたことだろう。ドアは内開きだからそうなるのだ。

そう考えたところで、木島の頭の中で閃くものがあった。我知らず、それが口をついて出る。

「勒恩寺さん、ドアは一晩中閉じたままだって、さっき云いましたね」

「ああ、云ったな」

「ということは、犯人も一晩中書斎の中にいたとは考えられませんか。辻村さんがドアを開けた時には咄嗟に扉の陰に隠れて、辻村さんが死体に駆け寄って動転している隙にそっと逃げ出した」

そうすれば、マッチ棒が一晩中動いていないことにも矛盾しない。しかし、横から眉をひそめた名和警部が、

「まさか、いくら何でもそんな安直な。それは辻村さんだって気付くだろう」

「左様でございます。私もそこまでは耄碌《もうろく》しておりません」

辻村は淡々と云ったが、気を悪くさせてしまったかもしれない。確かに扉の裏に隠れた犯人に気がつかないという指摘は、相手を間抜け呼ばわりしているのと同義だ。申し訳ないことをした。そしてせっかくの閃きが空振りだったのを痛感して、木島はがっかりと肩の力が抜けた。

「それからどうしましたか、二階の皆さんを起こしましたか」

勒恩寺は木島の空振りがなかったことのように質問を続けている。辻村は粛然とした態度のまま、

「いえ、その場で警察に電話をいたしました」

と、上着のポケットからスマートフォンをちらりと見せて、

「通報を終えると廊下に出て、ドアの前から一歩も動きませんでした。こういう際は現場保全が第一かと存じましたので」

「書斎の中で何か触りましたか」

「いいえ、旦那様のお手に触れただけでございます。他には一切触っておりません」

辻村の毅然とした態度に、名和警部は渋い表情で、

「発見者の鑑《かがみ》だね、教則本に載せたいくらいだ。願わくば、どこの現場の発見者もそうあってほしいものだ」

どうやら他の現場で、発見者のせいで捜査に支障をきたした経験が少なくないらしい。それを思い出して不快そうな顔になったようだ。勒恩寺は、そんな警部の反応に少しだけ苦笑すると、

「皆さんはどうしましたか。登一郎さんはどうです？」

「どうもこうも、外が騒がしいんで目が覚めたんだ。窓から見ると、門の前にパトカーが集まっている。何事かと驚いて、慌てて下へ下りてきた」

「僕も似たようなものですね。階下が刑事と警官でごった返しているのに二階でぐうすら寝ていたんだから、我ながら図太いというか呑気というか。自分のことながら呆れましたよ」

と、正継も自嘲《じちょう》気味に云う。勒恩寺は質問の相手を変えて、

「里奈子さんも警察が集まってきて初めて事件を知ったのですか」

「いえ、あの、私は割と早く目が覚めていて、まだ下に下りても辻村さんもお休みかと、それで自分の部屋でぐずぐずしていました。そのうちにだんだん下が騒がしくなってきて、男の人達が大声で指示を出し合っていて、それが怖くてなかなか出て行けませんでした」

消え入りそうに儚い口調で云うのを、正継がからかうように、

「僕が迎えに行くまで毛布にくるまって震えていたね、里奈子ちゃんは」

「だって、怖かったから」

目を伏せたままで、静かに里奈子は云う。

「ではお三方は書斎の中は見ていないんですか」

勒恩寺の問いに、登一郎がぶっきらぼうに、

「遺体の身元確認だけはした、私が一人で代表して。現場の様子をしげしげと観察するような時間はなかったが」

「判りました」

と、勒恩寺はうなずいた。

これで状況はあらかた整理がついた。

しかし判らないことは増えた。

この密室はどうしたことだろう。一体何がどうなっている？　木島はこんがらがってきた。昨夜、被害者が射殺されたと思われる時、書斎のドアには鍵がかかっていた。関係者の内三人までもがそれを確かめている。ところが今朝、執事の辻村が発見した際、ドアに鍵はかかっていなかった。

鍵はいつ開いた？　そして誰が開いた？

何とも中途半端だ。

現場には被害者しかいなかったのだから、鍵の開け閉めをしたのは被害者自身なのだろうか？確かに閉めたのは判らないでもない。書斎に籠もるのに邪魔が入らないよう、被害者がロックしたのは充分にあり得ることだ。しかしその後はどうなる？　犯人は鍵のかかった書斎へいつ入ったのだろうか。被害者と一緒に入ったか、もしくは被害者に中からロックを外してもらって後から入ったのか。だがいずれにしても、鍵をどう閉めたのかが判らない。殺した後でドアから逃走

したとして、書斎の外から鍵はどうやってかける？　あのテグスとピンセットの仕掛けで閉めたわけではない。あれは使われていないままだ。丸々残っていた。もし使われていたのならば、ピンセットは横に倒れていなければおかしい。ところが実際には、ピンセットは縦に立っていた。あれではロックはかからない。鍵のつまみも縦の状態で、鍵は開いていたのだ。これも中途半端である。そもそもあの仕掛けはどうして残っていたのだろうか。犯人はなぜあれを発動させなかったのか。せっかくセットしたのに。放置しておいたら意味がない。

ひょっとしたら、証人達がドアを叩いて呼びかけた時、被害者はまだ生きていたのかもしれない。彼らがコンタクトを諦めて引き上げてから殺された？　そんな可能性はないだろうか。しかしそうなると、犯人がどうやって逃げ出したのかがますます判らない。その時にはすでにマッチ棒が、ドアを塞いだ形になっていたはず。ドアから逃げたらマッチ棒は倒れる。だが発見者の辻村執事の証言では、マッチ棒は動いていないという。とすると辻村の証言に嘘があるということか？　だいたい昨夜は閉まっていて今朝になったら開いている密室って何だよ。中途半端なことこの上ない。こんな密室に何の意味があるのか。

ああ、何だかもう、何もかもが判らない。

色々なことが矛盾している。

どうなっているんだ、この事件は。

様々なことが中途半端だ。

そうして木島が混乱した頭を抱えていると、勒恩寺はぼさぼさの髪をざっと掻き上げて、

「ここでのお話はもう結構です。狭いところで立ち話もくたびれるでしょう。あちらへ戻るとし

ましょうか」

そうして一同、ぞろぞろとリビングに戻った。木島も、頭の中が縺れて絡まった状態のままでついて行く。

血縁者三人がソファに落ち着いて先ほどと同じ態勢になると、勒恩寺が質問を再開した。再び堂々と腰を下ろした勒恩寺は、

「ところで、皆さん、凶器の銃ですが、あれは義範氏本人の持ち物だったようですね。あの銃に関して何かご存じのことはありますか」

その質問に、ソファに座った正継が答え、

「ああ、ご自慢のトカレフでしょう。ロシア製の不格好な」

「見たことがありますか」

「ええ、何度も。護身用だとかいって伯父貴は嬉しそうに見せびらかしていましたよ。そういうところは子供っぽかったんですけどねえ」

それ以外は頑迷で面倒なジジイでしたから、と言外に匂わせてにやにやする正継に、登一郎が苦々しげに、

「要は力の誇示だな、あれも。権力を持っているのをひけらかすのと同じだ。伯父のつまらん見栄だよ。だいいちあれ、持っているだけで違法だろう。捕まるから手放せと何度も意見したのに、聞き入れやしなかったな」

「そんな違法な物をどこから入手したのか、ご存じですか」

勒恩寺の質問に、またも正継が、

「伯父貴は手広く商売していましたからね、顔が広くて、筋のよくない金融業者なんかとも付き合いがあったようです。多分、そういう闇金融か何かの伝手で反社会勢力ともコネが繫がってたんじゃないかと思うんだけど、いや、確証はありませんよ、あくまでも僕の推測ってだけで」

「撃っているところを見たことがありますか」

勒恩寺の問いに、正継と登一郎の従兄弟は顔を見合わせたが、やがて揃って首を横に振った。

執事の辻村が物静かな口調で、

「旦那様も不法所持はご自覚されていたようで、実際に撃つのはためらわれていたようでございます。手元に置いてあるだけで安心だったのでしょう」

「なるほど、だから護身用なのですね。里奈子さんは見ましたか、銃を」

「いえ、私は、見る機会もありませんでしたから」

と、俯いたままの里奈子は小刻みに首を横に振り、消え入りそうな音量で、

「そもそもこのお屋敷に来るのも今回が二度目で。伯父もさすがに、女の子に銃なんか見せても怖がらせるだけだと判っていたのでしょう」

「そうですか、了解しました。では皆さん、話は変わりますが、ここまできたらざっくばらんにお尋ねします」

と、勒恩寺はことさら明るい口調で一同を見渡して、

「端的に云って、動機は何でしょうね。伯父さんは何者かに恨まれていたかどうか、ご存じですか」

「そりゃあれだけ手広くやってましたからねえ、かなり強引なこともしていたと聞きましたよ」

と、正継がにやにやしながら、

「随分阿漕《あこぎ》な商売もしていたみたいですね。他人の会社の株をダミー会社を通じて過半数取得したところで経営権ごと乗っ取る、とか。伯父貴の裏工作のせいで全財産はぎ取られて破滅した人も少なくないようで。殺したいほど恨んでいる人物なんかごろごろいたんじゃないかな」

「なるほど、昨日のあの強風をものともせずに殺害しに来るほど恨みを募らせた人材には事欠かなかった、ということですね。犯人は外部から来たのかもしれませんね。では逆に、内部はどうでしょうか、例えばお身内とか」

と、勒恩寺はデリケートな話題に踏み込んでいく。

「辻村さんは近くでご覧になっていて、何かお感じになりませんでしたか」

「はい、こんなことを申し上げるのは心苦しいのですが、お身内にも動機のあるかたはいらっしゃったように思われます」

「おい、辻村さん、何を口走ってるんだ、主家を売るようなマネを」

と、登一郎が怒気を露わにしても、辻村はあくまでも冷静に、

「お言葉ですが、私の主は旦那様お一人でございます。千石家の皆様にお仕えしているつもりはございません」

その返答に登一郎がむっとしたところで、勒恩寺は身を乗り出して、

「その話、詳しくお聞かせ願えますか」

「はい、単純に申し上げてお金でございます。旦那様は資産家でございました。お身内にはそれを相続する権利がございます」

辻村が淡々と云うと、正継が茶化《ちゃか》すように引き継いで、

「つまり、伯父貴はたんまり貯め込んでいるってことですよ。いやらしい話、年からいって、伯父貴が一番先に亡くなる可能性が高いでしょう。そうなると伯父貴の遺産は丸ごと兄弟の懐に転がり込んでくる。僕達の父親、残りの三兄弟ですね。伯父貴は奥さんを二十年ほど前に亡くしていましてね、病気で。そして子供もいない。外に隠し子でも作っていれば別だけど、順当にいけばうちの父親達三人が丸儲けできる仕組みになっているわけです」

「おい、正継、身内のことをそんな云い方する奴があるか」

登一郎が不機嫌そうにたしなめても、正継はにやにや笑いを浮かべた皮肉っぽい顔で、

「父親だけじゃなくて僕達だってそうですよ。だって親が一夜にして億万長者になるんだ。伯父貴の資産がどのくらいあるのかは知らないけど、不動産や有価証券なんかも含めれば何十億になるのか。親父達が三等分しても目の玉が飛び出る金額ですよね。億万長者になった親の金は、いずれは僕達の代が相続することになる。ありがたい話ですよね」

露悪的な正継に、不愉快そうな登一郎が、

「よさんか、みっともない」

「だって警察が調べなくたって判ることでしょう。隠す必要もない」

にたにたと笑う正継に、勒恩寺は、

「しかし、財産がいずれ手に入るのなら、何も慌てて殺害する必要はないと思うのですが。それは動機になりますか」

その疑問に、遠慮がちに立っていた辻村が、

「差し出がましいようですが、その件でひとつ存じ上げていることがございます。実は、旦那様は近々、遺言状《ゆいごんじょう》を書こうと準備しているところでございました。お年もお年ですし、先々のことをお考えになったのでございましょう。今年の初め辺りから色々なかたをお呼びになって、相談をしているご様子でした。税理士さん、弁護士さん、会計士さん、司法書士さん、そして旦那様の会社の主立ったお歴々。私には難しいお話は判りかねますが、漏れ聞くところによると、どうやら旦那様に万一のことがあった場合、資産はすべて会社の業務拡張の運転資金として運用される、といったお話のようでございました。昨日、お身内のお三方をお呼びになったのも、その遺言の内容についてお伝えする予定だったのではないかと、私は見当をつけました次第でございます」

登一郎はそれを聞いて、不快そうに眉を寄せると、

「そう、そういう動きがあることは薄々勘付いていた。昨日呼び出しがかかった時、いよいよ遺言状の中身が固まってきたのかと、慌てて飛んできたんだ」

正継も皮肉っぽく口の端を歪めて、

「そうそう、せっかくの資産を業務拡張なんかに使われちゃったら敵わない。父親達が相続するはずの金がなくなってしまう。どうにか伯父貴を翻意させようと、押っ取り刀で駆けつけましたよ」

「では、遺言状を書く前に殺してしまおうと考える人がいてもおかしくない、と?」

勒恩寺の問いに、正継がうなずいて、

「うん、さしずめ登一郎さんなんかその筆頭候補なんじゃないかな。会社の経営が躓いているの

は耳に入っていますよ。伯父貴にも当座の回転資金を借りようと、ちょくちょく頼みに来てたでしょう」

「バカなことを云うな。それを云ったらお前だってそうだ、正継、馬だの舟だのにつぎ込んで年中金に困っているじゃないか。伯父に借金を頼みに、ここへ日参していたのも俺は知っているぞ」

登一郎が苛立った調子で云うのを、正継はへらへらと笑って受け流し、

「いやいや、怒鳴りつけられて追い払われるだけでしたよ。体よく逃げられるのもしょっちゅうだった。伯父貴は急に都心の会社に用ができたと、僕を放っぽり出して出かけてしまうんだから。ぽつんとバカみたいに取り残されることが多かったものですよ。登一郎さんだって経験があるでしょう」

「それはあるが、だからといって殺すなんて短絡的なことを考えるはずがなかろう」

「どうでしょうね、それほど資金繰りに困っていたのかもしれない」

「お前だってタチの悪いところから借金して身の危険を感じていたんじゃないのか。東京湾に沈められるくらいなら、一発逆転で伯父の遺産を狙いにいったほうがいいと考えたんだろう」

登一郎の暴露に、正継は皮肉っぽく唇を歪めて、

「ひどい云われようだ、そんな分の悪いギャンブルに手を出す間抜けみたいに云わないでほしいな。でも、そういうことを云うなら里奈子ちゃんだってそうだろう」

突然の流れ弾に被弾した里奈子は、びくりと顔を上げて、

「そんな、私は伯父さんに借金の申し込みなんてしていません」

「いやいや、比奈子《ひなこ》ちゃんの留学資金の話さ。音楽を本格的にやりたいから渡欧したいってのが比奈子ちゃんの希望だろう。妹想いの里奈子ちゃんとしてはその夢を叶えてやりたい。でもお父上は零細企業でリストラ寸前の窓際族だ。お金がない。けれどそのお父上が突然億万長者になれば、すぐに妹さんを留学させてあげられる。そのために伯父貴の遺産を狙ったっておかしくないだろう」

からかうように云う正継を、里奈子は上目遣いで睨みつけ、低い小さな声でぶつぶつと呪詛の呪文のように、

「ふざけるなよ、この遊び人のろくでなしの低脳めが、お父さんに無礼なことを云いやがって、うらなり瓢箪《ひょうたん》の落ちこぼれ野郎のくせしやがって、手前なんぞ借金のカタに臓器売買されて内臓カラっぽにでもなってくたばりやがれ、この根性なしの腑抜け底辺め」

静かな恨みと怒りが籠もった憎しみの言葉を、ぶつぶつと垂れ流している。黒魔術師の呪いのようだ。三白眼《さんぱくがん》になっている。聞いているこっちにまで悪運が降りかかりそうな、怨嗟《えんさ》と憎悪に満ちたつぶやきだった。自己主張は控え目な性質だと思っていたけれど、どうやらその分、内に溜め込んで発酵させるタイプだったらしい。木島は思わず、少し後ずさりしてしまった。

そんな醜い身内の暴露合戦が繰り広げられるのを、名和警部は呆れた顔で遠巻きにしている。勒恩寺も苦笑しているが、面白がっているふうにも見えた。

さすがに見かねたようで、年長者の辻村が割って入って、

「まあまあ、皆さん、そのくらいで。警察の方々の前であまり見苦しいマネはおよしになったほうが」

そんな辻村にも跳弾が向かっていく。

「そういう辻村さんはどうだ。伯父貴を殺す理由がないとでも云うのかい」

正継に云われて、辻村は面喰らったみたいに、

「私には相続権がございません。殺す理由などあるはずもありません」

「いやいや、どうかな。金の話じゃなくて気持ちの問題だ。あの性根のひん曲がった伯父貴に長年仕えていたら、溜まっていく感情もあったでしょう。あの底意地の悪い伯父貴のことだ、辻村さんのことも散々いびったんじゃないですか。積年の恨みが積もり積もって殺意が形成される、なんてサスペンスドラマなんかじゃよくある筋書きだ」

「そんな、めっそうもありません。私が旦那様を恨むだなんて」

正継に問い詰められて辻村が引きつった顔で否定するのを、登一郎も追撃して、

「いや、前に見たことがあるぞ。伯父が理不尽なことで怒鳴りつけた後、去っていく伯父の背中を睨みつける辻村さんの目を。あれは恨みと憎しみに凝り固まった、煮えたぎるみたいな目つきだったな」

「誤解でございます。私はそんなふうに旦那様を見たことなどありません」

「そうは見えなかったな。あれは殺意に燃える憎悪の目だったよ」

「デタラメをおっしゃるのはおやめください」

そろそろ収拾がつかなくなったところで、勒恩寺が、

「つまり、この場にいる関係者全員に動機があった、ということで構いませんね」

と、身も蓋もないことを云い放った。

＊

庭へ出た。

刑事達に依頼した枝切り作業が終わったらしい。

相変わらずのいい陽気で、殺人事件や身内同士の醜い罵り合いが嘘みたいだ。のどかな太陽は、さっきより少し傾いている。

早速、館の南側の外壁に向かった。勒恩寺を先頭に木島が続き、名和警部が律儀についてくる。

現場には、ノコギリを持った刑事が一人残っていた。スーツの上着は脱いで、腕まくりしたワイシャツが汗だくである。

「主任、三十分かかりました」

「ご苦労。よくやってくれた」

名和警部の心からの労いの言葉を受け、刑事は憎々しげな一瞥を探偵と木島に向けて、その場を立ち去る。

勒恩寺は何も気にしていないけろりとした顔つきで、倒木の枝を観察している。

邪魔な枝が切り払われていた。

ただし全部の枝が切られているのではない。建物の外壁に面した一部だけだ。頭の届く上のほうは切らずに放置してある。地面に接した部分と、その上部だけが切り払われている形である。

外壁に向かって、枝のトンネルができている感じだ。高さは一メートル少し。腰をかがめるだけでは奥には進めないほど、狭いトンネルだった。刑事達が探偵のリクエストに気分を害して、とりあえず壁まで届いていればいいんだろう、というヤケっ八な姿勢で作業した心境が伝わってくる。

勒恩寺は、そんな刑事達の精一杯の抵抗を何とも思っていないふうに、

「よし、これで行けるな、潜ってみるとするか。警部殿、いいですね」

「好きにしたまえ」

答える名和警部も若干投げやりだ。木島は置いていかれまいと、

「勒恩寺さん、僕も一緒に行って構いませんか」

すると探偵は、ちょっとびっくりしたように「ああ、君、いたんだっけ」という顔つきになってから、

「ああ、構わない、ついて来たまえ」

と、答えた。

枝のトンネルは低く、おまけに狭い。二人入ればぎゅうぎゅうだ。四つん這いになって二人で進む。といっても、五、六歩進めば壁に突き当たる。不平を云う暇もない。

外壁は、相当に経年劣化が進んだ板張りだった。ペンキが剝げていて地肌がほとんどムキ出しになっており、あちこちにひび割れが見られる。やはりオンボロ屋敷という表現がぴったりだ。

そんな壁の一部に、勒恩寺は手を伸ばす。四つん這いの窮屈な姿勢のまま、背後から木島はその手元を覗き込んだ。

「ふん、判りにくいな。見たまえ、木島くん、どこが穴の出口か、ちょっと見たくらいではよく判らない」

　確かに板壁は全面がぼろぼろで、デコボコだらけだ。どこもかしこもひび割れている。ただ、二本の糸のような物が板の隙間から飛び出している箇所がある。もちろん例のテグスと導火線だ。それでそこが穴の出口だと判る。地面から五十センチほど上がった壁面で、つまりこの高さが内部の床の高さになるわけだ。

　勒恩寺はポケットから小型のナイフを取り出した。

「探偵の七つ道具のひとつ、ミニナイフだ」

　と、小学生みたいな無邪気さで云う。ナイフは指一本分くらいの長さしかない。確かにミニだ。

「これ一本あれば色々と便利だぞ。拘束されてもロープを切断して脱出することもできるし、時限爆弾を解除するのに赤か青のコードを切れる。いざという時には武器にもなる。そしてこんなこともできる」

　と勒恩寺は、テグスが飛び出している板の隙間にナイフの先を差し込み、こじる。

　ぽろっと、壁の一部が外れて落ちた。

　元々取れるようになっていたのだろう。底辺二センチ、高さ七センチほどの直角三角形の板の切れ端だ。それが外れて落ちてきた。勒恩寺はその切れ端を片手でつまみ上げ、

「なるほど、元から腐食《ふしょく》で落ちかけていたのを誰かが外れるようにしたようだな」

　勒恩寺がつまんだその部品を見ると、なるほど一部が腐ったように風化していて、三角形の短

辺だけが刃物か何かで切り出したように見える。

この直角三角形の小さな切れ端が、蓋のように外壁の一部になって、そこを塞いでいたのだ。

「他にもこんなふうに腐食で外れかけているところがいくつもあるな」

と、勒恩寺は四つん這いのまま、ぼろぼろの外壁を見上げる。

「ここもちょうど取れかけていたんだろう。犯人はそれを利用したんだ」

その切れ端が外れた壁には、当然のことながら穴が開いていた。とはいえ二センチかける七センチなので、穴は平べったく、狭い。その隙間からテグスの端がだらりと垂れ、導火線も地面につかない程度の長さでぶら下がっている。

「探偵の七つ道具のひとつ、ミニペンライトだ」

勒恩寺が得意げに云った。いつの間にか手に、万年筆のような細長い物を持っている。どこから取り出したのだろうか。

ペン型のそれを捻ると、先端に灯りが点いた。ライトを壁の細い穴に近づけ、地に這うような姿勢で勒恩寺は、自分も顔を寄せて穴の中を覗き込む。

「なるほど、こうなっているのか、一目瞭然《いちもくりょうぜん》だね。うん、判りやすい」

独り言をつぶやいてひとしきり覗き見て満足したらしく、万年筆のようなライトを渡してきた。

「木島くんも見てみたまえ」

場所を入れ替わって、木島は勒恩寺と同じ体勢になった。ライトを使って穴を覗く。

外壁の板の向こうに、五センチくらいの幅の空間があった。その奥に内壁の板が見える。恐らく空間には、断熱材か防音材か何かが挟み込まれていたのだろう。それが長い年月で劣化して崩壊し、下に落ちてしまったのだと思われる。今はただ、すっぽりと何もない暗闇があるだけだ。

テグスと導火線は、その空間を通って内部の壁の向こうへ通っている。

ライトに照らされてそちらの風景も見える。

目の高さに書斎の床がある。そこに導火線が伸び、右手に進んで見えなくなっている。テグスはまっすぐ伸びていて、クラシックな寝椅子の下を這っているのが見える。ただ、視界が狭いのでそれ以上は見えない。しかしこれで充分だろうと、木島は思った。糸と針の仕掛けはこうして外に繋がっていた。それを確認できれば目的は達したことになる。

「よし、これでいい」

と、勒恩寺が手を伸ばしてきて、三角形の切れ端を壁の隙間に嵌め込んだ。それはパズルの部品みたいにぴったりと嵌まった。ぼろぼろの外壁に自然に溶け込んで、壁の一部になる。テグスと導火線の二本が挟まれて飛び出していなければ、そこに穴があるとは気がつかないことだろう。

「さあ、出よう、これじゃ狭くて敵わない」

と、勒恩寺が云った。

＊

再び現場に戻ってきた。

書斎だ。

遺体はすでに運び出されていて、重厚な机には誰の姿もない。多量の血痕が残されているけれど、ご本尊の不在は心理的負担が大いに軽減される。木島は顔には出さないが、心底ほっとしていた。

数人の刑事達があちこち嗅ぎ回っていたが、例によって名和警部が人払いしてくれた。舌打ちしながらぞろぞろと出て行く刑事達。敵意に満ちた視線を向けられるのは今日何度目だろうか。

勒恩寺はそんな刑事達の冷たい目などなかったかのように平然と、

「ではやってみよう、警部殿、お願いします」

名和警部は心得顔で、

「判った」

と、書斎の奥へ向かって行く。そういえばさっき、枝のトンネルを出た後で何か打ち合わせをしていたようだったが、何を始める気なのか。木島が黙って見守る中、名和警部は窓の横に立った。テグスが床の隙間に潜り込んでいる辺りだ。

「おい、やってくれ、ゆっくりとだぞ」

名和警部は壁に向かって大きな声で命じた。

「了解」

と、外からくぐもった声が聞こえてくる。

「さあ、いよいよだぞ」

そう云って勒恩寺は両掌を擦り合わせている。

「何を始めるんですか」

尋ねる木島に、

「実地検証だよ、よく見ていたまえ」

勒恩寺は、悪戯っぽい目で笑いかけてきた。

そうこうするうちにテグスに変化が起こった。

だらりと床を這っていた糸に、張りが出てきたように見える。例の穴の外から引っぱっているのだろう。多分、やっているのは警部の部下の一人だ。こんなことに付き合わされる我が身の不運を嘆いているのが想像できる。

なるほど、実地検証というのはこの糸と針の仕掛けを実際に作動させてみることだったのだ。

勒恩寺は楽しそうにそれを見つめ、木島も固唾《かたず》を呑んで一緒に見守る。

テグスが引かれ、どんどん張りが強くなる。床から離れて宙に持ち上がる。壁の穴、寝椅子の下、帽子掛けで九十度方向を変え、冷蔵庫の下を潜っている。そして青磁の壺の取っ手を通って、ピンセットの頭へと力がかかる。ピンセットはドアの鍵のつまみを挟み込み、直角にそそり立っている。

やがてテグスの張りに限界がきた。ピンと張りつめ、弓の弦のごとくきりきりと引き絞られる。ピンセットの頭から伸びたテグスは、左斜め下四十五度くらいの角度で引っぱられている。壺の取っ手の位置がピンセットより低いので、それで斜め下を向いているのだ。

ぴきぴきとテグスが張り、ついに均衡が崩れた。斜め四十五度下に引かれて、ピンセットが、がくんと横倒しになる。縦だったピンセットは一気に横になった。その動きで、ピンセットが噛んでいた鍵のつまみも九十度回った。これで鍵がかかった。ロックされて密室ができたのだ。

テグスはなおも引かれる。今度は鍵のつまみを挟んでいるピンセットの口の部分に限界がきた。下四十五度の角度に引かれ、ピンセットはすっぽりと抜ける。ピンセットの先端にゴムのカバーが嵌められていたのは、この時金属同士が擦れ合ってつまみに傷がつかない用心のためと思われる。よく考えられている。

ピンセットは軽い音を立てて床に落ちた。これで密室は完成し、残りの工程は仕掛けの回収である。

テグスが引かれ、ピンセットが進んで行く。

壺の取っ手の部分で一度宙に持ち上がり、取っ手をすり抜けるとまた床に落ちる。ずるずると冷蔵庫の下を潜り、帽子掛けの支柱を九十度回って方向移動する。寝椅子の下を通って、とうとう壁の隙間まで辿り着く。そこで少しつっかえる。隙間が狭くてピンセットが通りにくいのだ。しかし頭を引かれているピンセットは、隙間の狭さに合わせて脚部を畳んだ。何かを挟む時の形に平たくなったピンセットは、どうにか壁の隙間に潜り込む。そして壁の隙間を通って部屋の外へと消えていった。庭にいる刑事が回収したのだろう。

こうして現場に残されたのは、ロックされた鍵だけ。糸と針の仕掛けは見事に機能したのだ。

緊張して見守っていた木島は、無事に終わってほっと息をつく。

「ブラボーっ、ブラボーっ」

隣で勒恩寺が大興奮の体で両手を叩いている。一人スタンディングオベーションだ。嬉しそうな勒恩寺は、

「素晴らしい、このレトロな味わい、これぞ由緒正しき糸と針の密室だ。テクノロジーが幅を利かせるこの時代にあって優雅で復古調のこの風格はどうだ。すべての人々が小型コンピューターの端末を手にした現代で、よもや本物の糸と針の密室にお目にかかれるとは、何とも素晴らしいではないか。このクラシカルな美学、簡易ながらも心強い手動式の頼もしさ、古典的で伝統に則った純粋さ。これが粋というものだ。どうだい木島くん、見ただろう、凄いじゃないか。俺達は今、古典復興という歴史の目撃者になったのだよ、君ももっと誇っていい、胸を張りたまえ」

「はあ」

としか云いようがない。そんな大仰《おおぎょう》なことなのだろうか。興奮する勒恩寺の神経がよく判らない。

木島の態度が不満なようで、勒恩寺は眉をひそめて、

「何だ、喜ばないのか、君は。つまらん男だな、木島くんも。このロマンが判らないのか。人力による糸と針の密室。その仕掛けを直に見られるなんて探偵冥利につきるじゃないか。それも本物の殺人犯による手作りだぜ。どうして君はこの美しさを理解しないんだ」

いや、そう云われても返答に困る。木島は困惑することしかできなかった。

勒恩寺は木島との共感に見切りをつけたらしく、ぷいっと方向転換すると、

「それではもうひとつのほうも実地検証だ」

と、暖炉のほうへと歩き出す。

例の導火線がぐるぐると渦を巻いて暖炉の中でのたくっている仕掛けがあるところだ。

さっきから気になっていたのだが、それとまったく同じ物が暖炉前の床に這っている。ぐるぐ

る渦巻きの導火線がもう一組あるのだ。先ほどの死体つき実況見分の時には、こんな物はなかった。

「これは何ですか」

勒恩寺について行きながら、木島は尋ねる。勒恩寺は共感を得られなかった件で機嫌を損ねたふうでもなく、

「警部殿に依頼してレプリカを作ってもらったんだ。さすがに証拠物件に火を点けるわけにもいかない。刑事さんにひとっ走り、導火線を買いに行ってもらった」

間違いなく刑事は嫌な顔をしていたことだろう。現に、窓際に立った名和警部は渋い顔になっている。探偵の使いっ走りを部下にさせるのは本意ではないに違いない。

勒恩寺はそういった刑事達の心の機微に気を遣う様子は一切見せずに、ポケットから何か取り出した。

「探偵の七つ道具のひとつ、ミニ着火装置だ」

いや、それはただの使い捨てライターである。

勒恩寺は屈み込み、渦を巻いた導火線の先端に炎を近づける。そして鋭い声で、

「木島くん、時間っ」

「えっ？」

「時間を計るんだ、早くっ、もたもたするなっ」

木島はあたふたとスマートフォンを取り出し、ストップウォッチ機能を起動した。そういうことが必要ならば前もって云っておいてほしい。わたわたしたけれど、何とか間に合った。

勒恩寺が着火するのと同時にストップウォッチもスタート。蚊取線香みたいにぐるぐるの形の導火線は、見る見る燃え進んでいく。ぱちぱちとかすかな音を立てながら、ぐるぐると火が走る。木島はそれをストップウォッチと睨めっこで、視界の端で追った。

火は円形の軌道を何度も繰り返して、やがて中心に辿り着いた。暖炉の中の現物と違って爆竹はセットしていないので、中心部で唐突に立ち消えになる。

「木島くん、時間は」

「えーと、二分十四秒です」

「うむ、窓の下を進む時間も考慮すると二分半といったところか。まあそれだけあれば色々できそうだ」

と、勒恩寺は渦巻きが燃え消えた床を観察しながら、

「ふん、やっぱり少し灰が残るね。暖炉の中に仕掛けたのはこの灰を隠すためだろう。他の灰に紛れてしまうからな。床に伸びた部分の灰は、昨日の大風で暖炉の中から散ったものだと鑑識も解釈してくれるだろうと、きっとそう踏んだのだろうね」

検証の結果に勒恩寺は満足そうだった。

そこで木島は声をかけて、

「もう検証は終わりですか」

「うん、充分だ」

「それじゃ、少し話を聞いてもらえませんか。気になっていることがあるんで」

と、木島はずっと引っかかっていることを尋ねてみることにした。勒恩寺は「へえ、このぼん

くらでも何か考えていることがあるのか」と一瞬、面喰らったようだったが、しかしすぐに取り繕ったような笑顔でこちらに向き直り、

「ああ、随伴官とはよく話し合うのが鉄則だ。聞こうじゃないか、その気になっていることというのを」

「あの、今さらこんなことを云い出すのもあれかもしれませんけど、これ、本当に殺人事件なんでしょうか。自殺という線はありませんか」

「自殺だって？」

「はい。だって、被害者はその机で頭を撃って亡くなっていました。右手に拳銃を握って。これは一見、自殺に見えませんか。最初に見た時、そう感じたんです」

木島は、初めから抱いていた違和感を吐き出して云った。ずっとすっきりしない気分だったのだ。それに、自殺と考えれば密室の謎も解ける。

「桜が倒れた時はまだ生きていたんです。その時は被害者本人の手で鍵をかけていた。そして関係者が声をかけて立ち去った後、中から自分でロックを外して自殺した。そういう順番ならば、朝になったら鍵が開いていたことにも説明がつきます」

木島は力説したが、勒恩寺はこともなげに、

「それはないな」

さらりと云う。そのあっさり加減に戸惑いながらも木島は食い下がり、

「どうしてですか。これなら密室が密室でなくなりますよ。何か否定する理由があるんでしょうか」

「理由ならば明白だ。俺の論理がそう告げている」

煙に巻こうとしているのかと思ったけれど、勒恩寺は大真面目な顔つきだった。そして、もさもさの髪をざっと掻き上げてから、木島を正面から見すえて、

「いいか、木島くん、一見自殺に見えるという君の感覚は判る。机の周辺だけを見た場合はね。しかし、たった今実地検証したあの糸と針の密室の仕掛け、あれはどう説明する？　それに導火線の仕掛けもだ。誰が作ったと思う？」

「ええと、自殺だとしたら、多分被害者本人でしょうね。まさか別の人物が自殺現場にあんな仕掛けを施したとも思えないですし」

「そう、本人は自殺して、まったくの第三者が密室の仕掛けを用意した、というケースはまず考えられない。何のためにそんなことをするのか意味不明だ。そんな不自然なことをする必然性がまったくない。それに仕掛けなど作ったことで他殺に間違われて、濡れ衣を着せられたんでは堪らないだろうしね。だから仕掛けたのは自殺者本人だと考えるしかない。だが、何のためにやった？」

勒恩寺に正面から問われ、木島は必死に頭を回転させる。

「えーと、自殺に見えないようにしたかった、とか。あんな仕掛けが残っていたら、誰も自殺だとは判断しないでしょう。捜査陣はきっと、犯人が密室を作ろうとしたと思い込むわけです」

「ほほう、自殺を自殺に見せないように」

「そうです、他殺に見せるようにしたんです」

木島が主張すると、勒恩寺は軽く首を振って、

「そのためだけにここまでややこしいことをしたと云うのかい、ロジカルではないな、木島くん、コストパフォーマンスが悪すぎる。自殺を他殺に見せたいのなら、もっと簡単な方法がいくらでもありそうじゃないか。例えば、そうだな、ちょっと丈夫なゴム紐を拳銃に引っかける、そして頭を撃つ、ゴム紐に引っぱられて拳銃は部屋の隅に飛んで行く。何なら窓を開けておいて、外へ飛び出す細工をしてもいい。凶器が死体から離れた庭で発見されれば、警察は確実に他殺の可能性を視野に入れてくれるぜ。ゴム紐は、床に紙テープやゴムチューブなんかをバラ撒いてカムフラージュすればいい。ほら、どうだい、これなら簡単だろう。ゴム紐一本で他殺を演出できる。何もあんな手の込んだ糸と針の仕掛けを作り込む必要はないだろう。無駄が多すぎる」

「それは、まあ、そうですけど」

　木島が反論できなくてもごもご云うと、勒恩寺は冷静な口調のまま、

「それに、昨日、被害者は甥姪を呼んでいる。自殺するのにどうして呼び出す必要がある？」

「それは、つまり最後にお気に入りの親族に会っておこうと」

「さっきの様子だとあまりお気に入りのようにも見えなかったけどね。それに、顔も見ないで閉じ籠もったぜ。自殺するつもりならば、それは変じゃないか」

「ああ、そう云われれば」

　木島がぽかんとすると、勒恩寺は、

「被害者がそんな殊勝なパーソナリティだとも思えないしね。人情家ではなく底意地の悪い人物だというのが、当の身内の評価だったろう。一人で自殺するのが淋しいから、側に親族がいてほしいタイプとは、ほど遠いように感じるのだが」

「だったら、悪意があって呼んだ、と仮定したらどうでしょう。そう、容疑をかけるために、です。性根の曲がった自殺者は、ただで死ぬのはつまらないと考えたんですよ。意地悪く、誰かに殺人の嫌疑をかけようとした」

「誰かとは、具体的に誰のことだね」

「誰でもいいんですよ、三人のうちの誰かです」

「そんな曖昧な話があるものか。誰かに濡れ衣を着せようと狙うのなら、一人に絞るのが普通だろう。それに、糸と針の仕掛けを作るより、確実な方法はたくさんありそうだ。誰か一人、例えば里奈子さんを呼び出す。夕食後にでも、皆が見ている前で里奈子さんだけを書斎に呼び入れるんだ。そして二人になったらいきなり銃を取り出して、相手の手に無理やり押しつけながら自分の心臓を撃ち抜く。これはなかなかいい手口だろう。銃声を聞きつけた他の面々は何事かと駆けつけて来る。ドアを開けると目に飛び込んでくる光景はこうだ。胸を射貫かれて倒れた義範氏の死体、茫然と立ち尽くす里奈子さん、床に落ちた拳銃、まだ残る硝煙の匂い、他には誰もいない。これなら誰が見ても里奈子さんが殺人者にしか見えないだろう。どうだい、簡単な手口で効果は高い。コストパフォーマンスは抜群だ。事前に日記にでも〝姪の里奈子が私の命を狙っているようだ、恐ろしいことである〟とか何とか書き残しておけば、さらに確実性は増すだろうね」

勒恩寺は陽気に云う。口調とは裏腹に、エゲツないことを考えつく人である。その情け容赦のない探偵はさらに続けて、

「そんな具合に、他殺に見せかけて自殺するには、糸と針の仕掛けは無駄に凝りすぎている。あそこまで精巧に作り込む必要はないはずだろう。かといって被害者は自殺だが仕掛けは別人が

作ったという線もない。さっき云ったように、ヘタしたら自分に殺人の容疑が降りかかってくるし、そもそも意味がない。これでも本件が自殺だと云うのかね、木島くん」

「確かに、そう云われれば変ですね。警部さんもそう思ったんですか」

と、木島は、ずっと黙って窓際に立っていた名和警部にも尋ねてみる。まったく口を挟まずにこちらのやり取りを見守っていた警部は、それでようやく口を開いて、

「そこまで具体的に考えたわけではない。だが、これほどごたごたした自殺現場は見たことがないからな。どう見ても何者かの作為を感じた。だから課長に最初の報告を上げた時、不自然極まりない現場だと説明したんだ」

それで一課長が気を回して、特専課の出番となったわけだろう。

木島は軽くうなずいてから、さらに、

「自殺ではないのは納得しました。ただ、もうひとつ引っかかっていることがあります」

「何だ、この際ついでだ、何でも云ってくれ」

面倒くさがるでもなく、勒恩寺は云う。面倒見がいいわけではなく、どうやら議論そのものが好きなようだ。

「あの仕掛け、糸と針の密室の細工は犯人がやったものなんですよね」

木島の問いに、勒恩寺はうなずいて、

「恐らくそうだろうね。殺人犯とは別に、あの仕掛けだけを独立して施した第三の人物がいると考えるのは不自然すぎる。犯人が仕掛けたと考える他はないだろう」

「それは同意します。けれど、本気だったんでしょうか」

「ん？　本気でなかったら何だというんだ」

首を傾げる勒恩寺に、木島は主張して、

「単なるパフォーマンスだとは考えられませんか。だって仕掛けは作動していなかったんですよ。今の実験でちゃんと動くことは実証できました。けれど犯人は使っていません。何だか見せかけというか、これ見よがしというか、捜査陣によく見てもらうために残しておいたふうにも思えるんです」

「何のためにそんなパフォーマンスをする必要がある？」

「例えば、捜査を攪乱するため、とか。おかしな仕掛けがセットしてあれば警察はそれに気を取られて本来の捜査が疎かになる、それを狙って。現に警部さんは気にしているじゃないですか」

木島が熱弁を振るうと、勒恩寺は呆れたものだと云わんばかりに、ゆっくりと首を振って、

「やれやれ、木島くんは警察という組織をまるで判っていないね。警部殿、どうですか、捜査陣は彼の云うように気を散らされたりしますか」

「いや、それはないな。気にしたのはあくまで私の個人的な印象だ。部下達はどんな奇妙な現場でも、本筋の捜査は疎かにはせんよ」

と、名和警部は断言する。勒恩寺もその言葉にうなずいて、

「そう、警察という組織は実に律儀でね。ある意味、杓子定規にしか動かない。何か想定外のことがあってもルーティンからはみ出したりせず、地に足が着いた地道な捜査をまっとうする。黙々と物証を辿り、淡々と聞き込みに回り、粛々と関係者の証言を集め、着々と目撃者を探す。捜査の基本を外すことはない。これだけ細密な仕掛けを作る犯人だ、そういう慎重な警察の体質

を予測しないはずがない。パフォーマンスとして糸と針の仕掛けをわざと残したところで、捜査体制が小揺るぎもしないことは事前に推し量ることくらいできるだろう。あんな仕掛けを必要以上に気にかけるのは、俺のような探偵くらいだ」

「それじゃ、あの仕掛けは捜査を混乱させるためのダミーじゃないんですね」

「明白だな」

と、勒恩寺は明言する。

「犯人は本気だった？」

「そうだろうな。恐らく本気であの仕掛けを使って密室を作るつもりだったんだろう。ねえ、警部殿、あの仕掛けが事件発覚前にちゃんと作動していたら、刑事さん達は見抜けていたでしょうかね」

勒恩寺の質問に、名和警部はちょっと言葉に詰まって、

「うむ、それは、ううん、どうだろうな。糸とピンセットが回収されていて現場に何も残っていなかったとしたら、そんな物が使われたと想像できたかどうか、いささか心許ない気もするが、いや、人が悪いぞ、探偵、それこそあんたの領分だろう」

「これは失礼。余計なことを云いました。だからね、木島くん、犯人は本気で密室殺人を完成させるつもりであの仕掛けを用意したんだと、俺は思うんだ。そうだからこそ、俺はこんなにわくわくしているんじゃないか。この現代で、古き良き探偵小説全盛期のごときクラシカルな仕掛けが作られたんだぜ。この現場に出会うことができて俺は本当にラッキーだったよ。そしてそれを自分の論理で解決できるんだから、これほど感激することもないだろう」

その勒恩寺の云い回しに、木島は引っかかりを覚えた。

「まるで、もう解決できるみたいな口ぶりですね」

そう云うと、勒恩寺はきょとんとして、

「ん？　できるが。それがどうした」

「えっ、もう真相が判ってるんですか」

驚く木島に、やけにあっさりと勒恩寺は、

「ああ、もちろん」

「中途半端な、あの密室の謎も解けた？」

「そう云っているが」

「犯人も判っていると云うんですね」

「当然だな」

「一体いつ判ったんですか」

「うーん、さっき関係者の話を聞き終えた時には」

「えっ、それじゃ、全員に動機があるとか何とか身も蓋もないことを云った時には、もう全部解決してたんじゃないですか」

「うん」

物凄く素直に、勒恩寺はうなずく。木島は思わず声のトーンを上げてしまい、

「うんじゃないですよ、どうしてさっさと解決しなかったんですか」

「だって、あの仕掛けが動くところを見たいじゃないか。せっかくの機会だ、テグスとピンセッ

トの仕掛けでうまく密室が作れるか、目の前で確かめたくなるのが人情だろう」

通常誰しもそう思うはずだが、と云わんばかりの、のほほんとした顔で勒恩寺は云う。いや、普通は解決を優先するだろう。勒恩寺の神経がますます判らない。探偵というのは押し並べてこんな変な人ばかりなのか。

木島は呆れ返りながら、

「だったらもう気が済んだでしょう。仕掛けは見たんですから」

勒恩寺はやたらと無邪気にうなずいて、

「ああ、そうだね、そろそろ仕事に取りかかるとするか。と、その前に、警部殿、またひとつお願いがあります」

名和警部は半ばうんざりした顔でこちらに近づいてきて、

「今度は何だね。また刑事に柴刈りの真似事をさせようというのかね」

それを聞こえないフリで勒恩寺は、こっちに向き直り、

「どのみち今日中には解決するつもりだったんだ。現場入りした当日に解決すると、警察庁から早期解決手当てがたんまり出る」

そう云って、にんまりと笑った。

＊

再び、リビングルームである。

今度は警察側の人数が多い。名和警部が二人の刑事を従えている。事件解決に備えての増員なのか、やけにがっしりした強面の二人である。

木島達がリビングに入って行くと、関係者の三人はソファで退屈そうにしていた。執事の辻村の姿だけ見えない。名和警部の合図で刑事の一人が奥へ向かい、厨房から辻村を連れてくる。手を拭きながら出てきた辻村は怪訝そうな顔をしていた。

ソファに座った千石登一郎が、

「そろそろ帰っても構わないだろうか、いつまでも拘束される謂われはないと思うのだが」

不機嫌さを隠すことなくそう云った。

その隣の千石正継も、

「もう話すべきことは話しました。いい加減解放してくださいよ」

辻村もその言葉に、立ったままでうなずいた。千石里奈子は目を伏せて、楚々とした佇まいで座っている。先ほど暗黒魔道士みたいなぐろぐろとした一面を見せたのは気にする様子もない。

勒恩寺は、そんな関係者達を見回して宣言する。

「間もなくです。もう事件は終息します。皆さんもお帰りいただけますよ。ただし、犯人を除いてですが」

場が、ざわりと浮き足だった空気になる。登一郎が不満げに、

「まさか、我々の中に犯人がいるとでも云い出すんじゃないだろうな」

「そのまさかですよ。犯人はこの中にいます。俺の論理がそう告げている」

姿勢のよい立ち姿でそう告げた勒恩寺は、関係者、いや、今のひと言で容疑者候補に格上げさ

れた四人を再び見回す。

「では、始めましょう」

と、勒恩寺は、例によって空いているソファにどっかりと座って、話の口火を切った。木島はその斜め後方に目立たないように控える。長いソファには登一郎と正継が並んで座っている。彼らと九十度ズレた一人がけのソファには里奈子。辻村は、里奈子と正継の中間位置、やや後ろに立っている。名和警部と刑事二人が、出入り口を塞ぐように待機していた。

「では、まずマッチ棒について考えてみましょうか」

と、勒恩寺は悠然と足を組むと、少し改まった口調で云う。

「皆さん覚えていますね、執事の辻村さんが書斎の扉にマッチ棒を立てかけた件です。あの証言で、書斎の扉は一晩中ずっと開いていないということになっています。謂《い》わばマッチ棒による簡易封印処置です。あの証言が本当かどうかは、この事件において重要なファクターになっています。今からこれを検証してみようと思います」

「お言葉ですが、私は嘘など申しておりません。本当にマッチ棒を置きました」

おずおずと主張する辻村を、勒恩寺は片手を突き出して制すると、

「それをこれから立証するのですよ。まず、辻村さんが犯人だった場合を考えてみましょうか。ああ、断っておきますが、もちろん辻村さんが犯人だと疑っているわけではありませんよ。すべての可能性について言及しておこうというだけの話ですので誤解なきように」

と、注釈を入れておいて勒恩寺は、

「辻村さんが犯人だったのなら、マッチ棒を置いたと自ら証言するでしょうか。先ほど木島くん

が廊下で云っていたことを思い出してください。犯人が後で脱出したという仮説です。外部犯が書斎に潜んでいて中から鍵をかけており、廊下で呼びかける皆さんが引き上げたのを見計らってから、こっそりと抜け出して逃亡した。実にまっとうな仮説ですね。ところがマッチ棒による簡易封印処置のせいで、この仮説は成り立たなくなってしまいました。ただ、もし辻村さんが犯人ならば、外部から暗殺者が侵入して後からそっと脱出したとする木島仮説は大変に魅力的なはずです。警察がこの仮説に飛びついてくれれば、これ以上のことはないでしょう。犯人にとっては、殺人者が外部から入り込んだと誤解してくれるのはとても都合がいい。自分から疑いを逸らすことができる。これで判りますね。辻村さんが犯人ならば、マッチ棒を置いたなどと云い出す道理がないのです。犯人には何のメリットもない簡易封印処置の話を自分から持ち出すのは矛盾している。それが嘘だろうと本当だろうと、どちらのケースでもです。辻村さんが犯人ならば、余計なことは云わないはずでしょう」

と、勒恩寺は辻村のほうを向きながら断言した。

「次に、辻村さんが犯人でない場合です。犯人ではないのにマッチ棒を置いたという嘘をつくことはあり得るのか、という話になります。誰かを庇って嘘をつくケース、誰かに罪をなすりつけるために嘘をつくケース、犯人が誰か知っていて警察にそれとなく教えるために嘘をつくケース、犯人が誰かは知らないが何か得があって嘘をつくケース。と様々な可能性が挙げられますが、しかし、マッチ棒による簡易封印処置は何をもたらしたでしょうか。特定の何者かの容疑が濃くなったか、逆に特定の誰かが容疑圏内から外れたか、警察は何らかの結論に達したか、辻村さんに何かメリットがあったか。いずれの場合も、答えはノーです。マッチ棒による簡易封印処置は、これまでに何の結果も出してはいない。誰も庇っていないし誰かに罪を被せることに成功してもいないし、犯人が誰か仄めかしている様子もなければ辻村さんだけが何らかのメリットを享受したわけでもない。実は何も起きていないのです。せいぜい犯人がどうやって書斎から逃走したのか不明であるという不可解な状況が生じたくらいですが、しかしそんな状況を生むためだけにマッチ棒を置いたなどという嘘をつく必要があるとも思えません。嘘が小さすぎるからです。もし誰かを庇う目的があったのならば、庭に怪しい二人組の男が潜んでいるのを見かけた、というような具体性のある嘘をつけばいいだけの話です。誰かを陥れるのが目的ならば、その人物が書斎に忍び込むのを目撃したと、ストレートな嘘をつけばいい。不可解な状況を印象づけるのが目的ならば、謎の怪人物の集団が書斎の扉の前にしゃがみ込んで何かの細工をしているのを見た、とでも大げさな嘘をつけばいいのです。マッチ棒を置いただけという嘘は、嘘にしてはあまりにも矮小です。決定力不足で、結果をひとつも出してはいない。そんな小さな嘘をつく必然性など、辻村さんが犯人でない場合にはどこにもないと云わざるを得ない。何らかの理由で嘘をつくのならば、もっと大きな効果をもたらす嘘をつけばいいはずなのです」

長広舌を振るった勒恩寺は、ここで一旦言葉を切り、一同の様子を確かめる。皆、複雑な面持ちで探偵の台詞に聞き入っている。勒恩寺は続けて、

「辻村さんが犯人である場合でも、犯人でない場合でも、結局マッチ棒の件では嘘は云っていない。ここまでの話でそう推定できるのはご理解いただけましたね。よって私は、マッチ棒による簡易封印処置は本物だったと結論づけたいと思います。辻村さんの主張には嘘はないと判断できるのですから」

「信じていただけて幸いです」

と、辻村は恭しく一礼した。しかし勒恩寺は素っ気なく、

「お礼には及びません。探偵にとって真実を明らかにするのは当然の行為ですから」

そこに横から正継が、

「しかし、回りくどいですね。随分長々と喋るじゃないですか。探偵っていうのはこんなにくどい話し方をするものなんですかね」

にやにやと揶揄《やゆ》するように云った。登一郎も苛立ったように、

「そうだ、こんなまだるっこしい話に付き合わなくてはならんのか。早く解放してほしいのに」

不機嫌そうに不満を述べる。里奈子も、伏し目がちの視線をちらりと上げて不服そうだ。

勒恩寺はぼさぼさの髪を軽く掻き上げて、

「ご辛抱いただきます。皆さんに納得していただくにはどうしても丁寧に話を進めなくてはなりませんので」

しれっとした態度で云う。そして口調を改めて、

「さて、マッチ棒による簡易封印処置は本物だったと判明しました。ここから導き出される事実は何でしょうか。まずは犯行時間です。皆さんの証言によると、夕食後にコーヒーを飲んでいると庭で大きな音がした、ということでしたね。桜の木が倒れる音です。慌てて義範氏の籠もる書斎に駆けつけても、ドアは開かなかった。皆さんは義範氏が出て来ないと諦めてリビングに戻った。こうでしたね」

「そうだな、その通りだ」

と、登一郎が肯定する。

「廊下から立ち去る際、辻村さんはマッチ棒を仕掛けた。ここから次の朝、事件が発覚するまで簡易封印処置は利いています。義範氏本人はもちろん、他の誰も書斎には出入りしていないことが判ります。窓の鍵にはここしばらく手を触れた様子がなかったことから、そこから出入りしなかったのも確実ですので。これでおおよその犯行時間が割り出せます。犯行があったのは封印の前、つまり桜が倒れる前のことです。そのお陰で犯人の行動がだいたい読めるようになりました。七時に夕食が始まる前です。夕食前、登一郎さんと里奈子さんは二階の自室にいたとそれぞれ証言しています。正継さんはリビングに、そして辻村さんは厨房にいた。ただしお互いに証人はいません。つまり全員にアリバイがない。犯人にはここで動く時間がありました」

勒恩寺はそう云って、一同の反応を待つような間を置いた。誰も何も云わなかったので、勒恩寺は続ける。

「そこで犯人の行動をシミュレートしてみましょう。犯人は夕食前、七時より前に書斎で義範氏を射殺した。そう推定できます。その後は夕食で皆さんと一緒にいましたし、そして桜の木が倒れ、それからは簡易封印処置が利いていますからもちろん現場に入ることができません。従って七時前に殺害したのは間違いない事実でしょう。義範氏が一人で書斎に籠もっているところを訪問して、隙を狙って側頭部を一発、というわけですね。そして、現場の書斎で仕掛けを作ります。この仕掛けについては関係者の皆さんは当然ご存じですよね、警部殿」

問われて名和警部は、入り口のところで立ったままうなずき、

「ああ、事情聴取の時に説明した。こんな仕掛けがあったか心当たりはないか、と一通り聞い

た」

「心当たりのあったかたはいましたか」

「いないね」

警部の返事に、関係者達も揃ってうなずいた。勒恩寺はそれを確認してから、

「結構です。仕掛けは警部殿から説明があったように、ピンセットとテグス糸で遠隔操作して鍵をかける仕組みでした。そして暖炉の中には渦巻き状の導火線と爆竹の仕掛けもありました。犯人はこの二種の細工をして書斎を出ました。義範氏が事前に『邪魔をするな誰も近づくな』と命じていたので、暴君の命令に逆らって書斎のドアを開けようとする人はいないだろうことは、容易に予測が立ちます。だから犯人は鍵をかけずに書斎を立ち去ることができたわけです。庭の外壁からピンセットと導火線を屋内に潜り込ませる作業は、犯行の前に済ませておいたのでしょうね。外側から、外れる壁板の一部を嵌め込んで、そこに糸と導火線を挟んでおけば、書斎の中からそれを回収することができます。仕掛けはそれを使って作ったわけです。ただし犯人は、犯行の直後にはテグスの仕掛けは作動させませんでした。それは恐らく、まだ外が明るかったからではないでしょうか。テグスを引っぱってあまり長い時間、外壁にへばりついてもたもたしていたら、誰かに見られる危険がある。この時、リビングには正継さん、二階には登一郎さんと里奈子さんがいました。特に里奈子さんは外の桜を眺めていたと証言しています。辻村さんもいつ厨房から出て来るか判らない。これでは誰かに目撃されるリスクが高すぎます。仕掛けを作動させるのは暗くなってから、闇に紛れて作業するほうがよさそうです。どのみち導火線に火を点けるのは外壁からやるわけですから、その時にテグスの仕掛けも作動させれば二度手間にならず無駄が

ありません。だから犯人は、夕食前にはまだ仕掛けは使わなかったのです。こうして犯行を終え、仕掛けの準備は整いました」

勤恩寺はそこで一度言葉を切って、元々乱れきっている頭髪を片手でざっくりと掻き上げた。しかしブレイクは一瞬。すぐに話を再開し、

「さあ、犯人はこの後どうするつもりだったのか。テグスとピンセット、そして導火線と爆竹。これらの遺留品から犯人が何をする気だったのか、だいたいの予測はつきますね。では犯人の行動のシミュレートを続けましょう」

と、勤恩寺は続ける。

「事前に泊まり込みで来いと義範氏の指令があったこと、そして夕食が七時から始まる習慣だったのも犯人は織り込み済みだったのでしょう。ですから恐らく夕食後、皆さんがバラけた直後に行動する予定だったのだろうと思われます。あまり時間が経ちすぎると、実際の犯行時刻と見せかけの犯行時刻がかけ離れていることが露見してしまう。死体の状況から、死亡推定時刻が割り出されますからね。ズレは少ないに越したことはない。長く見積もってもせいぜい一時間。これくらいが限界でしょう。それ以上の時間経過があると、死亡時刻と発見時刻とで齟齬《そご》が大きくなってしまう。警察が誤差の範疇として見てくれるだろう一時間程度のズレに抑えておきたかった。早いほうがいい。それには夕食直後です。夕食後、各自別行動になったら、犯人はこっそり庭に出て書斎の外側の壁に取り付く。そして例の仕掛けを作動させるわけです。この時にはもう辺りも暗くなって目撃される恐れもなくなります。テグスを引っぱって書斎のドアに鍵をかける。ピンセットとテグスを回収したら導火線に火を点ける。わざわざ導火線を使っているのは、

着火する用途の他には考えられません。渦巻きの中心部に爆竹がセットされていることからも、導火線は火を点けるために用意したことは明白ですね。そして、導火線を渦巻き状にして長くしていることから、少し時間を稼いだ後に爆発音を一発轟かせようと画策していたことも間違いないでしょう。犯人は火を点けた後、急いで、かつ何食わぬ顔で屋敷の中に戻り、他の人達と合流するつもりだったのでしょうね。そこで渦巻きが燃えきって爆竹が爆ぜます。パンっと一発、大きな音。屋敷の中の人達は皆、びっくりすることでしょう。そうなったら皆さん、どう行動しますか」

「もちろん、様子を見に参ります」

辻村が折り目正しく云い、勒恩寺はうなずき返すと、

「そう、一同揃って音のしたほうへ駆けつけるでしょうね。書斎です。しかしそこのドアはロックされています。さっき犯人がテグスの仕掛けで鍵をかけたからです。さあ、次に皆さんはどうしますか」

勒恩寺の問いに、正継が首を捻りながら、

「とりあえずドアを叩く、でしょうね。開かないんだったら呼びかけるしかない、昨日の晩にやったのと同じです。伯父さん、大丈夫か、今の音は何だ、と声をかけるでしょう」

「そう、しかし中からは何の反応もありません。当然ですね、書斎には義範氏の射殺死体があるだけですから。ドアが開かない返事もない、とすると次はどうしますか」

勒恩寺が尋ね、今度は登一郎が、

「庭へ回るだろうな。窓から中の様子を見るしかない」

「そうです、それで皆さんは机に突っ伏して亡くなっている義範氏を発見するわけです。机は血塗れ、手には拳銃。窓の外からそんな光景が見えたら、里奈子さん、あなたならばどう行動しますか」

名指しされた里奈子はびくりと少しだけ顔を上げて、消え入りそうに小さな声で、

「もちろん警察に通報します。あと、救急車も呼ぶでしょうね、まだ間に合うかもしれませんから」

「そうなると警察がやって来ますね。しかし現場は内側から鍵がかかっている。密閉状態です。中へは入れない。捜査の陣頭指揮を執る警部殿ならこの場合、どうするでしょう」

聞かれて名和警部は、面白くもなさそうな顔つきで、

「無理にでも押し入るだろうな。ドアを壊すか窓ガラスを叩き割るか、とにかく現場に入らなくては始まらん」

「そうやって警官隊が発見するのは片手に銃を握って事切れている義範氏の姿だけです。鍵は窓もドアも内側からかかっている。仕掛けは犯人によってとうに回収済みだ。この状況下で警察は、義範氏の死をどう判断するだろうね、木島くん」

「当然、自殺だと思うでしょうね。部屋が密閉されていては犯人の逃げ場がありませんから」

と、木島は最前の書斎での議論を思い出して答える。勒恩寺は満足そうに、

「その通り。誰もいない密室に頭を撃ち抜いた死体が一体。銃も故人の秘蔵のもの。これは自殺と判断するのがもっとも妥当でしょう。そして、それこそが犯人の目的であったのだろうと、私は思うのです。他殺を自殺に見せかける。これこそ殺人現場を密室にする目的の王道です。事件

が自殺として処理されれば、犯人にとってこれ以上の成果はないでしょう。警察に追及されることもなければ、逮捕される危険も絶対にない。ややこしい仕掛けを作る面倒のリターンとしてはお釣りが来る。犯人の最終目的はそこにあったのですよ」

その言葉に、名和警部は渋い顔で、

「なるほど、現場を密閉してしまう理由としては充分に説得力があるな。我々も騙されていたかもしれん」

勒恩寺は、警部にうなずき返してから話題を変えて、

「では、ここで導火線に注目してみましょう。導火線が渦巻き状に何度も巻いてあったのは、時間を稼ぐためだと先ほど申し上げました。これは、誰がどう見てもそう判断できますね。書斎の内部で銃の発射音に似た音を立てたいだけならば、まっすぐで短い導火線でこと足りますから。わざわざ手間をかけて渦巻きにしたのは、少しでも爆竹の破裂を遅らせようとした意図があったと考える他にありません。木島くん、稼げた時間は？」

突然尋ねられて、焦りながらも木島は、

「二分三十秒です」

「そう、先ほど実験して、それだけの時間が稼げることが判明しました。この二分半で犯人は何をするつもりだったのでしょうか。推論を組み立てる必要もありませんね、答えは明白。アリバイを作る予定だったのでしょう。私がもし犯人ならば、導火線に火を点けたら大急ぎで屋敷の中に戻って、厨房にいる辻村さんにでも声をかけるでしょうね。『すみませんが、一杯やりたいんで氷はありませんか』などと何食わぬ顔で尋ねます。『氷ならばこちらにございます』『やあ、あ

りがとう』とか会話をしている時に、パンっと爆竹が弾ける。屋内にいる人は誰しもそれが銃声だと思い込むでしょうね。直後に義範氏の射殺死体が発見されるわけですから、ああ、あの時の破裂音は銃の音だったのか、と誰もが納得することでしょう。いずれにせよ、この時辻村さんと厨房にいた人物にはアリバイが成立します。元々自殺に見せかけるのが犯人の目的です。このアリバイ工作はあくまでも補強だと思われます。それでも自分が犯人ではない、もしくは犯人など存在しないと印象づけるのには大いに役に立つことでしょう。屋敷の中にいた全員にアリバイができれば、これが最も望ましい形ですね。そうすれば事件は自殺だと強調されますから」

と、勒恩寺は一同を見回してから、

「そして逆に考えれば、犯人がこの屋敷の中にいた人物だということも判ります。導火線の渦巻きで稼げる時間は二分半。それでアリバイを作れるのは、ごく近くの範囲にいた者だけだからです。もし外部の者が犯人ならば、元々導火線の仕掛けなど作らなかったでしょう。二分半ではアリバイを作ることなどできないからです。屋敷の中の人を書斎に呼び寄せるためだけの爆発音ならば、これも渦巻きなどにせず短い導火線でこと足ります。もしどうしてもアリバイを確保したいのだったら、外部犯にとっては二分半では足りません。その際は導火線などではなく、何らかの機械的仕掛けで爆発音が鳴るように細工をしたことでしょう。例えばタイマーを一時間後にセットして、この土地を離れる。そして自分の地元などに戻って馴染みの店にでも顔を出す。店主や常連客にアリバイ証人になってもらうためですね。千石邸で射殺事件が起きた頃、自分は地元にいたと主張するわけです。しかし普通はそこまで面倒なことはしないでしょうね。どのみち自殺に見せかけるのが主目的なのですから、アリバイ作りはあくまでも補助的な役割しかありません」

と、勒恩寺はシャープな口調で続けて、

「ところが今回の犯人はアリバイの保険もあったほうがいいと判断しました。自殺に見せかけるにしても、アリバイも確保したほうがより安心だとでも思ったのでしょうか。ただ、いずれにせよ稼げる時間は二分半です。移動できる距離は限られている。当然、他の町などへは行く余裕などなく、せいぜい外の壁から屋敷の中に戻って来るのが精一杯でしょう。そして、このことが犯人が内部にいる人物であることを示しています。二分半の移動でアリバイを確保できるのは昨夜この屋敷の中にいた者のみ、つまりこの四人だけなのですから」

勒恩寺はそう云うと、容疑者候補の四名の顔を見回す。辻村、登一郎、正継、里奈子。四人は一様に、硬い表情で勒恩寺の言葉に耳を傾けている。

「私は最初に、犯人はこの中にいると云いました。その意味が判ってもらえましたね。ついでに云うのなら、犯人は単独犯で共犯者がいないことも判明しました。共犯者がいれば、導火線の渦巻きなどを作るよりも手軽に、互いのアリバイを証言し合えますから。二人で口裏を合わせればいいだけなのです。導火線に渦巻きの仕掛けを施したのは、犯人が単独だった証に他なりません」

と、勒恩寺はまとまりのない頭髪をまた、ざっくりと掻き上げてから、

「失礼、少し脱線しましたね、話を戻しましょう。先ほど私は犯人がどう行動して、事件をどう誘導するつもりだったかシミュレートしてみました。犯人はテグスを用いて現場を密室にし、導火線と爆竹を使うことで時間も誤認させようとしました。すべては事件を自殺に見せかけるため

に。しかし現実は予定通りにはいかなかった。思わぬアクシデントが起こり、計画は瓦解してしまいました。犯人がまったく予期していなかったアクシデント、それが何か判るね、木島くん」

またしても突然、話を振られた木島は一瞬頭がついていけずに混乱した。

えぇっと、アクシデントって、何だっけ？　何が起きたんだ？

即答できない木島に、名和警部が助け船を出してくれて、

「桜の木だな、あれが倒れた」

勒恩寺は警部のフォローに感謝の笑みを返すと、

「そうです、桜の木です。強風のせいであれが根元からひっくり返った。これは犯人にとって不慮の出来事だったに違いありません。天気予報で強風になるのが判っていても、まさかそれで庭の桜が倒れると予測できる人物などいようはずがないからです。当然あれは人為的なものではありません。もし暴風に紛れて計画的に桜を倒そうと目論んだのならば、大変な手間がかかったはずです。重機を庭に入れて、引っぱるか根元を掘り起こすかするしかありません。いくら何でもそんな大掛かりなことを企む犯人がいるとも思えない。山の中の一軒家でもあるまいし、重機を出動させてそんな大工事を始めたら近隣の人の目に留まるのは必定。そもそも屋敷の中にいる犯人以外の人達がすぐに見つけて騒ぎになることでしょう。大風の夕刻、突如として頼んでもいないクレーン車が庭に入って来たら、皆が仰天するに違いありませんから。だから桜の木が倒れたのは、犯人の計画外のことだったと判断できます。あくまでも自然のアクシデントだったのです」

と、いきなりここで勒恩寺はひょいっとこちらを向いて、

「ああ、そういえば木島くんとここへ到着した時、現場は桜の木が倒れている庭ではないと俺は云ったね。あれは、木が倒れた原因が人為的なものではないと判断したからだ。何者かの計画で起きたことでないのなら、それは事故だ。もし桜の木の近くで死者が発見されたとしても、それは事故死か、もしくは倒木で損壊された死体でしかない。そんな現場ならば一課の刑事さん達の手に余るはずもない。我々特専課に招集がかかる事案ではないね。だから俺は、現場はそっちじゃないと木島くんを止めたんだ」

と、勒恩寺はひとしきり木島に説明してから、一同に向き直って、

「おっと、また脱線しました、失敬、話を戻しましょう。桜の木が倒れたことで犯人の計画にズレが生じた、というところまで話しましたね。導火線の爆竹を鳴らす予定より早く、皆が書斎の前に駆けつけてしまった。犯人は内心で、マズいと焦ったことでしょう。まだ書斎の中にはテグスやら何やら仕掛けが丸々残っている。あんな物が見つかったら自殺に見せかける当初の計画が成り立たなくなってしまう。ところが、書斎のドアは開きませんでした。犯人はほっとすると同時に、大いに驚いたはずです。まだテグスの仕掛けを作動していないのにドアが開かなくなっているのですから、これにはびっくりしたことでしょう。他のかたは当然、義範氏が中からロックしているのだと思ったでしょうが、犯人だけはまだ鍵がかかっていないことを知っています。自分が義範氏を射殺してドアを出る際、ロックはしていないことを犯人自身が一番よく知っていましたから。しかしなぜか扉は開かない。犯人は大いに困惑したことでしょう」

「どうして扉は開かなかったんだ？」

入り口の前で刑事達を従えた名和警部が、不思議そうに尋ねた。正継も首を傾げて、

「あの時、鍵はかかっていましたよ、探偵さん。僕もてっきり中から伯父貴がロックしたものだと思い込んでいたけど、今の話だとそうじゃないみたいだ。だとすると誰が鍵をかけたんですか」

　里奈子も無言で、不可解そうに首を捻り、登一郎も口を開いて、

「我々三人でドアを押したんだ。間違いなく鍵はかかっていたぞ。どうやったら鍵がかかるというんだね」

「その件に関しては後で詳しくお話ししましょう。その前に、犯人側の視点での話を続けさせてください」

　と、勒恩寺は皆の疑義を抑えておいて、

「とにかく犯人は不可思議に思ったことでしょう。死体と仕掛けが発見されなかったのには安心したけれど、内心ひやひやしていたことでしょうね。そして、皆さんはドアの前から解散しました。義範氏がいつもの癇癪で返事もしないで閉じ籠もっていると思ったのでしたね。倒れた木で被害が出なかったのならば放っておこうと判断した。ただ、犯人は慌てて行動を開始したでしょう。こんなアクシデントが起きた以上、テグスなどの仕掛けは速やかに回収しないといけない。自殺に見えなくなってしまいますからね。扉が開かないので、当然犯人は庭に回ります。例の外壁の隙間から、テグスを引っぱって回収するつもりです。ただ、庭に出た犯人はそこで愕然としたことでしょう。理由は、判るね、木島くん」

　今度はすぐに判った。木島はうなずいて、

「はい、桜の枝ですね、倒れた枝が外の壁にのしかかっていたんです。仕掛けの先端を隠してあ

る場所を含めて、外壁全体が枝で覆われてしまっていた。それで犯人は仕掛けを操作することができなくなってしまったんです」

木島の答えに満足したようで、勒恩寺は大きく首肯して、

「そう、刑事さんが五人がかりで三十分かけてようやく撤去できたくらい、枝は大量に絡みついて外壁を覆っていた。暗い中、犯人一人の力で外壁に辿り着くのは到底不可能でしょう。これではテグスの回収もできないし、導火線に火を点けることもできない。犯人はさらに焦ったことでしょう。いっそ密室は諦め、窓ガラスを破って中に入ろうか。そう思っても窓にも枝が密集していて、それが邪魔で近づくことができません。どうしたわけか扉が開かず、窓にも近寄れない。仕掛けを施した外壁も枝に阻まれて辿り着けそうもない。書斎の中にはテグスとピンセット、導火線などの仕掛けが残ったまま。だのに書斎に入る手立てがない。犯人は進退窮まってしまった」

木島は、まるで自分のことのように焦った気分になってきた。

「それで、犯人はどうしたんだね」

名和警部に尋ねられ、勒恩寺は軽く肩をすくめた。

「どうにもできませんね。扉が開かないので書斎には手出しができません。他の皆は、暴風関連のニュース特番など見ながら呑気に夜を過ごしています。犯人はその中に交じりながら、内心うろたえていたことでしょう。しかし打てる手は何もありません。そのまま夜が更け、一泊することになった。犯人は寝つけなかったことでしょうね。恐らく、何度か書斎のドアの前へこっそり出向いて行って、開くかどうか試してみたりもしたのでしょう。あの仕掛けが残っているのは非

常に具合が悪い。自殺に見せかけるという当初の目論見が潰えてしまう。しかしドアは開かず、どうにもできずに手をこまねいていることしかできなかった。そのうち朝になり、死体の発見に至ったという次第です。こうして警部殿とそのご一行は、射殺死体と、ドアに奇妙奇天烈な細工を施した現場を見ることになったわけです」

と、勒恩寺はここで大きく息を継ぎ、深呼吸してから続けた。

「と、これで不運な犯人の物語は終わりです。昨夜は一睡もできなかったでしょうし、今日も一日やきもきして過ごしたことだと思います。自殺に見せかけるという計画は頓挫し、今はこうして探偵に追い込まれようとしている。天網《てんもう》恢々《かいかい》、悪いことはできませんね。という教訓のお話でした」

「いや、それより扉はどうしたんですか。昨日の夜、誰がどうやってロックしたのか、それがまだ判っていませんよ」

木島が主張すると、名和警部も同感だったらしく小刻みにうなずいている。お供の刑事二人も怪訝そうな顔だ。

「ああ、それが残っていたね。では、実際にやってみましょう。皆さん、移動です、ただちに書斎前に集合してください」

そう云い置いて勒恩寺は立ち上がると、すたすたと歩いて行ってしまう。名和警部達が出口を固めているのをすり抜けて、廊下へと出て行く。

一同は一瞬顔を見合わせた後、慌てて探偵の後を追う。木島もわたわたとそれに従った。奇矯な探偵の行動についていくのに精一杯である。

そして全員が廊下に集結した。書斎の扉の前だ。さっきの事情聴取の時より廊下は渋滞している。ごつい刑事が二人増えたせいでもある。というより、人数が多いこと自体が混雑の原因だった。勒恩寺に木島、辻村、登一郎、正継と里奈子。そして名和警部と二人の刑事。これだけ立っていればぎゅうぎゅうにもなる。

そんな押しくら饅頭の中で、勒恩寺が集団から一歩前へ出て語り出す。

「さて、昨夜この扉はどうして開かなかったのか。その原因は犯人の仕掛けが作動したからではないことは、警部殿始め捜査官の皆さんはよくご存じですね。ピンセットとテグスの細工は手つかずで残っていましたから。では、犯人がもう一セット、鍵をロックする仕掛けを作っていたとしたらどうでしょう。もしくは犯人ではない別の何者かが、仕掛けを作っていたとしたら？　いや、それはいくら何でもナンセンスというものでしょうね。殺人現場で、犯人でもない誰かが現場を密室にする仕掛けを作っていたと考えるのはさすがに無理があります。犯人自身がもう一セット仕掛けたというのも無理筋です。そんなことをする意味などありませんからね。だいいち鍵のサムターンはピンセット一本で塞がれてしまっています。別の仕掛けを施す余地など、物理的にいってもないわけですから。ああ、木島くん、ちょっと扉を開けてみてくれたまえ」

「はあ」

人混みを縫ってドアの前へ進むと、木島は云われた通りにした。ノブを握り、ドアを押す。何の抵抗もなく扉は開いた。

「開きましたけど」

と、木島は見た通りのことを報告した。何だか間の抜けた報告だと思いながら。

「結構、では閉めてくれ」

勒恩寺の指示通り、木島は扉を閉める。何をやっているのだろうか、これは。

「では警部殿、さっきの件、お願いします」

勒恩寺に云われて、名和警部は刑事の一人に目顔で合図を送る。刑事は携帯電話を取り出し、誰かと通話する。

「始めてくれ」

と、その直後に、どこか遠くのほうから、

「せーのっ」

と、大人数のかけ声が聞こえた。ヤケクソみたいな胴間声《どうまごえ》だった。「せーのっ」？　何だ、今のは？　外のほうから聞こえてきたぞ。疑問に思う木島に、勒恩寺が命じる。

「よし、もう一度だ、開けてみてくれ」

「はあ」

なぜ同じことをするのか、訳が判らない。不承不承ノブを握り、木島はドアを押して開こうとする。

扉は開かなかった。

一枚板の重厚なドアはびくともしない。

えっ？　これは何だ。中に誰かいたっけ、と木島は思わず首を傾げてしまう。中で誰かがロックをかけたのか？　いや、さっき開けた時、確かに誰もいなかったはずだ。

改めて、扉を押してみる。やはり開かない。どうしたんだ、これは？

「開きません」

と、木島はまた見た通りの報告をした。唖然としているせいで、今度は間が抜けているとは感じなかった。

そこへ登一郎が近づいてきて、

「開かないはずはないだろう、何もしていないんだから」

半ば強引に割って入ってきた。登一郎はドアノブを摑み、力を入れてからびっくりした顔になる。びくともしない感触を自ら味わったのだろう。

「どれどれ、僕にもやらせてみてよ」

と、正継が、野次馬みたいな顔でやってきて扉に取り付く。そして、

「本当だ、開かない。昨日と同じだ」

ぽかんとしたように云った。里奈子と辻村は少し離れた場所で、不思議そうに目をしばたたかせている。

木島は思わず、勒恩寺のほうへ詰め寄るように近寄って、

「どういうことですか、これは。なぜ開かなくなったんですか。ほんのさっきは開いたばかりなのに」

一瞬で開かなくなる扉。これはミステリーである。

勒恩寺は、にやりと不敵に笑って、

「なあに、簡単なことだよ、木島くん。仕掛けではないと先ほど云っただろう。つまりドアは、人為的要因で開かなくなったのではないんだ。誰かが何かをやったせいでこうなったのではな

い。では人為的でなければ何だ。他に考えられる可能性はひとつしかないだろう。自然現象だよ。それしかないはずだ。そこで俺は考えた。昨日の夜、犯人の計画に反して扉を開かなくした自然現象は何か。昨日の夜だけに起こった特徴的な現象だ。ほら、思い出すまでもない。あったじゃないか、大きな自然現象が」

「風だっ」

と、正継が叫ぶ。さっきまでの人を小馬鹿にしたみたいなにやにや笑いではなく、珍しく真顔だった。

「ニュース特番にもなっていた。昨晩は関東じゅうに強風が吹き荒れていた」

正継の言葉を引き継いで、登一郎もびっくりしたように、

「ああ、そうか、風か」

茫然とつぶやく。

勒恩寺はそんな周囲の反応にお構いなくごく冷静に、

「皆さんのおっしゃる通り、風です。他には特別な要因は見つかっていません。風と特定しても構わないと私は判断しました」

と、一同をぐるりと見渡して勒恩寺は、

「数十年に一度という規模の暴風、それが昨日は吹いていていました。日没の頃から夜明けまで、猛烈な風が続いていましたね。犯人が殺害に手を染めた頃はまだ夕刻で、風はさほど強くはなかった。しかしその後、風はどんどん強烈になっていったことでしょう」

と、勒恩寺は続ける。

「強風の最初のピークで桜の木が倒れました。その方向を思い出してください。木は、西側へ頭を向けて倒れていました。つまりこの近辺では、風は東から西へと吹いていたことになります。当然、木だけではなくこの屋敷にも風圧がかかります。東側の壁には強烈な風が吹きつけたはずです。そのせいで、斜めにひずんだのですよ、この館自体が。この屋敷は古い木造です。失礼ながらあちこちボロくてガタがきている様子です。そこへ数十年に一度クラスの強風がモロにぶち当たってきた。ほんの少しとはいえ、ひずんでもおかしくはないでしょう。特にここは西側の一階です。歪みの影響が一番強く出る地点と云えるでしょう。さらにドアの枠は風向きとはほぼ垂直の角度ですね。真横からの歪みの力を強く受けたドア枠は斜めにひずみます。長方形が平行四辺形になるように、です。木造なので金属のドア枠と違って歪みやすいということもあったのでしょう」

と、勒恩寺は、両掌を平行にして見せてから、それを左右別々の方向へズラす動きをする。

「ドア板は厚い一枚板です。これが、ドア枠が斜めに歪んだせいで挟まる形になった。ひずんだドア枠に嵌まり込んだドア板は、それで固定されてしまったのです。そう、ドアには鍵などかかっていなかったのです。犯人の仕掛けはまだ作動していなかったのですから、そう考える他にないでしょう。ドア板は単に、歪んだドア枠に押さえつけられていただけ。その押さえる力が猛烈な風のため強く、人一人が押したくらいではびくともしなくなったわけです。これが密室の正体です。一時的にドアが動かなくなったのは自然現象でしかなかった。そして朝になって風がやめば、当然ドア枠の歪みも解消されて、ドア板にかかる力もなくなった。そうしてドアは再び自由に開くようになったのでした」

何とまあ、中途半端な密室は強風が原因だったのか。木島は唖然として言葉も出なかった。自然現象だから気まぐれで、人の意思が介在していないからこその中途半端具合だったわけだ。そういえば最初に外からこの屋敷を観察した時、建物が古くてコントのセットみたいにひしゃげて潰れそうだと、木島は感じたものだった。あの第一印象は正しかったのだ。

びっくりして何も云えないでいる木島と同様、他の面々も驚いたのか呆れたのか茫然とするのみである。

勒恩寺はそんな中、一人だけなおも饒舌に、

「だから警部殿に頼んで強風を再現してみた。東の壁に暴風と同じような圧力を加えてもらったのです。刑事さん十数人がかりで壁を押してもらいましてね。見事、建物の歪みが再現できたでしょう」

さっきの「せーのっ」のかけ声は、その時の気合いの声だったのか、と、やっと木島はそれに思い当たった。それにしても、十数人の刑事が揃いも揃って必死の形相で壁の一面を押しているのは、シュールな光景というか何というか。

「探偵、もういいだろう」

名和警部に声をかけられ、勒恩寺はこともなげに、

「あ、もちろんもう結構です。実験は終わりましたので」

それを聞いて、さっきの刑事が再び電話をかける。

「おい、もういいぞ、押すの終了」

今の長話の間もずっと押し続けていたのか、刑事達は。いやはや、ご苦労なことである。

「さあ、これで事件は解決です。密室の正体も判明しました。もう解明していない謎はないはず。探偵の出番もここまでのようですね」

と、勒恩寺は至って吞気な調子で云った。名和警部が慌ててそれを止めて、

「いやいや、ちょっと待て、まだ犯人が判っておらん。ここまで来て犯人を指摘しないのは画竜点睛を欠くというものだぞ」

そうだ、事件の概要は完全に解けたが、しかし犯人が誰かは判明していない。木島が見ると、勒恩寺は照れたように笑って、乱れきった髪を手櫛でざっくりと掻き上げながら、

「ああ、これは失礼しました。重要なことはもう話し終えたので、つい失念してしまいまして」

犯人指摘がどうでもいいことみたいな云い草で勒恩寺は、

「では、犯人が誰か、お話ししましょう。犯人は内部にいると、私は推定しましたね。それについては先ほどお話しした通りです。執事の辻村さん、千石登一郎さん、千石正継さん、千石里奈子さん、と容疑者の候補はこの四人です」

名を挙げられた四人は、緊張した面持ちでそれぞれ顔色を窺い合った。勒恩寺は彼らとは対照的に、至ってのどかな顔つきで、

「犯人は颪という不可抗力によって、書斎に仕掛けたテグスなどの細工を回収できなくて困ってしまった、というのが先ほどまでのお話でしたね。そんなものが現場に残っていたら、自殺に見せかけるという当初の目的が頓挫《とんざ》するどころか、物証が丸ごと警察の手に渡ってしまいます。犯人はどうにかして仕掛けを回収したいと考えたはずです。しかし、残念ながらそれは叶いませんでした」

と、勒恩寺はそこで一度、容疑者候補達の顔を見渡して、

「ではまず、発見者でもある辻村さんのことを考えてみましょう。辻村さんは今日の早朝、風が止んで歪みから解き放たれた扉を開き事件を発見。警察に通報しました。しかし辻村さんはテグスや導火線の仕掛けには手をつけていません。犯人ならば何をおいても回収したいはずの証拠品を隠そうともしていない。辻村さんが犯人ならば、行動に大きな矛盾が生じますね。辻村さんは現場の仕掛けに目もくれずに、そのまま警察に引き渡しています。犯人ならばこんな行動を取るはずがないのです。誰も起きてきていない時間帯に現場に自分一人きり。犯人ならば確実にこの好機を逃さず、証拠品を回収するはずです。しかし辻村さんはそうしなかった。従って辻村さんが犯人ではないことは明白でしょう」

勒恩寺の言葉に、辻村は恭しく一礼して応えた。

「次に、ピンセットとテグスの仕掛けですが、あれはなかなか精巧にできていました。実地検証してみて、私も思わずエキサイトしてしまったほどです。あれは一朝一夕にできるものではありません。必ず何度か実演し、試行錯誤を繰り返して完成したはずです。書斎の床の隅に隙間があることや、外壁にあちこち外れやすくなっている箇所があることも、この屋敷にある程度詳しくなければ知る機会がありません。その点、里奈子さんは、この屋敷に来るのは今回が二度目だと証言しています。この屋敷の構造を熟知したり、テグスの仕掛けのリハーサルをしたりする時間が取れたとは到底思えません。もちろん証言は嘘で、誰にも知られず忍び込むことは可能です。しかし住み込みの辻村さんがいて、主の義範氏も週に何度か都心の会社に行く以外は書斎で仕事をしていることが多いといいます。彼らの目を盗んでリハーサルをするのはまず不可能と云って

いいでしょう。だから里奈子さんも犯人候補からは外れることになります」

里奈子は俯いたままだが、ほっとしたように薄い笑みを唇に浮かべた。勒恩寺は続ける。

「残りは登一郎さんと正継さんです。お二人は伯父さんに借金の申し込みのためよくこの屋敷に出入りしていたそうですね。義範氏に意地悪をされて、書斎に置き去りにされたこともよくあったとおっしゃっていました。お二人ならば、仕掛けのリハーサルをする時間は充分に取れそうです。では、どちらが犯人なのでしょうか」

と、勒恩寺は混雑する廊下で、犯人候補の二人を交互に見やって、

「そこで、凶器の拳銃について考えてみましょう。あの銃は被害者当人の机の引き出しにしまってあったそうですね。では犯行前、銃を引き出しから取り出したのは誰でしょうか。被害者の衣服に争った様子がないことから、被害者が取り出したところを犯人が強引に奪い取ったということはなさそうです。言葉巧みに被害者を誘導し、被害者自身が取り出したのを犯人が受け取ったというのにも無理があります。なぜなら犯人は手袋をしていた可能性が極めて高いからです。犯人は凶器の銃に自分の指紋がつかないように、極力注意していたことでしょう。せっかく自殺に見せかける計画なのに、犯人の指紋が銃から見つかったらすべては台無しです。だから犯人は犯行時、手袋をしていたに違いありません。この季節に屋内で手袋を嵌めているのはとても不自然です。だからその犯人の手で、ちょっとそれを貸してください、と云われて被害者が不審に思わないはずがないのです。不審に感じた被害者が銃をすんなり渡すとは思えない。ですから、銃を引き出しから取り出したのは、被害者ではないと考えるべきだと思います。となると、銃を取ったのは自然と犯人だという結論に達しますね」

と、勒恩寺は続ける。

「ではどのタイミングで取り出したのか。この犯行は、書斎に籠もった被害者を犯人が訪ねて行き、話している途中でいきなり発砲した、という段取りだったはずです。その時、被害者は机に向かっていて、犯人はその右側にさりげなく近づいたことでしょう。そういう動きでなければ、被害者の姿勢が発見時のあの姿にはなりませんから。それに、後で自殺に見せかけるためにも、そうした動きをするのが最も効果的です。ところが銃は、被害者の座る机のまん中の引き出しに入っていた。これでは被害者の腹部が邪魔で、こっそり抜き取るのは不可能です。だからといって『これからあなたを射殺しますんで、ちょっと場所を空けて銃を取らせてください』と云うわけにもいかない。だとすると、銃を取り出したのは犯行の直前だとは考えられないのです。被害者が机に座っている状態で、銃を手にするのは不可能。となると、被害者がまだ籠もる前、犯行の少し前に取り出したと考える他はない。被害者が不在の時に犯人がこっそり忍び込んで、そっと銃を抜き取ったに違いないのです。とはいえ、何日も前にくすねたりしたら、義範氏が無くなっているのに気付いて騒ぎになることでしょう。ですから犯人は昨日ここへ来て、義範氏が帰宅する前の時間を狙って忍び込んだと考えるしかありません。そこで昨日皆さんがここへ到着した順番を思い出していただきたい。まず里奈子さんが来ました。この時、義範氏は不在でした。次に登一郎さんが来た。そして義範氏が帰宅します。大層不機嫌な様子で、誰も近づけるな声もかけるな夕食も要らん、と辻村さんに命じて、義範氏は書斎に閉じ籠もってしまいます。それとほぼ同時に正継さんが到着。さあ、どうでしょう。これで判りますね。正継さんには銃を持ち出す機会がなかったのです。来た時にはもう、義範氏が書斎に籠もっていたのですから」

勒恩寺の言葉に、正継は唇を尖らせて口笛を吹くマネをした。

「これで残ったのは登一郎さんしかいません。他の三人は除外されました。ですから登一郎さん、あなたが犯人ですね」

勒恩寺の静かな口調の指摘に、登一郎は目を泳がせながら、

「バカな、どこにそんな証拠がある。これは名誉毀損《めいよきそん》だぞ」

言葉では否定しても、額には大粒の汗が浮いている。勒恩寺は涼しい顔で、

「証拠ですか。では銃を撃った時、あなたはサイレンサーを使いませんでしたか。本当の犯行時刻を知られたくない今回のようなケースでは、銃声が響くのは避けたいはずです。以前に伯父さんに銃を見せびらかされた時、型番を覚えておいて合致する消音器を入手したのではないですか。銃本体より消音器だけのほうが入手しやすいでしょうしね。それとも小型のクッションでも当てがって銃声を殺したか。いずれにしても、あなたの荷物の中に隠してあるのではないでしょうか。返り血の付着した消音器が。それにテグスの予備や導火線の余り。そんな物も荷物の底に隠していませんか。事件は自殺として処理される予定だったから、私物の中まで改められるとは想定していなかったでしょうからね。昨日からここに缶詰状態だったあなたには、それらを処分する時間はなかったでしょうし」

勒恩寺が云い終わるやいなや、名和警部が視線だけで合図を送った。それを受けて刑事の一人が足音も立てずに、素早くその場を離れて行った。

登一郎はそれで観念したのか、がっくりと頽れて膝をついた。肩を落として俯いてしまう。こうなっては罪を認めたのも同然だった。

「動機はさっき云い争いになっていた金銭絡みでしょうが、俺はそんなことには興味がない。テグスの手動密室装置、あっちのほうがはるかに気になる。登一郎さん、あなた、どうしてあの手口を使おうとしたんですか。何か特別な理由があるんですか」

勒恩寺が砕けた口調に戻って問いかけても、登一郎は下を向いたまま絞り出すような声で、

「別に理由なんてない。あんたが云ったように、自殺に見えるようにしたかっただけだ。それにはドアの鍵が内側からかかっていればいいと思った。昔読んだ推理小説に、そんな糸を使う仕掛けが出てきた。それを思い出して真似しただけだ」

「何か、密室に対する思い入れや美学があったわけではないんですね」

「ないよ、そんなもの。くそっ、ケチな伯父が金を出し渋らなかったら、こんなことにはならなかったのに、畜生っ」

登一郎は顔も上げず、膝に拳を打ちつけている。

それを見て勒恩寺は、とたんにすべての関心を失ってしまったかのように、

「警部殿、これで本当に特専課の仕事は終わりです。後の処理はお任せしますんで、帰っていいですね」

勝手極まる云い分に、名和警部は少し不満そうに、

「ああ、構わんよ」

仕方がない勝手にしろ、というふうにうなずいた。うまくすれば手柄を一課のものにできるかもしれないし、実際、勒恩寺と木島がいても、もうすることがない。

「行こう、木島くん」

と、勒恩寺は惜しげも未練もない様子で、さっさと歩き出す。振り返ろうともしない。木島は慌てて、残っている人達にお辞儀をする。

登一郎は膝をついてうなだれたままで、正継と里奈子は探偵が立ち去ったほうをぽかんと見ている。辻村執事だけが丁寧に一礼を返してくれた。

挨拶を終えた木島は、勒恩寺を追って大急ぎで玄関に向かう。

玄関ホールを出たところで勒恩寺に追いついた。陽は大きく傾き、もう夕暮れ時になろうとしている。

歩きながら勒恩寺は口を開いた。

「今回の収穫は、本物の犯人が作った糸と針の密室の仕掛けが動くところを見られたことだけだったな」

と、あまり面白くもなさそうに云う。

「しかしね、欲を云えば、あんな即物的な理由ではなく、犯人が何らかの美意識を持って作った密室を見たかった。密室殺人はロマンだ。探偵にとっては陽炎のごとく遠く淡い永遠の憧れだ。今回は叶わなかったが、いつか出会いたい。木島くん、俺はそう願っているんだよ。犯人が、犯罪に対する美学と形而上的な探究心のみで創造した芸術のような密室。そういうものに出会いたいんだ。感性豊かな美の結晶のごとき密室を。それを夢見てやまない。この名探偵勒恩寺公親と対決するに相応しい名犯人と相見えることを。ただ、今回は密室になった原因も人為的なものでなかったから興が薄いな。単なる自然現象だったのもポイントが低い。屋敷が斜めに傾いでできた密室だから、今回の一件を名付けるとしたら、さしずめ斜め屋敷の犯ざ」

最後まで云わせないよう木島は泡を食って、

「いつかきっと出会えますよ、その夢のような美しい密室に」

上っ面だけの慰めを云ってみると、勒恩寺は存外素直に、

「そうか、木島くんにも判るか、俺のロマンが。ありがとう。うん、君は見どころがあるな、随伴官として優秀なのかもしれないね」

誉められても、あまり嬉しくない。

二人並んで、門のほうへと向かった。

隣を歩く自称名探偵を横目で見ながら、木島は思う。

願わくば、この珍妙な部署から早く抜け出したい、と。やっぱり自分には向いているとは思えない。まっとうな公務員としてデスクワークに邁進したい。

それだけを願う木島だった。

# 大雑把かつあやふやな怪盗の予告状

# file 2

『大浜富士太《おおはまふじた》殿

貴殿の所有するブルーサファイアを頂きに参上する

尚、期日は次のうちいずれかとする
7月14日（水）15：00〜20：00
7月21日（水）15：00〜20：00
7月28日（水）15：00〜20：00

怪盗　石川五右衛門之助《いしかわごえもんのすけ》
』

「これが怪盗からの予告状です」

と、警部補は云った。

手渡されたそれをまじまじと読み下すと、

「何とも締まらない感じですね、日時がぼんやりしていて」

と、探偵が云った。

てっきり忘れ去られていたのかと思っていた。

＊

三ヶ月間、出動がなかったのだ。

あの密室殺人事件からずっと、霞が関の合同庁舎第2号館、警察庁刑事局の資料室の整頓と清掃を命じられた。未整理の書類の束や何が挟んであるのか不詳のファイルや異様に厚みのある大判の封筒や反故《ほご》にしか見えない書きつけの山などと格闘を続けた。陽当たりの悪いじめじめと蒸し暑い部屋は、埃まみれである。ここの空気を呼吸し続けていたら全身に埃が回って、体表がふわふわになってしまうのではないかと木島壮介は本気で心配した。

警察庁に入庁し、特殊例外事案専従捜査課なる胡散くさい部署に配属されて三ヶ月。書類整頓という名の島流しみたいな状況に追いやられているうちに、季節は梅雨時になってしまった。資料室の不快指数も鰻上りだ。

そんな時に突然の出動指令が出た。

あ、存在そのものを忘れ去られていたわけじゃなかったんだ、と木島は逆にびっくりしたほどだ。たまにはちゃんと出動がある。まあ〝名探偵〟の出馬が必要な事態がそう頻繁にあるわけでもなかろうから、三ヶ月に一度くらいで普通なのかもしれない。いや、こんな仕事が他にもあるとは思えないので、普通の基準が判らないけれど。

そういうわけで梅雨空の下、車での移動となった。

暗い雲がどんよりと垂れ込め太陽はまったく見えないけれど、じめついた資料室に閉じ籠もりっきりだった目には曇天すら眩しく感じられる。やれやれ久しぶりの娑婆《しゃば》だぜ、と荒んだ気分になってくる。

運転手は無口な中年男性だった。今日はパトカーではなく、ごく普通のセダンだ。どういう基準で使い分けているのか、木島には判断できない。

ドライブ中、木島はずっと流れ去る街並みを眺めていた。平日昼間の外界の風景は久しぶりだ。それにしても長いドライブである。東京都を東に進み、隅田川《すみだがわ》を越えてなおも走り続ける。一体どこまで連れて行かれるのだろうと不安になっているうちに、房総半島《ぼうそうはんとう》の外房《そとぼう》側にまで突き当たってしまった。そこで車から降ろされた。じめっとして蒸し暑い。それでもあの埃だらけの資料室よりマシか、と木島はネクタイを締め直した。

「木島随伴官、こちらが今日の現場です」

無口な運転手はにこりともせずぶっきらぼうに、それだけ伝えてきた。そして車は走り去ってしまう。木島は、一人ぽつりと取り残される。

田舎のまっすぐな舗装道路。周囲に目立つものは何もない。片方は石造りの塀が続いている。木島はスマートフォンを取り出し、位置情報を確認した。ここは新浜《にいはま》市というらしい。聞いたことのない町だった。

道路を挟んだ石の塀の反対側には、木々があるだけ。人の手が入っていないらしく、林は荒れ放題に荒れている。道を見渡しても人間の姿は見当たらなかった。

石造りの塀が少し先で途切れ、そこに門柱が立っている。これも石でできた立派なものだ。木島はそこまで歩いて行き〝大浜〟と表札が嵌め込まれているのを見た。鉄の棒を柵のように組み合わせた門扉の向こうには、大きな屋敷が建っている。敷地が広いようで、石の塀はどこまでも続いていた。

どうやらここが事件現場らしい。また凄惨《せいさん》な他殺死体とご対面というわけである。春の、頭部を撃ち抜かれた死者を思い出し、木島は陰鬱《いんうつ》な気分になってくる。考えるだけで怖気がつく。やはりこの仕事に向いているとは思えない。

しかし、殺人事件が勃発したにしては周囲がやけに静かだった。木島は少々、不審に思う。死体がこの屋敷で発見されたのなら、今頃この道は警察関係車輛でごった返しているはずだ。だのに妙にのどかである。梅雨時の湿り気の多い空気は張りつめることもなく、森閑《しんかん》としている。気の早いセミが一匹、遠くでかすかに鳴き声を響かせているだけだった。

訝しく思っていると、

「木島随伴官ですね」

と、後ろから声をかけられた。あまりにも唐突だったので、仰天して飛び上がってしまった。木島が慌てて振り返ると、男が一人立っている。いつの間に近づいて来たのか、気配をまったく感じなかった。物凄く動揺した。心臓の激しい鼓動が治まらない。

その男は四十代半ばくらいの年格好だろうか、地味な印象の人物だった。くすんだ色のスーツとネクタイ。これといって特徴のない顔立ちに、人に不快感を与えない無難な髪型。ああ、役所の窓口によくいるタイプだな、と木島は感じた。没個性で物静か、平凡で無機質。全都道府県の役場からランダムに四十代の男性職員を千人抽出して、その平均像を一人に集約させると多分こんな感じになるだろう。そう思わせる男だった。

「失礼、聞こえませんでしたか。木島随伴官ですね」

声質も無個性で、人間味に欠ける調子で男は質問を繰り返した。

「あ、すみません、そうです、木島です」

動転から立ち直るのに時間がかかっていた木島が、あたふたと答えて、

「とすると、あなたは」

「はい、探偵です。作馬《さくま》といいます、作るに動物の馬で作馬。よろしくお願いします」

「こちらこそ、お願いします」

と、木島は挨拶を返し、

「よく判りましたね、僕が木島だと」

「写真がありましたので」

作馬と名乗った男は、スマホの画面をこちらにちらりと向けて答えた。覗き込むと、そこには木島自身の顔がアップで写っていた。斜め横からの構図で、視線はカメラを見ていない。明後日のほうを見て、ぼけらっと弛緩した表情をしている。こんな写真は撮られた覚えがない。しかしよく見れば、背景に見覚えがある。これは四月の事件の時の書斎の壁だ。どうやら盗み撮りされていたらしい。とすると撮影者は一人しか考えられない。木島は思わず眉をひそめて、

「あの、それを撮ったのは勒恩寺さんじゃありませんか」

「はい、勒恩寺さんにデータをもらいました」

案の定、作馬はそう答えた。やっぱりそうだ。あの傍若無人《ぼうじゃくぶじん》で得手勝手《えてかって》な探偵ならば、盗み

撮りなど朝飯前だろう。それにしても、肖像権とかプライバシーといった概念は持ち合わせないのだろうか、あの自由気ままな探偵は。

「そういえば、今日の探偵が作馬さんということは、勒恩寺さんは来ないんですか」

ふと気になって、木島は尋ねてみた。てっきりまたあの変人と一緒なのかと思っていた。

「勒恩寺さんならば今日は裁判だと聞いています」

作馬が淡々とした口調で云った。木島は面喰らって、

「えっ、何かやらかしたんですか、あの人」

「そうではありません、証人として出廷しているだけです」

「証人？」

「刑事事件は最終的に犯人が逮捕されて法で裁かれます。それは探偵が事件を解決したからです。探偵はそうした公判に出廷を求められるケースが多々あります。検察側からの要請で、犯人逮捕に至った状況を説明する必要があるからです。それも探偵の仕事のうちです」

作馬は、感情の起伏がまったく感じられない平板な調子で云う。愛想笑いひとつも浮かべない極めて事務的な喋り方で、本当に役場の窓口の人の話を聞いているみたいに感じてくる。そんな作馬の解説に木島は感想を述べて、

「嫌がりそうですね、勒恩寺さんは、そういうの」

「なぜでしょう。嬉々として証人台に立っていますよ、彼は」

「それは意外です」

木島は少し驚く。思っていたイメージと違っていたからだった。あの自由闊達《かったつ》な探偵は、そう

いった杓子定規な場は面倒くさがりそうだ。その疑問に、作馬は答えてくれて、

「日当が出ますからね。勒恩寺氏は専業の探偵です。特専課の中でも唯一、探偵一本を本業でやっている人です。事件のない日でも給金が一日分支給されるのですから、これは喜んで出廷するでしょう」

「へえ、日当目当てですか」

そういえば、案外ちゃっかりしている一面もあったっけ、あの自称名探偵は、と思い出しながら木島は、

「では作馬さんは兼業探偵なんですね」

「ええ」

「本業はお休みですか」

今日は水曜日で、思いっきり平日である。

「公休を取れることになっています。裁判員制度と同じ扱いですね。警察庁からの要請で探偵の仕事がある日は、本業は有休になります」

「本業は何ですか」

「それは個人情報に属する事柄なのでコメントは差し控えさせていただきます」

と、作馬は事務的な口調で云う。何か彼の中で、話していいこととダメなことの厳格な線引きがあるらしい。やっぱり役場の人みたいだと、木島は思った。

と、そんな木島達のほうへ自動車がやって来る。それも、何台も。片方が林で覆われた田舎の直線道路を、列を作って車が走って来るのが見えた。

何事かと思って見ている木島の鼻先で、先頭の一台が停まった。後続の車も次々と停車する。普通乗用車が三台。後ろにワゴン車が二台。ドアを開けて、男達が一斉に飛び出してきた。警察だ、と一目で判る。ワゴン車から続々と降りてくるのが制服の警官隊だったからだ。前の三台から降り立った男達は私服刑事だろう。

彼らは並んで〝大浜〟の表札の門に近づく。先頭は、仏像のようにおっとりした顔の男だった。年は作馬探偵と同じくらいだろうか。その作馬探偵が木島の背後から囁きかけてくる。

「ちょうどいいですね、木島くん、彼らと合流しましょう」

え、僕が行くの？ と、木島は驚いた。こういう場合、探偵が先導するものだと思っていた。木島の立場はただの随伴官に過ぎない。探偵のおまけみたいなものなのだ。まあ、厚かましくしゃしゃり出て〝名探偵〟と肩書きがついた名刺を配り回るよりはマシか。そう思い木島は、進み出て、

「あの、失礼、警察の皆さんですよね」

先頭の、どこか仏像じみてのどかな顔つきの刑事に声をかけた。おっとりとした顔の刑事は足を止め、首を傾げてこちらを向いた。その後ろに立った眉の濃い鋭い目をした男が一歩前に出て、立ち塞がるように、

「申し訳ありませんが公務ですので、一般のかたはご遠慮願えますか」

有無を云わせぬ厳しい口調で云ってきた。木島はついへどもどしながらも、

「いえ、それが、実はこちらも公務でして、すみません」

と、スーツの内ポケットから身分証を引っぱり出して見せた。警部補という身の丈に合わない

こと甚だしい階級と、木島の顔写真が表示された身分証である。新卒三ヶ月の若僧にはまったく似合っていないことは、骨の髄まで自覚している。据《す》わりの悪いことこの上ない。恥ずかしいからあまり見せたくはないのだけれど、こうしないと話が通じそうもないから致し方ない。

「特殊例外事案専従捜査課の者です。警察庁から来ました」

仏像みたいな刑事と眉の太い刑事は、揃って目を丸くした。

「あの噂の特専課、ですか」

と、仏像めいた刑事は口をあんぐりと開けて云った。他の刑事達もざわめき始める。

「特専課ってあれか」

「警察庁の」

「実在するんだな」

「初めて見たぞ」

口々に驚きを表明している。春の事件の時のように邪険に扱われないのはありがたいが、そんな珍獣を見る目で眺めないでほしい。

仏像じみた顔立ちの刑事は感心したように、

「では、あなたが探偵さんですか、お若いのに」

「あ、いえ、僕は随伴官でして、警察庁の職員なだけです。探偵はこちらの作馬さんで」

紹介すると、役場の事務員みたいな探偵はうっそりと頭を下げる。どうにも影が薄い印象が拭えない。目立ちたがりでエキセントリックな勒恩寺探偵とは正反対だ。

作馬は頭を下げたきり何も云わない。刑事に聞くべきことは山ほどあるはずなのに、じっと佇

むだけである。騒々しいのも面倒だけれど、こうもおとなしいとこれもこれでやりにくい。仕方なく、木島が質問役を買って出て、

「事件はこの家ですね」

と〝大浜〟の表札が出ている門柱を示して聞いた。

「そうです。特専課さんはまだ何も聞いていませんか」

と、眉の太い刑事が云った。ありがたいことに、先ほどの威圧的な態度ではなくなっていた。

「すみません、出動命令があって来ただけでして、殺人事件ですか」

恐縮しながら尋ねる木島に、仏像のように柔和な表情をした刑事は、

「いやいや、そんな物騒なヤマではありません。この辺は都会とは違いますからな、そうそう大きな事件は起きやしませんよ」

確かに刑事達にも警官隊にも、殺気立った気配はない。これから殺人事件の捜査に挑むというピリピリした空気感は伝わってこない。だったら惨殺死体とご対面、という場面はなさそうだな。そう思って、ちょっとほっとしながら木島は、

「皆さんは県警のかたですか」

と、聞いてみた。先ほどのスマホの位置情報によると、現在地は房総半島の東端。とっくに東京警視庁の管轄外だ。

「滅相もありません、私どもは新浜署の者です。しがない所轄の田舎警察でしてな」

仏像じみた刑事はのほほんとした調子で謙遜した。

「管轄区域はこの新浜市と周辺の三つの町と村だけ。狭い地域をひっそりと守る地方警察です

よ。ああ、申し遅れました。私は井賀《いが》。井賀警部補。こちらが三戸部《みとべ》巡査部長、私の片腕です」

そう云って井賀警部補は、おっとりと一礼した。紹介された逞しい眉の三戸部刑事が折り目正しく敬礼する。年齢は三十代半ばだろうか。精悍な顔立ちは頼りになりそうだ。

「事件に関しては追い追い。立ち話も何ですから入れてもらいましょうか、ここは蒸していけません」

と、片手で襟元を扇ぎながら井賀警部補は門柱に近づいた。インターホンのボタンを押して、

「新浜署の者です」

のんびりした口調で云った。インターホンから「はい、お待ちしていました」と男の声が応え、鉄の棒の門扉がゆっくりと開いていく。電動で遠隔操作できる仕組みらしい。

鉄の棒を編み合わせた門扉が開ききると、井賀警部補は仏像じみた物静かな面差しで振り返り、

「では、参りましょうか。いやあ、特専課さんにお力添えいただけるとは、実に心強いですな。頼りにしておりますよ」

そう云って歩きだす。それに歩調を合わせて付き従う三戸部刑事。その後ろを八人ほどの私服刑事が追従した。さらに十五人くらいの制服警官隊もぞろぞろと続く。ちょっとした大名行列だ。遅れないように、木島は慌てて先頭の井賀警部補を追いかけた。作馬は後ろから無言でついてくる。

井賀警部補とその一行は家の玄関へと向かっていた。庭が広いので、門から家まで少し距離がある。正面に立つ家は立派な洋館だ。家というより邸宅、いや、むしろ館と呼んだほうがいいの

かもしれない。

「随分大きなお宅ですね」

思わず感心して、言葉が木島の口をつく。井賀警部補はおっとりと、

「そうでしょう。大浜家といったら新浜でも一番の分限者《ぶげんしゃ》ですからな。今のご主人が一代で財を成した、謂わば立志伝中の人物です。やり手の経営者でしてね。誰もが羨む町の名士で、あちこちに顔も利く。いや、あやかりたいものですな」

ぞろぞろと玄関に到着した。荘厳と表現していいほどの派手派手しい玄関だった。大きな木の扉が開き、中から一人の男が顔を出した。三十前くらいの年回りだろうか、整った顔立ちだがどことなく締まりのない感じで、軽薄な薄笑いを唇に乗せている。

「どうもどうも、井賀さん、お久しぶりで。三戸部さんもどうも、あの一件以来ですね。お待ちしていましたよ、まあ入ってください」

男はへらへらと笑いながら云う。これが分限者のやり手社長なのか、そんなイメージはないな、と思った木島の顔色を読んだのか、井賀警部補が、

「こちらは大浜社長のご子息で鷹志《たかし》さんです」

「どうもどうも、若い刑事さんは新顔ですね、大浜鷹志です。鳥の鷹に志すと書いて鷹志。大仰な名前でしょう。名乗る時ちょっと恥ずかしい。でも親父がどうしてもってんでそう名付けられた。一富士二鷹で縁起がいいだろうって。ちなみに親父の名前は富士太ね。そんな語呂合わせみたいなノリで仰々しい名前をつけられたこっちの身にもなってほしいものですよ」

大浜鷹志はへらへらと、軽薄に長々と喋った。なるほど、その語呂合わせならば、もし彼に弟

がいたのなら茄子太とか茄子雄になるわけか、などと木島がどうでもいいことを考えているうちに、三戸部刑事がてきぱきと部下に指示を出していた。

「刑事課組は各自自前のスリッパに履き替えて。制服組は庭に展開。不審物などないか、打ち合わせ通りに庭の捜索を開始。投光器の搬入も急げ。その後は別命あるまで待機」

玄関先で刑事達がわたわたと靴を脱ぎ、木島と作馬もその混乱に巻き込まれた。自分のスリッパなど用意していなかった木島達は大浜邸のものを貸してもらう。中は空調が利いていて涼しい。混雑の最中でも、木島はほっとひと息つくことができた。

ただし、仕事も忘れてはいない。家に上がる時、胸ポケットに忍ばせたボイスレコーダーのスイッチをそっと入れる。家電量販店の店員さんも激賞の、二十四時間連続録音が可能な優れ物だ。前回の事件で報告書を書くのに難渋した。慣れない現場で、細かいことを後から思い出そうとしても難しかったのだ。だから今回は、すべてを録音しておくつもりである。こうすれば報告書の作成も楽になる。

＊

通されたのはこれまた金のかかった応接間だった。

毛足の長いカーペットにふかふかのソファセット。アンティークらしいサイドボードには高級そうな洋酒の壜が並び、壁際では背の高い木製の箱に組み込まれた時計が時を刻んでいる。壁に掛かっているのは西アジア製と覚しき手織りの壁飾りで、その繊細な文様は目を見張るほど美しい。お定まりの鹿の首の剝製《はくせい》も、壁から突き出している。

私服刑事の一団は屋敷の廊下で待機。井賀警部補と三戸部刑事、そして木島と作馬探偵だけが入室を許された。四人は腰が沈んで後方にひっくり返りそうなソファに座った。座り心地が上等すぎて、かえって落ち着かない。尻をもぞもぞさせる木島に対して、大浜鷹志は慣れた様子で向かいのソファに腰を下ろしながら、

「新顔の刑事さん達はごてごてした部屋で驚いているでしょう。親父の趣味でしてね。田舎の成金はこれだから困るんです。値の張る物を並べ立てればいいと思っている。センスが洗練されていない」

新顔というのは恐らく木島達のことだ。しかし作馬は黙ったまま返事をしない。ひっそりと座って、じっと足元を見つめて無表情である。お役所の役人にありがちな堅苦しさで、雑談に興じるのは職掌外と考えているのかもしれない。仕方なく、木島が鷹志の相手をする。

「いえいえ、豪華な応接室で凄いと思います。大したものですね。お父上はさぞかし辣腕な経営者でいらっしゃるんでしょう」

「まあ身内の俺が云うのも変だけど、金儲けの才だけはあるみたいだね。中身はただの俗っぽいおっさんだけど。あ、その親父は今来ますんでちょっと待ってください。親父は偉ぶりたくて、人を待たせるのが平気なタチでして、すみませんね」

「いえ、構いません。ちなみに、会社というのはどういった職種で？」

「水産業です。会社の名前も大浜水産。これも古くさいネーミングですね、親父のセンスが垢抜けなくて。業務内容は魚介類の加工と販売。何にもない田舎町ですけど、漁港だけは小さいなが

らありましてね、外洋からホキ、スケトウダラ、メルルーサなんかを仕入れまして、ほら、魚のバーガーや幕の内弁当なんかの魚フライ、あんなのを作るんですよ。某全国チェーンのハンバーガー屋では、ほとんどうちのフライを使っていますね。あとは切り身やサクを仲卸に卸したり、ソテーやバター焼きに味噌煮なんかの加工食品、練り物とかね、そんなのをパックにして全国ルートで流通させたり」

鷹志の言葉を井賀警部補が補って、

「いや、実際大したものですよ。この新浜がこんな田舎の隅っこにあるのに過疎化しないのは、大浜水産さんの雇用力のお陰ですからな。土地だけは余っている田舎の市の、面積の十分の一が大浜水産さんの工場の敷地なんですから、凄いものでしょう。これだけのお屋敷を建てられるのも納得です」

「では、鷹志さんはその大会社の後継者になるんですね」

木島が割と本気で羨ましく思って云うと、

「いやあ、確かに俺も親父の会社で働いていますけど、まだ下っ端ですよ。毎日毎日雑用ばっかりで。親父が素直に継がせてくれるのか、怪しいものです。どのみち、まだ先の話だね。親父はまだまだ元気だから。あと三十年か四十年は、社長の椅子を手放しそうもありませんね。俺のほうが先に老いぼれそうだよ」

と、鷹志はへらへらと笑って云った。

そこへ噂の主が登場した。

乱暴にドアを開けて入ってきたのは五十過ぎの男である。ずんぐりむっくりの体型で、顔面では鼻が大きく胡座《あぐら》をかいている。押し出しの強い恰幅《かっぷく》のいい人物で、紹介されなくても一目で判る。この家の主人、大浜富士太氏だろう。

応接室に足を踏み入れた大浜氏は、井賀警部補の顔を見るなりしかめっ面になった。

「またあんたか。他にもっと人材はおらんのか」

大浜社長はダミ声で不満そうに云う。第一声がこれとは、いささか失礼なのではないかと木島は感じた。しかし、社長がどっかりと座るのを待って、三戸部刑事が律儀に説明を始める。

「我が新浜署の刑事課には班がふたつしかありません。現場責任者として捜査の指揮を執る権限を持つ警部補が二人しかいないからです。井賀警部補の私どもの班と、もう一班がいるのみです。ですから事件があれば、二分の一の確率で担当が回ってくることになります。別の一班は現在、市内繁華街で起きたコンビニの窃盗未遂事件の捜査に当たっております。従って井賀班がこちらの担当になるのは仕方のないことかと」

「判った判った、もういい」

と、大浜社長は三戸部刑事の話をうるさそうに手を振って遮ると、しかめっ面のまま、

「しかし、この前と同じ轍《てつ》を踏むのはご免だぞ。今回は大丈夫なんだろうな」

不機嫌な様子で云う。それに対して井賀警部補は仏像のごとくおっとりした顔つきで、

「いや、これは手厳しい。もちろん今回は万全の態勢で挑みます。ご心配なきように」

「本当か。あんたの云うことは当てにならん」

と、仏頂面の大浜社長に追随するように大浜鷹志も横から、

「いつまで経ってもあの事件は解決してくれないしねえ」

三戸部刑事は、折り目正しく背筋を伸ばした姿勢で、

「その件に関しては警部補をあまり責めないでいただけませんか。署長にもこの三ヶ月、連日連夜急かされて警部補はその心労ですっかりやつれてしまいました」

仏像のごとく福々しい井賀警部補はそれほどやつれているようにも見えないけれど、三戸部刑事の目にはそう映ってはいないようだった。

「ですから今回はひとまず、先日の件は措いておいていただきたいのです」

そう懇願する三戸部刑事に、鷹志が皮肉っぽく、

「でも、この前も、必ず解決するって大見得切っていましたよ」

「それは時間をかけさせてほしいと何度も。身代金の紙幣は新券で、番号もすべて控えてあります。犯人が辛抱しきれなくなって金を使い出せば、そこから必ず足がつく。その時は絶対に追いつめてみせます。持ち慣れない大金を手にした犯人は、そう長い期間我慢できるはずがないのです。ですからきっと近々金を使います。なので解決は時間の問題なのです」

三戸部刑事は太い眉で真剣な表情になって云い募る。

何があったのだろう、と木島は内心で首を傾げた。身代金だの犯人だのと剣呑《けんのん》な単語が聞こえてきた。気にはなったけれど、しかし割って入れる雰囲気ではない。

大浜社長がそんな話の流れを無視して、

「茶は出んぞ。女房がいないからな。まあ、あんたらは客でもないから茶の心配など要らんだろうが」

井賀警部補はおっとりと、

「奥様はどちらに」

「実家に避難させた。賊が侵入して荒っぽいことになったら大変だ。昨日から大宮《おおみや》の実家に行かせている。娘も一緒だ。娘は怪盗が出たら是非見てみたいなどと浮かれたことを云ってゴネておったが、女房が無理に首根っこ摑んで連れて行った」

「妹のやつ、もう高校生のくせして子供っぽさが抜けなくて困りますよ」

と、鷹志が云い、

「余計な茶々を入れんでいい」

大浜社長に一喝される。

「お前も警察に協力して、少しは犯行阻止のための工夫をしろ」

「へいへい」

鷹志はへらへらと、肩をすくめる。

井賀警部補がゆったりとした口調で、

「そのために今回は強力な助っ人もいらしてくれました。こちらのお二人です」

と、木島と作馬探偵を掌で示す。

「ほう」

と、大浜社長は初めてこちらに視線を向けると、

「何者だ？」

「東京の警察庁から本件のためにわざわざ駆けつけてくれたこうした奇抜な事件の専門家です。きっと力になっていただけるでしょう」

「ほほう」

大浜社長は少し興味をそそられたようで、

「東京の警視庁の人か。片方は随分お若いように見えるが、腕は確かなんだろうな。うむ、頼みましたぞ」

「はあ、どうも」

何と答えたものか判らないので、木島は曖昧に頭を下げる。作馬はこんな時も影が薄く、黙ったままだ。探偵なのに、どうにも頼りない。

どうでもいいことかもしれないけれど、大浜社長は警察庁と警視庁の区別がついていないようだった。全然別の組織なのに。もっとも民間人にとっては、どっちがどっちでもあまり関係がないのだろうが。

一方、井賀警部補がやけに特専課を持ち上げてくれるのは、警察機構の内側にいる立場だからに違いない。何せ警察庁は、警視庁どころか全国の都道府県警を統括する上位機関だからだ。井賀警部補らが属する所轄署の上にある県警の、さらに上位の組織だから、必要以上におだてて下にも置かぬ扱いをしてくれるのだろう。前回の警視庁の刑事達と態度が大きく違っているのは、末端の地方警察の素朴さ故か。ただ、まだ何ひとつ実績のない新米の木島には、無闇に奉られる資格があるとは思えない。恥ずかしいからあまり持ち上げないでほしい。そう切に願う木島だった。

三戸部刑事がそこで思い出したように、

「そうだ、特専課のお二人は何の事件かまだご存じではなかったようでした。社長、少しお時間をいただいてもよろしいですか。専門家のお二人に説明を」

「ああ、構わんよ。まだ時間はあるからな」

大浜社長は壁際に立つグランドファーザークロックに目をやって答えた。釣られて木島も時計を確認する。午後一時四十分だった。

「警部補、例のアレを持っていますか」

と、三戸部刑事に促され、井賀警部補はスーツの内ポケットから四つ折りの紙を取り出して、

「ご覧いただけますかな。怪盗を名乗る不審な人物から手紙が届いたのです。こちらの大浜社長宛に」

と、紙を渡してくる。

「これが怪盗からの予告状です。コピーで申し訳ないのですが。実物は県警の鑑識で保管してもらっておりますので」

作馬が手にした紙を、木島も横から覗き込んだ。プリンターか何かで印刷した文字が紙面に並んでいる。その文字列は、紛れもなく怪盗からの予告状だった。

「なんとも締まらない感じですね、日時がぼんやりしていて」

と、作馬が事務的な口調で云った。この部屋に入ってから初めての発言だった。

寡黙《かもく》な探偵と、木島も同じ感想を抱いた。

そう、何だかとても大雑把である。

指定日が予備を含めて三日もあったり時間もあやふやなので、やけに呑気な印象だ。どうにもやる気が伝わってこない。

作馬が手渡してきた予告状を、木島は受け取ってしげしげと観察する。

そういえば今日は七月十四日。予告の指定日の一日目である。なるほど、怪盗からの予告を受けて井賀警部補達所轄の警察が動き、木島にも出動指令が出たわけか。

それはともかく、見れば見るほど緩い予告状だった。普通こういうのは、何月何日の何時ジャストに盗み出す、と予告してくるものではないだろうか。いや、普通の怪盗がどういうものかは知らないけれど。そもそも怪盗というのが今時どうかと思うし、名前もふざけすぎだ。何だよ五右衛門之助って。

予告状を矯めつ眇めつしながら、木島はそんなことを考えていた。

隣に座る作馬は、第一声を発したきり何も云わない。色々と質問するべきことがあるだろうに、口を閉ざしたままである。何なんだ、この人は。探偵としてやる気はあるのか。

じれったくなって、木島は咳払いなどしてみる。それでも作馬は、うっそりと無表情に座って、何の反応もない。

仕方なく木島が大浜社長に尋ねる。

「このブルーサファイアというのは、もちろん宝石のことですね」

「うむ、わしの宝だ。お若い刑事さんにも後で見せてやろう。きっと目を剝くぞ、あまりの見事さに」

木島を警視庁の刑事と勘違いしたままの大浜社長は、自慢げに答える。

木島は質問の相手を井賀警部補に変えて、

「この怪盗石川五右衛門之助というのは何者でしょうか」

「さてねえ、何者でしょうなあ」

井賀警部補はおっとりと答える。隣の三戸部刑事が太い眉を上げ、

「バカげた名前でしょう。今のところは正体不明です。県警のデータベースでも照会してもらったのですが、他の事件でこの呼称が使われた前歴は発見できませんでした。まあ、こんなふざけた名前を名乗る者がそうそういるとも思えませんが」

「こういうふうに盗難の予告を前もってするという前例は多いんでしょうか。フィクションの世界ではよく見ますけど」

木島の問いかけに、三戸部刑事は折り目正しく、

「そういうデータはありません。個人的にも寡聞《かぶん》にして存じません」

大浜社長もむっつりした顔で、

「怪盗だの予告状だの、そういうのは映画やテレビドラマの中だけのものだろう、後は小説か。本物など聞いたこともないぞ」

ごもっとも、確かに木島も聞いたことがない。

「しかし、なぜこう三日に亘って予告をしてきたんでしょうか、雨天順延じゃあるまいし。しかも時間も長い。三時から八時までの五時間って、これは間延びしすぎでしょう」

木島が感想を述べると、井賀警部補は仏像のように穏やかな顔でおっとりと、

「特専課さんのほうでは何かデータがありませんかな。怪盗に対応するノウハウなどが」

年嵩でベテランに見える作馬に向かって質問する。しかし当の作馬探偵は、やはり黙ったきりだった。自ら存在感を消しているかのように、まるでここにいないかのごとく振る舞っている。

話しかけられたら返事くらいしてほしい。影が薄いにもほどがある。

木島がそんな不満の目で見ても、作馬は動じる様子がない。仕方なく木島は問いに答えて、

「こちらにも何もないと思います。前例がないでしょうし」

もしあったら、さすがに作馬も云っているだろう。

大浜社長は憤懣《ふんまん》やるかたない様子で、

「わしをおちょくっておるんだ。アホみたいな名前といい、間延びした時間といい、バカにしているとしか思えんじゃないか」

「もしかしたら、この前の誘拐犯がまた親父をターゲットにしてるのかもしれないね」

鷹志が薄笑いで云うと、大浜社長はさらにむっとした顔で、

「だとしたらますますバカにしておる。与《くみ》しやすしと侮っていやがるんだ、ふざけおって」

誘拐って何の話だ、またおかしなワードが出てきたぞ、と木島は引っかかったが、口を挟む間もなく、鷹志が、

「バカにしているかどうかはともかく、意図が不明なのは気持ちが悪いね。時間が間延びしているのは、俺達の緊張感を持続させせない作戦かもしれないけど。きっちりと時間を指定していないと警備するほうもだれてくるかもしれないからさ、その油断した瞬間を狙っているとか」

「この予備日があるのもそれが理由か？　一日目、二日目と何もなく、油断した三日目を狙っておるのか」

大浜社長が云うと、三戸部刑事が几帳面に否定して、

「いえ、我々は油断などいたしません。何時間でも緊張感を持って警備に当たることができま

す。犯人の狙いがそれならば、見通しが甘いという他はないでしょう」

「うーん、見通しが甘いだけでこんな変な予告になるものかなあ」

と、鷹志が首を捻っている。

確かに、この曖昧さはどこか牧歌的で呑気な感じがする。狡猾に何かを狙っているふうには見えない。それこそ緊張感に欠けるというか、気が抜けているというか、シャープさが全然伝わってこない。本気ならばもっとびしっと、何日何時ジャストと一点集中で予告しそうなものなのだが、どうしてこんな大雑把なのか、その辺が不明だ。予備日が毎週水曜日だけなのも、何だかゴミ収集日を指定しているみたいで間が抜けて見える。

木島は影の薄い探偵に、この予告状をどう思うか尋ねてみた。しかし返ってきたのは、

「今のところ特に云えることはないですね」

と、木で鼻を括ったみたいな言葉だけだった。頼りないったらありゃしない。

仕方ないので木島は、井賀警部補に質問して、

「この予告状の現物を分析した結果はどうでしたか。何か出ましたか」

「いやあ、何も出ませんでしたなあ」

と、警部補はのどかな調子で、

「不審な指紋はもちろん無し。紙もどこでも入手可能な市販の物でした。印刷に使ったプリンターは、国内シェア最大手の文具機器メーカーのもの。巨大総合商社から個人経営の事務所まで、何百万台と普及している製品ですからな、そこからの追跡は不可能でしょうねえ。送ってきた封筒も同様です。宛名も印字ですので筆跡の鑑定も不能。一週間前にこの大浜社長のご自宅に

届きました。ただ、消印が大手町《おおてまち》でして」

「大手町というと、東京の？」

「そうです、ところがこいつが手掛かりになるかどうか。何せここみたいな田舎と違って、多くの人が行き交う大都会ですからな。何者がポストに投函したのか、さすがに調べようがありません」

そう云って井賀警部補は、ゆっくりと首を横に振った。

なるほど、予告状から犯人を辿るのは難しそうである。

うーん、この間の抜けた内容からして、これはただのイタズラなんじゃないか。木島はそう感じ始めていた。どうもあまり本気に見えないし、こうして刑事達や警官隊が出張っても大山鳴動して鼠の一匹すら現れないという、そんなオチなのではないだろうか。

木島がそう主張してみると、大浜社長は苦々しげに、

「県警の連中にもそう云われた。つまらんイタズラではないかと」

「あ、そうなんですか」

「うむ、先週、これが届いてな。大切なお宝が狙われているとなったら黙っておれん。泡を食って一一〇番した。県警の刑事どもがすっ飛んで来たが、イタズラではないかと云いだしおった」

確かに、この緊張感の抜けた文面では、イタズラだと判断されるのもやむを得ないようにも思う。怪盗石川五右衛門之助という名前がまた、イタズラ感に拍車をかけている。

「まったくあの刑事どもめが、腑抜けた面で、こりゃイタズラか嫌がらせじゃないんでしょうかねえ、と抜かしおった。差出人の名前からして冗談にしか見えないでしょう、だと。わしらの税

金で喰っているくせをしおって、サボることしか考えておらんのがけしからん」

大浜社長が憤然と云うと、隣に座った鷹志も、

「県警の人達は、所轄署に通達してパトロールを強化するよう云っておきますよ、なんて適当に誤魔化してさっさと帰ってしまいましたよ、いい加減なことに」

へらへらと、いい加減に笑いながら云う。三戸部刑事が太い眉をひそめて、

「その通達に我が署の署長が過剰に反応したのです。予告状を受け取ったのが大浜社長だと知ると、目の色を変えました」

井賀警部補も仏像じみた顔でおっとりと、

「何しろ大浜社長は地元の名士ですからなあ。うちの署長も世話になっているようでしてね。色々と恩義もあるみたいで」

「うむ、署長はわしがかわいがってやっておる。他にも市長や消防署長や市議会議長とも懇意にしておってな。特に新浜署の奴はわしの力で署長の椅子に座らせてやったようなものだからな、わしには頭が上がらんわい」

がっはっはっと笑って大浜社長は云った。それを仏の微笑みで見ながら井賀警部補が、

「大恩ある大浜社長の一大事ということで、署長直々に我々に出動命令が下ったと、まあそういうわけでして。特専課さんにお声がかかったのも、うちの署長が気を回したんでしょうなあ。専門家の目が入れば警備もより万全になりますから」

「うむ、頼りになりそうだな。お願いしますぞ」

大浜社長の激励にも、作馬探偵はうっそりとうなずくだけだった。実に頼りない。

三戸部刑事が太い眉をきりりと上げて、

「では、そろそろ警備の準備に入りましょうか」

と、勢いよく立ち上がった。時刻は二時五分前。怪盗の予告時間まであと一時間とちょっとである。

＊

奥の部屋へと全員で移動した。

屋敷は広大で、廊下を曲がるたびに木島は方向感覚が怪しくなってしまう。一人にされたら迷子になりそうである。

そうやって連れて行かれたのはだだっ広い洋室だった。驚いたことに部屋の中はがらんとしており、調度品がほぼ何も見当たらない。空き部屋のように見える。ここもエアコンが利いていて、外の蒸し暑さとは無縁だった。

一行はぞろぞろと、その空っぽの部屋に入っていく。先頭は大浜社長と、それに付き従う大浜鷹志。警備の陣頭指揮を執る井賀警部補に、その片腕の三戸部刑事。その後を私服刑事が八人ほど整然と続く。そしておまけみたいに探偵の作馬と、さらにそのついでの木島が最後尾を務める。ベテラン揃いらしい刑事達の中で、一人だけ若い木島はみそっかすのようだ、と自覚していた。物凄く場違いな気がして肩身が狭い。作馬はベテラン勢の中でも遜色ない年齢だが、どうしたわけだか部屋の隅っこに、こそこそと身を潜めるように進んでいった。自己主張がないのにもほどがある。やっぱりどうにも頼りなく感じる。大丈夫なのだろうか、この探偵は。

広い洋間の中央に立った大浜社長は、大きなダミ声で、

「見てくれ、ここは普段はわしの仕事部屋として使っておる。しかし今日のために社員達に命じて家具も何もかもすべて搬出させた。余計な物がないほうが警備もやりやすかろうと思ってな。どうだ、何にもないだろう。窓にもほれ、鉄格子を嵌め込ませた。これも社員にやらせた。業者を頼むと金がかかるからな。その点、社員はいくらタダで使ってもタダ。中には大工仕事が得意な者もおって便利だ。いや、社員はいくら使っても磨り減ったりせんからな。使えるものは徹底的に使うのがわしのやり方だ。どうだ、器用なものだろう。鉄格子がちゃんと窓に嵌まっておる。これで庭からの侵入者は完全に防げるだろう」

鼻の穴を広げて、自慢げに云う。

確かに、社長の主張通り隠れる場所がないのは警備の目も行き届くだろう。何もない板張りの床は広々として、ダンスの練習場のようだった。

それはそうと、家具の類がひとつもないからこそ目を引く物がある。ドアから見て左手の壁際だ。そこにどでんと鎮座しているのは、この部屋の中で唯一の人工物だった。

大型の金庫である。

黒光りした堂々たる金庫が、壁に背をつけて置いてあった。高さは一メートル半ほど。横幅はそれより少し狭い。一般家庭にあるにしては大きすぎる、無骨な代物だった。さすがは町一番の金持ちだと感じさせる、重厚な金庫だった。

井賀警部補は、仏像めいた顔で周囲をゆっくりと見渡して、

「早速ですが、部屋を検めさせていただきます。よろしいですな」

「ああ、思う存分やってくれ」

大浜社長の許可が出たところで、三戸部刑事が太い眉をきりっと上げて、

「よし、手筈通りに調べてくれ、どんな隙間も見逃すな。始めっ」

号令ひと声、八人の刑事は瞬時に行動を開始した。半分はドアから廊下へと飛び出して行く。それぞれに分担が決められているのだろう、残った半分は部屋に残り、あちこちの壁を叩いたり床を押したりしている。出て行った組は外側から、この部屋を検分しているに違いない。

それを尻目に大浜社長は、

「では、わしらは金庫を見てみよう」

それで社長と鷹志、井賀警部補と三戸部刑事、そして作馬と木島。この六人が奥の金庫に近づいた。近くで見るとより威圧感がある。黒々とした金属の塊は、ふんぞり返って偉そうな大浜社長の分身のように見える。前面の左側に、銀色のL字形をしたレバー。大きな鍵穴がひとつ。そして円盤形の古風なデザインの、ダイヤル式の錠がついている。

「立派なものですなあ」

井賀警部補が感心したように云うと、大浜社長は胸を張って、

「そうだろう。型は少し古いが頑丈さは折り紙付きだ。耐火耐荷重耐震構造で完全防水。メーカーの営業マンの触れ込みでは核爆弾が直撃で炸裂しても、この金庫だけは歪みもせずに残るということだ」

と、満足そうに云った。鷹志もへらへらと軽薄な口調で、

「さすがに生意気な怪盗だってこれには手が出ないでしょう。何しろどんなドリルでも外壁に傷ひとつつけられないそうですから」

「例のお宝はこの中に？」

警部補の質問に、鷹志が「そうです」とうなずく。実直な三戸部刑事は真剣な面持ちで、

「大変結構です。これならば申し分ありません。では、中身の確認をよろしいですか」

「うむ」

と、応じて大浜社長が金庫の前にしゃがみ込んだ。そしてダイヤル錠に手をかけると、左手で手元を隠しながら、

「あまりじろじろ見んでくれ。番号が命だ」

木島を始めとした五人は、そう云われてててんでに目を逸らした。ダイヤルは凝視しないものの、社長の行動だけは視界の隅に入れておくという微妙な逸らし具合をキープする。

ダイヤルを回転させる音がする。キチキチキチと、金属の擦れる音だ。右にいくつ、左にいくつ、と回しているのだろう。木島は何となく、ちょっとどきどきした。秘密を身近に覗き見るみたいな高揚感だ。

「よし、もう構わんぞ」

大浜社長が云い、五人は視線を戻した。ダイヤルの入力が終わったらしい。社長はさらにポケットからキーを取り出した。大型のディンプルキーだ。銀色に光っている。

「後はこれだ」

そう云って大浜社長は、キーを金庫の鍵穴に入れ、回した。キーを抜き取った大浜社長は、

「これで開く。鷹志、開けろ」

「へいへい」

命じられた鷹志は調子よく返事をして、L字形のレバーに手をかけた。力を込めて大きなレバーを下に四十五度、回転させる。そのままレバーを引くと、ゴトンと重々しい音と共に金庫の前面が開き始めた。木島は思わず手に汗を握っていた。見れば、扉自体も驚くほど分厚い。

鷹志は金庫の扉を開ききると、横にどいた。それで金庫の内部が丸見えになった。

つい、目を見張ってしまう。

視界に飛び込んできたのは、夥《おびただ》しい札束の山だった。

金庫の中は上段、中段、下段と横に仕切られている。中でも中段が、最も広くスペースが取られている。そこにぎっしりと、札束が詰まっていた。

意表を突かれて、木島は思わず息を呑んだ。

これだけの現金の山など見たことがない。白い帯封も目に鮮やかな、手の切れそうなピン札の束である。新しい紙幣に特有の、インクの匂いまで漂ってきそうだ。それがぎゅうぎゅうに詰まっている。一体いくらくらいあるのだろうか。二億？　三億？　恐らく大浜社長の箪笥《たんす》預金だ。やっぱり庶民とはスケールが違う。こうして目の当たりにすると、本物のお金持ちだと実感させられる。行儀が悪いと判っていても、木島は目が離せなくなってしまった。

しかし井賀警部補は札束の山にもまったく動じる様子もなく、仏像のごとき無心な微笑で、

「では、問題のブルーサファイアを拝ませていただきましょうか」

「うむ」

と、応じる大浜社長。金庫の上段に手を差し入れ、取り出したのは黒い小箱だ。文庫本よりひと回り大きいくらいの、ツヤ消しの黒で塗られた小さな箱である。見た目だと木製に見える。

「よく見てくれ、これがわしの宝物だ」

大浜社長は、オルゴールの蓋のように箱の上面を開けた。黒いビロードの布が現れる。大浜社長が慎重な手つきでその布をめくる。そこに出現した碧い輝き。

さしもの井賀警部補も「ほう」とため息をついた。最後方にいた作馬も、一歩前へ出てくる。

ブルーサファイア。

それは、この世の物とは思えないほどの煌びやかな光を湛えていた。

深海の光を凝縮したような、紺碧の空を神の手で掬い取ってきたような、世界中の湖の静けさを圧縮したような、それは完璧な碧だった。

涙滴形にカットされてはいるけれど、金属の台座などは付属していない。裸のままの宝石だが、それで充分だった。余計な装飾などは不必要。碧色の涙滴形で完結している。どこまでも深く、魂が吸い取られそうな、純粋に澄み切った碧色の、その奇跡的な美しさ。

眩いばかりの美の結晶が、黒いビロードに載っている。

これがブルーサファイア。

思わず知らず、木島は息をついていた。なるほど、これは怪盗石川五右衛門之助でなくても手に入れたくなる。

三戸部刑事が折り目正しく、

「これは、実に見事なものですね」

率直な感想を述べた。大浜社長は鼻を蠢かせて、

「そうだろうそうだろう、カシミール産の加熱処理をしておらん30カラットの上物だ。インクルージョン無しのクラリティSクラス、カラーもSクラス。この世にふたつとないお宝だ。大したものだろう。諸君も目の保養によく見ておくといい。こんな機会は二度とないだろうからな」

いつの間にか、部屋の壁や床を叩いていた刑事達も集まってきていた。三戸部刑事の後ろから、首を伸ばして宝石を眺めている。皆一様に目を丸くして、その凄みさえ感じさせる美しさに魅入られているようだった。

「ほらほら、みんな、宝石鑑賞会はほどほどにして、仕事にもどってください」

井賀警部補の声に、全員はっとしたみたいに現実に立ち返り、その場から散って行った。

大浜社長はそんな刑事達の様子に気をよくしたようで、

「もういいかね、たっぷり見たかな。惜しいだろうがしまうぞ」

勿体をつけながら、ブルーサファイアをビロードの布でくるみ直す。木島は、部屋の灯りが急に消えたみたいな錯覚に陥った。夢から覚めたような感覚だった。

大浜社長が黒い小箱の蓋を閉めていると、井賀警部補はのんびりとした口調で、

「社長、それはしばらく手に持っていていただけますかな」

と、金庫に向き直った。詰まった現金を気にしたふうでもなく、井賀警部補は、

「内部構造を調べさせてもらいたいのです。中をいじっても構いませんかな。ああ、あと撮影も。何も問題ないことを後で確認できるように、内部を撮らせていただきたい」

「ああ、構わんよ」

許可を得た井賀警部補は白い手袋を両手に嵌め、スマートフォンを三戸部刑事に手渡す。

「動画で」

「了解です」

三戸部刑事はスマホを掲げて、金庫前にしゃがみ込んだ警部補の肩越しに金庫の中にカメラを向けた。井賀警部補は無造作に札束を手に取ると、

「カード状の薄い発煙装置などが仕掛けられていたら堪りませんからな、一応検めさせていただきますよ」

ひと束ずつ無造作に手に取り、床に移動させていく。札束の間に何か不審物がないか調べているらしい。ひと束摑んで床に並べていくという手順を繰り返しながら、井賀警部補は、

「問題は金庫の奥の壁、そして床に接した部分です。奥に大穴が開いていて、隣の部屋から手が突っ込める仕掛けにでもなっていたら目も当てられない。そんなことをされたら我々は大間抜けになってしまいますからな。金庫の奥と底も、隅々まで確認させていただきますよ」

そのためには現金の束は邪魔である。床に移動させているのは場所塞ぎになっている札束を取り除く意味もあるようだった。何とも贅沢な邪魔物ではあるが。

やがて、すべての現金が床に積まれた。しかし警部補の興味はあくまでも金庫にあるらしく、札束には目もくれず、上半身ごと奥に突っ込んで手を伸ばしている。

「ふむふむ、中も随分頑丈なようですなあ。これなら大丈夫でしょうね」

頭を金庫に押し込んで、慎重に確認作業を続ける井賀警部補に、大浜社長は腕組みして、

「問題はないはずだ。金庫の奥の壁も表と同じ材質だから、めったなことでは傷すらつけられん

よ。下に穴などもない。金庫の自重で床が抜ける心配があるからな、この家を建てる時に、ここの床下はコンクリートをみっしり詰めてもらったんだ。地面にトンネルを掘って賊が金庫に近づこうとしても、床下はすべてコンクリートの塊だ。どう足掻いても手出しはできんだろう」

「それは結構」

と、井賀警部補は金庫から頭を出し、今度は下段の棚に手を伸ばす。とたんに大浜社長が焦った様子になり、

「ちょっ、ちょっと待て待て、待ってくれ」

撮影する三戸部刑事の前に立ち塞がって、カメラの視界を妨害した。

「そこは待ってくれ、わしが自分で調べる。怪しい物がないことが判ればいいんだろう」

慌てた態度の大浜社長とは対照的に、井賀警部補は仏像じみた顔でおっとりと、

「それはそうですけれど、何か見られて困る物でも?」

「ああ、困る。あ、いやいや、別に困りゃせんが、いや、何でもない。ただ、他人に触られたくないだけだ。それだけだから気にせんでくれ」

弁解する大浜社長の目が泳いでいる。ブルーサファイアの入った小箱を金庫の上に置くと、大浜社長は井賀警部補を押しのけるようにして場所を入れ替わり、

「ほら、これだけだ。これしか入っていない」

金庫の下段から引っぱり出したのは、大判の茶封筒がみっつほどと、ファイルが二冊。

大浜社長は赤い表紙のファイルを逆さにして振り、茶封筒も外から何度も叩いて、

「ほら、書類しか入っておらん。何もない。大丈夫だ、怪盗の仕掛けなどどこにもない。うむ、

問題ない」

あわあわと早口で捲し立てる。その様子で木島はピンときた。どうやらファイルは帳簿の類《たぐい》で、茶封筒の中身は書類らしい。それも、国税局にでも見られたら物凄く困ったことになるような種類の。

井賀警部補も事態を呑み込んだようで、

「封筒もファイルも結構です。私が関心があるのはこちらだけですから」

と、再び金庫の前にしゃがみ込む。そして下段に手を差し入れて、金庫の底部を調べ始めた。

お金持ちには税務署に見られたくない書類のひとつやふたつ、あるものなのだろう。しかしそんなものは今回の予告状事件と関係があるはずもない。井賀警部補がそうであるように、木島も茶封筒の中身などにはまったく興味がない。放っておいてやろう。

井賀警部補は下段を確認し終えて、

「問題はないようですね」

と、上体を起こす。大浜社長はほっとしたようで、

「では、これはしまっておいていいな」

と、茶封筒とファイルを下段に戻した。そしてブルーサファイアの小箱を手に取って、大切そうに抱える。その間に井賀警部補は金庫の上段を調べ始めていた。そこに保管してあったのは、通帳が十数冊と印鑑ケースがみっつ。これらには気も留めずに井賀警部補は、現金の束の上に無造作に移した。あくまでも目標は金庫そのものらしい。

井賀警部補は上段にも手を突っ込んで、丁寧に調査を続ける。

「中をよく撮ってくれよ、隠し扉などはないだろうね」

命じられて三戸部刑事は、スマホのカメラで舐めるように金庫内部を撮影していた。

やがて、井賀警部補は満足したようで、

「結構、金庫には何の仕掛けもありませんでした」

仏像めいた顔を綻ばせて云った。そして、床に積んだ現金の束を手早く戻す。撮影を終えた三戸部刑事もそれを手伝った。三戸部刑事は慎重な手つきで、札束を金庫の中段にきっちりと積み直している。几帳面な性格が垣間見えた。

最後に大浜社長が、ブルーサファイアの小箱を金庫の上段に納めた。黒い小箱は無事に、安全なところに収納された。

鷹志が金庫の扉を閉じる。ゴトンと、重々しい音が響く。

「ダイヤルのナンバーはここにしかない」

と、大浜社長は、自分の顳顬《こめかみ》を指で軽く叩き、

「そして鍵もこの一本だけだ」

ポケットから取り出したキーを、皆に披露するみたいに顔の前で振る。

「ダイヤルを合わせてこの鍵で解錠せん限り、金庫は絶対に開かない仕組みだ」

大浜社長の宣言を聞いて、井賀警部補はおっとりと、

「それならば安心でしょうなあ、金庫ごと盗まれでもしない限り」

「動きゃしないさ。床下をコンクリートで補強せんと床が抜けるほどの重さだぞ」

社長の言葉を試すべく、念のため刑事達が、三人がかりで金庫を横から押してみる。もちろん

びくともしない。三戸部刑事はそれを確認すると、

「よし、では警備態勢に入ります」

刑事達による室内の検分は終わったらしい。

その間、作馬探偵は何をしていたかというと、実は何もしていない。部屋の隅にぼうっと突っ立って、刑事達の動きを眺めているだけだった。いるのかいないのか判らないくらい存在感が薄い。そして今のところ存在意義も薄い。木島はだんだん、この探偵が自分の目にだけ見えている精霊か何かではないかと疑う気分になってきた。まあ、こんなおっさんの姿の精霊は嫌だが。

「社長、邸内の見取り図、ファックスしていただきありがとうございました。お陰であらかじめ警備態勢を整えられました。署長も大変感謝しておりました」

井賀警部補が如才なく云う。

「中と外を同時に監視します」

と、三戸部刑事も報告口調で、

「屋内の要所要所に刑事を立たせます。これは刑事課井賀班の私服刑事が担当します。そして今回は、署長の計らいで地域課の制服組も十五人、加勢に来てくれています」

地域課というのは普段は交番や派出所に詰めていて、たまに自転車で周辺をパトロールしたりする部署のはずだ。

「制服組は敷地内を屋外で警戒してもらいます。半数を塀の内側あちこちに配置し、もう半数は巡回して警備に当たります。これで外部から塀を乗り越えて侵入を試みる賊がいないか、絶えず見張ることができます。陽が落ちて暗くなったら、投光器で庭じゅうを照らします。夜陰《やいん》に紛れ

て忍び込むことも不可能になります。警部補の立案した警備計画は以上です」

三戸部刑事がきっちりした調子で云うと、大浜社長は何度もうなずいて、

「うむうむ、いいだろう。しかしそれで人手は足りるか？　何ならうちの社員で腕っ節のある連中を二、三十人集めるぞ。毎日トロ箱の荷揚げで鍛えている腕力自慢がごろごろおるからな」

「いえいえ、お気遣いには及びません。民間人が警備に入っても指揮系統が混乱するだけですので。ここは我々プロにお任せください」

「そうか、社員はタダで使い放題だから、使わんのはもったいないと思ったんだがな」

「いえ、お気持ちだけで」

提案をやんわりと断った井賀警部補の隣で、三戸部刑事が生真面目な顔つきのまま、

「この部屋の前にも常時見張りを一人立てます。床にも壁にも異常は見当たりませんでした。これで何者も侵入することはできないでしょう。よし、全員、打ち合わせ通りに配置につけ、外の制服組にも監視を始めるよう伝令を頼む」

言葉の後半を部下への命令にして、それを聞いた刑事達は、機敏な動きで部屋から出て行く。

木島はその間、一応窓を調べてみた。新しい鉄格子が嵌まっている。素人工事と聞いたけれど、どうしてきれいに仕上げてある。格子の隙間は拳ひとつ入るか入らないかという狭さで、これならば仔猫くらいしか通ることはできなそうだ。

大浜社長は刑事達が出て行くのを見送って、

「では我々はこの部屋に詰めて金庫を見張るとしようか。立ちっぱなしというわけにもいかんな、おい、鷹志、椅子を持ってこい。それからあいつを呼べ」

「へいへい」

軽い足取りと態度で、鷹志はドアに向かった。

「しかし、外の警官は大丈夫なのか。制服を着れば誰でも警官に変装できるぞ。もし怪盗五右衛門之助とやらが制服を着て紛れ込んでいたらどうする」

大浜社長の不安を、井賀警部補は柔らかく受け止めて、

「ご心配なく。我が新浜署は事務方も含めて八十人の小所帯ですからな。小規模警察署なので全員が顔見知りなのですわ。お互いの家族構成なども把握し合っているほど、普段から親密な付き合いをしております。見知らぬ顔が紛れ込もうとしても、すぐに正体がバレます」

「うむ、そうか。それなら結構。田舎警察もそういう点では便利だな」

「いかがでしょうか、専門家の見地からご覧になって、この警備態勢に何か不備は見当たりますか」

三戸部刑事が堅苦しい口調で、木島と作馬探偵のほうを向いて尋ねてきた。

いや、僕に聞かれても困るよ、と木島は視線だけで作馬にお伺いを立てる。当の作馬は至って事務的に、

「問題点は見当たりません」

短いコメントを発するだけだった。本当に存在感の薄い探偵である。

そこへドアが開き、鷹志が椅子を次々と運び込んできた。一人掛けのソファが二つ、ダイニング用らしい木の椅子が四つ。普段力仕事とは無縁らしく、ひいひい云いながら運んでいる。木島は慌てて手伝いに駆けつけた。

椅子を運びながらも木島は、鷹志の後から部屋に入ってきた物体にぎょっとした。一瞬、業務用キャビネットがスーツを着て歩いているのかと思った。もちろんそれは単なる気のせいで、スーツを着ているから人間に決まっている。ただ、規格外だった。人間離れした巨体の持ち主、それがスーツを着た業務用キャビネットの正体だった。がっしりした体格の、容貌魁《ようぼうかい》偉《い》な大男である。雲衝《つ》くようなとはこのことだ。坊主頭でぎょろりとした目玉。肩の筋肉で服がはち切れそうだ。

大浜社長が、だぶついた腹を揺すって愉快そうに笑い、

「紹介しよう、うちの社員だ。一人くらいは警備の手伝いがいてもいいだろう。頭の回転は鈍いが忠誠心だけは強い。わしの命令ならば何でも聞く。おい、樫元《かしもと》」

と、大男に呼びかけると、相手はぎょろりとした目をこちらに向けてくる。

「はい、社長」

応えた巨体の男は、見た目通りの低くて野太い声をしている。

「ここにいる者の顔を覚えろ、警察の人達だ。新浜署の二人、それから警視庁のお二人。今後、わしら以外の者は誰一人としてこの部屋に入れるな。入って来ようとしたら即刻取り押さえろ、いいな」

「はい、社長」

「よし、判ったらそっちに立って待機」

犬に命令するみたいな口調で大浜社長は云う。樫元と呼ばれた大男は顔色ひとつ変えずに、

のっそりと金庫の置いてある壁とは反対側の壁際まで歩いて行き、そこで直立不動になった。腕を後ろに組み、部屋を睥睨している。物凄く威圧感がある。

大浜社長は満足そうにうなずいて、

「さて、わしらもブルーサファイアを見張るとしようか」

鷹志に指示を出して椅子を並べさせる。

金庫を中心に、半円を描くように六つの椅子が並んだ。喩えるならば、金庫のソロリサイタルを聴く客席みたいに見える並び方だ。金庫の正面に一人掛けのソファ。そこに大浜社長が座った。その左隣に、もうひとつのソファ。この席は鷹志が占める。そのさらに左手にダイニングの木製の椅子がふたつ。井賀警部補と三戸部刑事がそこに並んで腰かけた。そして社長の右側にもダイニングの椅子がふたつ並び、そこに木島と作馬探偵が座る。影の薄い作馬探偵は一番隅の、壁に近い席である。

これで監視態勢が整った。

午後二時五十五分。

怪盗の予告時間まであとわずかだ。

*

午後三時を回った。

いよいよ怪盗の予告タイムに突入した。

鷹志が気を利かせて置き時計を持ってきた。それを金庫の上に置く。アナログ式の四角い時計だ。クリーム色でプラスチック製の安っぽい物で、重厚な金庫とは少しアンバランスに見えた。

こうして、木島達六人は半円を描いて金庫と時計を囲むことになった。木島の席からは金庫の正面と左側面が見える。黒々とした金属の塊はどっしりと重々しく、頼もしく感じられる。

それを全員で見守った。

大浜社長はぼってりとした腹の上で腕組みして金庫を睨んでいる。

その隣の鷹志は落ち着きなく、きょときょとそわそわしている。

井賀警部補は物静かに、仏像のような微笑みで座っている。

三戸部刑事は背筋をまっすぐに立て、太い眉をひそめている。

後ろをちょっと振り返ってみれば、反対側の壁際に巨漢の樫元が仁王立ちになっている。ぎょろりとした目でこちらを見ている。

そして木島の隣の席では、作馬探偵が背中を丸めてうっそりと座っていた。地方の役場の職員が、窓口で暇を持て余してぼんやりしているふうにしか見えない。どうにも威厳や緊張感が伝わってこない。前の事件の時の勒恩寺探偵は自由闊達で自己主張が強く、木島は大いに振り回された。あれも困ったけれど、作馬のように主張がなさすぎるのも問題だ。これでは何のためにいるのか判らない。

まあいい、今は見張りに集中しよう。

木島は意識を切り替えた。

警戒するべし。何かアクシデントがあっても金庫から目を離さないように、肝に銘ずるのだ。

多分、井賀警部補達もそう考えているに違いない。

金庫に集中する。あの中にブルーサファイアがしまってある。深く碧い輝きを放つ眩いばかりの宝石。怪盗はあれを狙っているのだ。

しかし、どうやって奪取するつもりなのだろうか。金庫を見つめながら木島は考える。金庫は堅牢で、扉は大浜社長以外には開くことができない。こうして周囲も見張っている。六人の人間の監視下にあり、その背後からは大男のぎょろ目も睨んでいる。さらに邸内には刑事達がいる。八人の刑事があちこちで張り番をして、不審者の侵入に備えている。そして外には警官隊だ。十五人が庭を哨戒し、侵入者を防いでいる。これでは敷地に入ることすらままならない。怪盗は目算があるのか。どんな行動に出るつもりなのか。考え続けると不安になってくる。こうして時間が長いとじりじりしてくる。どうにもじれったい。無言でいるのもプレッシャーだ。そうだ、別に黙っている必要もない。

木島は緊張をほぐすためにも喋りかけてみて、

「井賀警部補、予告状が来たのは一週間前だという話でしたよね」

「はいはい、そうですな」

警部補は、仏像のごとく落ち着き払ってうなずいた。

「では、ブルーサファイアをここではなくどこかへ預けるという案は出なかったのですか。例えば警察署の中とか。そうすればこんなふうに見張る必要もなかったんじゃないでしょうか」

「もちろんその選択肢も検討しましたよ、しかし」

と、井賀警部補はちらりと横目で大浜社長を窺った。

「わしが却下した」

「どうしてですか」

木島の問いかけに、大浜社長は腕組みしたまま、

「運搬途中の安全が保証されんからだ。予告状はわしに危機感を与えて、ブルーサファイアを外へ運び出させるエサかもしれんだろう」

すると、三戸部刑事が太い眉を片方だけ上げて、

「運搬中の警護は我々にお任せくださいと云ったのですが」

「警察を信用しとらんわけではない。しかし万一、賊が銃などで武装しておったらどうする。車で運んでいる途中で止められて、複数の犯人が銃口を向けてきたら、君らは撃ち返せるのか」

「それは」

と、三戸部刑事が言葉に詰まった。

「撃てんだろう。いや、それが悪いこととは云わん。慣習的に銃で応戦しないのが君らの伝統だ」

大浜社長の云うことにも一理ある。我が国の警察は、海外に比べて発砲に対して極めて慎重だ。めったなことでは銃を人に向けたりしない。まして強盗団との銃撃戦など想定すらしていない。

武装強盗の可能性を考慮すれば、確かに移動時のリスクは高い。そう考えれば、ここに置いたままのほうが安全なのかもしれない。

納得してから木島は、

「もうひとつ、気になっていることがあります」

「何でしょう」

三戸部刑事が、折り目正しい口調で尋ねてくる。

「怪盗はブルーサファイアを大浜社長が持っていると知っていました。賊はどうやってそれを知ったのでしょうか。もし知っている者がごく少数だとしたら、怪盗石川五右衛門之助の正体を絞り込めるのではないでしょうか」

木島の言葉に、鷹志が半分吹き出しながら、

「いやいや、そいつは無理無理。絞り込みなんかできっこないよ」

「なぜですか」

「だって、親父は人を家に招待しては、しょっちゅう見せびらかしていたから。さっき話に出た市長に消防署長に市議会議員のお歴々。あとは会社の幹部達も。この近辺の主立った人はみんな知ってるよ。あ、それにね」

と、鷹志は立ち上がって身軽に部屋を出て行くと、すぐに戻ってきて、

「ほら、これ見て」

へらへらと笑いながら、一冊の雑誌を渡してくる。経済雑誌だ。お堅いことで有名で、テレビタレントのゴシップなど一切扱わない。その内容は、今年度下半期の政府と経済産業省の経済指針の見通しが財界に与える影響、とか、円高は株価上昇の追い風になるか経済評論家の予測、とか、原油高騰に対する諸外国の反応、というふうに経済記事に特化し、各界の経営者が主要購読層の雑誌である。

鷹志は、その最後のページを開いて示す。カラーの半ページの記事で、タイトルは〝わたしの宝物〟。お堅い誌面にあって唯一の息抜きのコーナーと思われる。全国の経営者にインタビューした記事のようだ。

そこには間違いなく大浜社長が載っていた。ブルーサファイアを片手に相好《そうごう》を崩している。大浜社長は雑誌の中で〝宝物〟を大いに自慢していた。ざっと目を通した木島は、雑誌を作馬に回した。作馬は黙って、じっと記事に見入り始める。

「これ、先月出た号。ね、全国に触れ回っちゃってる」

と、鷹志は軽薄な薄笑いで、

「この雑誌を見た人なら、誰でも親父がブルーサファイアを持ってるって知ってるわけ」

なるほど、これでは絞り込みなど不可能なはずだ。この経済誌の発行部数がどのくらいかは知らないけれど、どこの書店でも手に入るくらいメジャーな雑誌だ。何なら駅の売店でも、その辺のコンビニでも売っている。

鷹志はへらへらと軽い口調で、

「親父の悪い癖でね、書画骨董に美術品に宝石、そういうお宝が手に入ると、周りの人に自慢せずにはいられないの。手元に置いておいて、見せびらかすだけ見せびらかして、飽きたら売っちゃうんだけどね。まあ、売る時は買い値より高く売るから、その辺は我が親父ながら天晴れな商人魂だとは思うけど。雑誌の取材まで受けて自慢するんだから、病膏肓《やまいこうこう》ってやつでしょ」

「それは、雑誌社の連中がどうしてもと云うからだ」

さすがの大浜社長も歯切れ悪く弁明する。鷹志はさらにへらへらと、

「もうさ、そんな地方成金丸出しの趣味はやめたらって母も俺も進言するんだけどね、聞きゃしない。妹なんか特に嫌がってさ、人を呼んで自慢披露会をやらかすと、その後不機嫌になって一週間は親父と口を利かなくなるくらいで。それでもやめないんだから困った癖でしょう。高価な物ほど自慢が長くなるから手に負えない」

「ちなみに、ブルーサファイアのお値段というのは」

おずおずと尋ねる木島に、大浜社長は不敵な笑みを浮かべて、

「警視庁の刑事さんがどれだけ高給取りか知らんが、そいつは聞かんほうがいいな。心臓に悪いだろうから」

ブルーサファイアがそれほど高額ならば、雑誌を見た者が僻み根性で、金持ちに嫌がらせをするために予告状を出した、という可能性も捨てきれなくなる。とすると、予告自体がイタズラなのだろうか。県警の刑事が判断したように、ただの嫌がらせなのかもしれない。それだとこうして警備態勢を敷いていること自体が無駄になる。いや、この場合無駄になるほうがいいのか。盗難事件が起きないのならば、それに越したことはない。木島の報告書も書きやすくなることだろう。

などと考えているうちに四時になった。

一時間経過。

大浜社長がおもむろに立ち上がって、

「一時間経ちましたな。どうだね、無事のようだから確認してみようじゃないか」

金庫の前まで歩み出た。他の五人もそれに釣られるように、金庫前に集まる。

大浜社長は左手で手元を隠してダイヤルを回し、そしてポケットから鍵を取り出し解錠。三戸部刑事がそこに進み出て、

「では、ここからは自分が」

と、L字形のハンドルを四十五度回転させた。ゴトン、と重い音と共に分厚い扉が開く。

大浜社長が金庫に手を差し入れ、黒い小箱を取り出す。蓋を開け、ビロードの覆いを剝がす。そこには、眩いばかりのブルーサファイア。碧々と、海の深さを握り固めたような、煌びやかな輝きが溢れ出した。

大浜社長は、ほっとしたように、

「無事だな」

何度もうなずき、宝石を小箱にしまった。黒い小箱を金庫に納めて、重厚な扉が再び閉じられた。

全員が席に戻り、安堵の息をついた。

最初の一時間は乗り切った。予告時間が終わる夜八時までは、あと四時間。これ、結構神経を使うぞ。木島は改めてそう感じた。集中力が途切れないか、少し心配だ。しかしどうして怪盗は、時間指定をきっちりしなかったのだろうか。今時は宅配便ですら、指定時間に来るというのに。この緩さは何なのだろう。もうちょっと締まりのある予告はできなかったのか。いや、不満を云っている場合ではない。あと四時間、頑張ろう。

集中を維持するため、木島は隣の作馬探偵に話しかける。

「この確認作業、一時間毎にやるんでしょうかね」

しかし作馬は何も答えずに、無感動な目を向けてくるだけだった。木島は諦めずに、

「あんまり無闇に金庫を開け閉めすると、怪盗に機会を与えるだけなんじゃないでしょうか。確認する時、隙ができやすいと思うんですが」

「隙ができてどうするのですか。奪うのは不可能です。奪ったとしても、そもそもこの警備態勢の中では逃げられない」

作馬はやっと口を開いてくれた。物凄く事務的な口調ではあるけれど。

「イミテーションとすり替えたらどうでしょう。よくできた偽物ならば、しばらくは奪われたことも気づかれないんじゃないでしょうか。そうすれば逃走時間も稼げます」

「イミテーションですか。それはあり得ません」

作馬はやけにきっぱりと云った。

「どうしてですか」

「ブルーサファイアはあれほど印象的な宝石です。形状も色も目に焼き付いて、私どもの記憶に残りやすい。それと一見したくらいで気づかないとなると、これは相当に精巧なイミテーションでないとなりません。それには腕利きの贋作職人がよほど丹精を込めて製作する必要があると思われます。先ほどの雑誌のカラー写真を見たくらいでは、そっくりな偽物など作れません。それこそ本物と首っ引きで細部まで模倣しなければ、私どもの目は欺けない。カットの角度が一ヶ所でもズレていたりしたら、輝きの印象が違って見えてしまうでしょうから。色味も、本物と同じにするには、実物を手元に置いて見較べながら模造しないとならないでしょう」

作馬は熱の籠もらない口調で、淡々と云う。

「しかし、それでは矛盾が生じます。贋作師が偽物を作るには、本物が手元になければそっくりには模倣できません。それには贋作師に本物を預ける必要があるのです。もし怪盗が贋作職人に偽物の製作を依頼したとしたのなら、その時点で怪盗は本物をすでに手にしているということになります。本物を渡して、これとそっくりに作ってくれ、と依頼するためにです。怪盗がすでにブルーサファイアを手に入れているのならば、もうすり替えだの予告状だのというややこしい手順を踏む必要もない道理ではありませんか。本物が怪盗の手に渡っていたら、もう盗み出す必要がない。手に渡っていなかったのなら、私どもの目を欺けるほど精巧なイミテーションなど製作できない理屈になります。従って、本物そっくりのイミテーションなどは実在しないことになる」

感情の起伏のまったく入らない作馬の言葉に、しかし木島はびっくりしていた。何だ、ちゃんと喋れるんじゃないか、しかもこんなに理路整然と。これなら最初から、しっかりと探偵らしく振る舞ってくれたらよかったのに。

井賀警部補が向こうの席から、仏像みたいな穏やかな微笑で、

「何の内緒話ですかな、探偵さんコンビは。事件と関係あるのでしたら、私達にも聞かせていただけませんか」

「あ、お気に障ったのならすみません。内緒話はマナー違反でしたね。いえ、大したことはないんです、イミテーションの宝石を中身だけすり替えるのは不可能だという話で」

木島が云うと、軽薄な調子で鷹志がへらへらと、

「中身だけ盗られたと云えば、あの誘拐事件の時もそうだったね。あの時も中身の身代金だけを

盗られたじゃないか」

さっきからちょいちょい仄めかされる誘拐だの身代金だのという、気になるワードがまたぞろ出てきた。木島と作馬以外は皆、訳知り顔なのも気にかかる。何の話だろうか。ずっと不審に思っていたので、思い切って尋ねてみた。

「あの、誘拐事件というのは何でしょうか。前に何かあったんですか」

木島の問いかけに、鷹志が気軽にうなずいて、

「そう、三ヶ月ほど前にね。その時も井賀さん達警察の人にお世話になった」

「鷹志、もういいだろう、そんなくだらん話は」

大浜社長が不機嫌そうに云ったが、鷹志は意に介した様子も見せずに、

「別に構わないでしょう、この人達も警察関係者なんだし。時間潰しのお喋りにもちょうどいい。ねえ、井賀さん、問題ないですよね、喋っても」

「ええ、構いませんよ」

井賀警部補は仏像みたいな鷹揚さでうなずく。大浜社長が仏頂面で黙り込んだので、調子に乗ったのか鷹志はべらべらと、

「実はね、親父が誘拐事件に遭いましてね、身代金をごっそり持ってかれちゃったんだよ。東京の刑事さんには珍しくもないでしょうけど、こんな田舎町じゃまず起こることのない一大事だからね、もう大騒ぎでしたよ」

「どなたが誘拐されたんですか」

木島の質問に、鷹志はこともなげに、

「あ、人じゃないの、絵」

「えっ？」

「えっじゃなくて、絵、絵画。親父がいつもの道楽で自慢するために買った高い絵ね。そいつが盗まれたんです」

鷹志が云う。息子が余計なことを口走るくらいなら自分で説明したほうがいいと思ったのか、むっつりと不機嫌なままの大浜社長が、

「シャルル・リシャールという画家をご存じかな。フランス印象派の絵描きだがマネやセザンヌ、モネほどメジャーではない。しかしそこそこ知名度はあって世界中にコレクターもいる。そのリシャールの『赤の湖畔』という作品を手に入れたんだ。しばらく手元に置いて眺めて楽しんだ」

「ついでに、例によって人を招いて見せびらかして、自慢もしたけどね」

と、鷹志が半畳を入れる。それを無視して大浜社長は、

「だが、それを奪われた。東京の銀座《ぎんざ》の画廊で印象派展をやるというんで貸し出したんだ。無論、賃料は取ってな。しかしそれがマズかった。展覧会が終わって軽く打ち上げに出て、そのまま車に乗せて帰ろうとしたんだがな、この近くの道で強奪された。恐らくわしがリシャールを貸したのをどこかから嗅ぎつけた悪人どもがおったのだろう」

「絵は車で運べる大きさだったんですね」

木島が質問を挟むと、

「ああ、Ｐ５号だからこの程度だ、そんなに大きくはない」

大浜社長は、肩幅くらいに両手を広げて見せて、

「男が三人だった。迷彩服の上下に目出し帽で顔を隠しておってな、カーブでスピードを落としたタイミングで、暗がりから飛び出して来た。一人が手に拳銃を持っていた。リボルバーでな、モデルガンだろうと思ったが万一のことがある。撃たれて怪我でもしたらつまらん。それで抵抗できなくなった。こちらは一人、相手は三人。元より分が悪かったしな。さっき、ブルーサファイアを余所で預かってもらうのは抵抗があると云っただろう。それも、この経験があったからだ。移動中は危険だ。銃を突きつけられると人間どうしても動けなくなる」

「それは怖かったでしょうね」

「怖いというより悔しかったな。このわしがあんなチンピラどもの云うことに唯々諾々と従わねばならんとは。屈辱だ」

と、大浜社長は唇を曲げて、

「後部座席に置いていた絵をまんまと奪われた。そして云われたんだ。絵を返してほしければ二千万円用意しろ、警察には云うな、とな。それからバイクの音がして三人組はいなくなった」

「二千万円、それが身代金ですか」

「ああ、そのくらいで返ってくるのなら安いものだ。リシャールにはそれだけの価値がある」

大浜社長が云うと、鷹志が横から、

「帰ってきた親父が強盗に襲われたと云うんで、俺達はびっくりですよ。妹なんかすっかりテンション上がっちゃって、どんな犯人だったかどんな顔だったか、どういう様子だったか、と根掘り葉掘り。目出し帽で顔は隠していたと親父は云ってるのに」

三戸部刑事も話に加わってきて、

「そして、私どもの署長に極秘で相談が寄せられたわけです」

「何しろ警察には通報するなと警告されておる。ヘタに一一〇番通報して大騒ぎにでもなってみろ、犯人の神経を逆なでしてリシャールが破損されるやもしれん。そんなことになったら目も当てられんからな」

大浜社長が云うのに、鷹志が口を挟んで、

「だから新浜署の署長さんにこっそり相談するよう、俺が提案したんですよ。普段から親父は、署長さんとは懇意にしているって、ことあるごとに公言してましたからね。こういう時に相談に乗ってもらわないでどうするんだって、渋る親父の尻を叩いて、署長さんに話を持ちかけたんです」

三戸部刑事がそれを補足し、

「あくまでも大浜氏からの個人的な相談、という形で話を伺いました。そして署長が気を利かせて、我々井賀班が極秘裏に捜査に当たることになったのです。犯人に気取られないよう、こっそりと」

「次の日に、携帯電話が届いた。宅配便でな。後はドラマなどでもよくある展開だ。電話の指示に従って、わしがあちこち移動させられた。二千万円の詰まったボストンバッグを持ってな」

大浜社長が苦々しげに云い、三戸部刑事も太い眉をひそめ、

「我々にとっても苦しい仕事でした。高価な絵画が人質に取られているのです。絵に何かあったら、そこでアウトですので。表立って動けないので追跡も困難でして、引き離されないようにす

るのが精一杯でした。ああ、ちなみに携帯電話は盗品で、そこから犯人に辿り着くことは不可能でした」

「結局は警察は追跡に失敗したがな。新浜の港に、わしの名義でモーターボートをレンタルしておったのだ。わしが船舶免許を持っていることも、下調べ済みだったんだろう」

「海に出られたのは想定外でした。極秘捜査だったので、海上保安庁に協力を要請するわけにもいきません。尾行は諦めざるを得ませんでした」

三戸部刑事が悔しそうに云うと、大浜社長もむっつりとしたままで、

「その後は何のことはない。近くのマリーナまで誘導された。外房の、わしのクルーザーも預けてある馴染みのマリーナだ。そこの桟橋に例の三人組が待っておってな、ボストンバッグの現金は奴らの持ってきた布袋に移された」

「ボストンバッグの底には発信器を取り付けておいたのですが、残念です」

三戸部刑事が云うと、大浜社長はつまらなそうに、

「金は奪われた。これで終わりだ」

「絵はどうなりましたか」

木島の質問に、社長はさらに白けた口調で、

「返ってきた。ふざけたことに次の朝、この家の門の外に立てかけられておった。ビニールと油紙で厳重に梱包してな。朝一番に娘が見つけたよ。汚損もなく、無事だった」

「しかし二千万円は奪われたままなんですね」

「ああ、そうだ」

「大きな損害ですね」

木島が云うと、横から鷹志がへらへらと軽薄な口調で、

「ところがそうでもない。絵には保険がかけてあってね、その辺親父は抜かりがない。身代金は保険金で補塡されて、親父の出費はゼロ。損はしてないんですよ」

「バカを云うな。わしの気分的には大損害だ。このわしから金を奪いおって。あんな屈辱的な目に遭ったのは初めてだ。精神的には大きな負担を強いられたわい」

「その絵はそれからどうしましたか。ここには飾られていないようですけど」

木島が周囲を見回しながら聞くと、大浜社長は鼻を鳴らして、

「もうない。とっくに売り払ったわ。験《げん》が悪い」

「もちろん買い値より高く、ね。親父は転んでもタダじゃ起きないから」

と、鷹志が茶化すように、

「そして刑事さん達は、その事件をまだ解決してくれないんですよ。憎っくき三人組をなかなか逮捕しないから、親父の刑事さん達への不信感は今でも拭えないでいるわけなんです」

その言葉に三戸部刑事は必死に反論して、

「いや、あれは絵という人質があちらにある分、最初から大きなアドバンテージを取られていたのです。切り札を握られている以上、我々も思うように動けない。それに県警の人員を出してもらえないのも追跡に支障をきたしました。我々所轄だけでは海上まではカバーできませんでしたから。その点は決して我々だけの手落ちではないはずです。だのに署長は毎日しつこく、早く犯人を確保しろと口喧しくて。大浜社長案件だから自分の顔を潰すな早くしろと、井賀警部補を責

め立てて。そのせいで警部補は胃をやられて、すっかり体調を崩してしまい、とても心配です。無論、逮捕できないのは自分も悔しいですし」

それをからかうみたいに鷹志が、

「だったら余計に早く解決しないと」

「ですから時間の問題ですと何度も」

三戸部刑事はいちいち律儀に反論している。

なるほど、そういう未解決の絵画誘拐事件があったのか。ようやく納得できた。人のよさそうな井賀警部補のためにも、早く解決するといいと思う。隣を見ると、作馬探偵は何の関心もないような顔で黙って座っている。相変わらず影が薄い。探偵なのだから、未解決事件に何かアドバイスする気遣いはないのだろうか。消極的にもほどがある。

そんな木島の思いが伝わるはずもなく、作馬探偵はじっと無表情で、床の一点を見つめている。

そうした過去の事件の話などをしているうちに五時になった。

大浜社長は腰を上げ、

「よし、一時間経ったな、確認してみよう」

どうやら勝手に恒例化したらしい。やはり確かめないと不安になるのだろう。

皆の見守る中、社長は金庫の鍵を開ける。

ダイヤルのつまみを回転させ、鍵をポケットから取り出して解錠。

「じゃ、今回は俺が」

鷹志が進み出てレバーを握り、金庫の扉を開いた。そしてそのまま鷹志は、黒い小箱を取り出す。ベールを剝がすと間違いなく、ブルーサファイアはそこにあった。

一同、満足そうにうなずく。

鷹志は柄にもなく慎重な手つきでビロードの布を宝石にかけ、小箱の蓋を閉める。それを金庫の中へそっとしまう。

三戸部刑事が気を利かせて、金庫の扉を閉めた。ゴトンと重々しい音が響く。

ほっと、安堵の空気が皆の間に流れる。

いや、ここで気を抜いてはいけない。指定時間はまだ三時間もある。気を張っていないと。木島は握った拳に力を込めた。

そして椅子に座り直そうとすると、作馬探偵が意想外の行動に出た。椅子へは戻らず、ドアへ向かって行くのだ。

何だ、トイレか、と思ったが、それならひと声かけてほしいものだ。

背中を追って、木島もドアのほうへ。

作馬はためらいなくドアを開いて廊下に出て行く。それを追って、木島も室外に出る。ドアの前で張り番をしていた刑事が怪訝そうに、

「どうかしましたか」

と、聞いてくる。

「いえ、特にどうということはありません」

我ながら意味不明な言い訳をして、木島は作馬を追いかけた。

廊下の途中でそれを引き止め、

「どこ行くんですか、作馬さん。トイレならあっちですよ」

作馬は表情を動かすことなく、

「木島くん、ひとつ私の予測を云っておきますが、この事件、案外何も起こらずに終わるかもしれません」

木島はびっくりして、

「えっ、本当ですか」

「確実ではありませんが、恐らくそうなるでしょう」

「じゃ、怪盗は現れないんですか。それとも庭辺りですぐに捕まるとか」

「そういう捕り物もなく、終わるような気がします」

「その根拠は？」

「根拠はありません。ただのカンです。それはそうと、木島くん、五時になりました。定時なので帰ります」

「はあ？」

何を云い出すんだこの探偵は。

「今、なんて云いましたか」

「帰ると云ったのです。定時ですから」

「冗談はやめてください。まだ予告時間は残っているじゃないですか」

てっきりふざけていると思った木島は半笑いで云ったが、相手は至って真面目な顔で、

「いいですか、木島くん、私は公務員です。公務員は規則に厳格であるべきです。定時になれば帰宅する。これは規則です。規則ならばそれに従う。どこか間違っていますか」

「いや、物凄く間違っていますよ。こういう場合は指定時間が過ぎるまでいるものでしょう」

「その時間は誰が規定したものですか。法ですか、条例ですか、違いますね。あくまでも怪盗と名乗るどこの何者かも判然としない正体不明の人物が私信上で勝手に設けた時間制限です。私はただの公務員ですので何者かも判らない人物の決定に従う義務はありません」

「そんな無茶苦茶な。屁理屈ですよ、それは」

「屁理屈結構。いいですか、木島くん、我々小役人は普段から不法な時間外労働を強いられています。月に百五十時間オーバーのサービス残業は当たり前です。我々下っ端地方公務員の過酷な実態をあなたは知らないからそう無体なことが云えるのです。いつも無理な残業を強要されてこき使われているのです。おまけに薄給はどんなに年を重ねても上がらず、何か問題でも起こせばそれがどんな些細なことでも、これだから税金泥棒は、と世間のバッシングに晒される。だのに不平不満を口にすることすら許されない。こんな報われない職種が他にありますか。なのでこういう特殊業務の時くらい定時で上がらせてもらう。こんなささやかな願いくらい聞き届けてもらってもいいではないですか。ですから強引にでも定時で上がります。ええ、誰が何と云おうと上がります。そのくらいの役得はあってもバチは当たらないでしょう」

ごく事務的な口調で淡々と一通り、愚痴を垂れ流すと作馬は、背を向けて玄関の方角へ去ってしまう。

追いすがろうとしても無駄だった。

地方公務員の平均値ともいえる角度で哀愁に満ちて丸まった背中にかける言葉を、木島は持たなかった。

一人廊下に取り残されて、しばし茫然としてしまった。

やがて我に返った。いや、待てよ、そんなのありか、定時だからって事件の途中で帰ってしまう探偵って。そんなの聞いたことがない。前代未聞だ。っていうかあの人、本当に公務員だったのか。見た目通りだったわけだ。

いやいや、今はそんなことはどうでもいい。それより本当に帰ってしまったのが問題だ。これから一体どうすればいい？　探偵不在で何ができる。

とぼとぼと、元来たほうへと歩を進めた。どうしたものだろうかと、頭を悩ませながら。

廊下を曲がったところで、ばったりと出くわした人とぶつかりそうになった。

「おっと、失礼しました」

よけると、相手は全身でぎくりとしてこっちを見てきた。

木島も驚いた。てっきり私服刑事の一人かと思ったが、スーツ姿ではない。それどころか異様にラフな服装だった。

その若い男は、上下共にグレーのスウェット。小太りの体型で、べったりと脂っこそうな長髪だった。不精髭がもっさりとしており、不健康そうな青白い顔をしていた。全体的に不衛生な感じがする。

「あ、失敬」

驚かせてしまったのを謝罪しても、言葉は返ってこなかった。敵意のこもった目つきで睨んでくる。ぼってりと厚い唇を動かして、ぶつぶつと独り言を云っている。

誰だろう、警察関係者には絶対に見えないし。と、不安に思っていると、相手が突然、

「ってんだよっ、何だよっ畜生めがっ、ごらあっ」

大声で喚いた。

びっくりした。何なんだ、この小太りの男は。

魂消た木島をもうひと睨みすると、不潔そうな長髪男はゆっくりとした足取りで、廊下を歩いて行く。そして、そのまま階段のあるほうへ曲がった。

誰だ、あれは。いや、それにしても驚いた。いきなり大きな声で威嚇するのはやめてほしい。心臓に悪い。しかし何と云っていたのだろう、あの男は。

動悸を抑えつつ、金庫の部屋に戻った。

ドアを開いて入室する時、壁際に立つスーツに包まれた業務用キャビネットみたいな巨漢の樫元が、ぎょろりとした目でこちらを見てきた。しかし見ただけで何も云わない。どうやら顔を覚えてくれているらしい。

木島は自分の席に戻った。

すると、井賀警部補がおっとりとした口調で、

「おや、相棒の探偵さんはどうしました？」

やっぱり尋ねてきた。そりゃ気になるよね、と思いつつ木島は、

「あ、いや、ええと、それがですね、そう、外、外です、外の様子が心配だと、見回りに行きました。一応点検すると」

「外ならば我が署の警官隊が巡回しておりますが」

と、三戸部刑事が不審そうに云う。

「ああ、その、何だか探偵独自の視点から調べることがあるそうで」

しどろもどろになってしまう。帰ってしまったとは、云える雰囲気では到底なかった。そんな非常識なことがあっていいはずがない。

木島は必死で取り繕って、

「そうそう、廊下で刑事さんじゃない人と行き合いました。若い男の人で、長髪の」

話題を逸らそうと努める。それに、不審人物が侵入して来ているのならば注意喚起をせねばならない。独り言をつぶやいたり奇声を発したりと、あからさまに怪しい様子だった。これは報告義務がある。

しかし、なぜだか大浜親子が気まずそうに顔を見合わせた。井賀警部補も、仏像のごとき物静かな顔つきでのんびりと、

「ああ、その人は気にしなくても問題ありません。忘れてください」

「でも、明らかに様子が変でしたが」

食い下がる木島に、大浜社長がむっつりと不機嫌顔で、

「本当に気にせんでくれ。それはうちの息子だ、下の」

「息子さん、ですか」

ちょっときょとんとしてしまった木島に、鷹志が困ったように、

「不肖の弟ですよ、残念なことに」

ああ、本当にいたのか、茄子太が。

「弟は引きこもりってやつでね、最近は珍しくもないでしょう。鴻次《こうじ》っていうんだけど、一日中部屋に閉じこもってネットゲームばかりしている。もう二十五になるのに、ただの無駄飯食いの穀潰しだよ」

「おい、やめんか。わざわざ余所様にする話ではなかろう。あんなクズのことは放っておけと云っておるだろう」

大浜社長が強い口調で云うので、鷹志もそれきり口を噤んだ。

物凄く気まずい感じになってしまった。

家庭内の触れてはいけないデリケートな部分に足を踏み入れてしまったらしい。

これでは作馬のことをますます云い出しにくくなった。

何ともいたたまれない。

部屋に重い沈黙が落ちる。

井賀警部補は仏像のごとき穏やかな表情で、悠然と座っている。

三戸部刑事は背筋を伸ばし、堅苦しい姿勢で腰かけている。太い眉もまっすぐ一文字だ。

大浜社長は不機嫌そうにソファにふんぞり返り、鷹志はそわそわと落ち着かず何度も座り直していた。

皆が、金庫を見るともなく見張っている。

そして、金庫とは反対側の壁では、巨体の樫元が仁王立ちに聳えている。ぎょろりとした目の怖い顔立ちで、宙を見据えている。

木島は嫌な汗をかいてきた。

どうしよう、まだ二時間半以上もある。作馬が帰ってしまったことはいずれバレる。庭を調べているという口実も、そうそう長くは通じない。最後まで戻って来なかったら、いくらなんでも不自然だ。

どう云い逃れしたものか。いつまで露見しないで保つだろう。こっちまで非常識な変人だと思われるんじゃないか。白い目で見られるのはご免だ。なぜ毎度こんな目に遭うのか。探偵の随伴官など割に合わない。ああ、参ったな。どうやって誤魔化そう。

嫌な汗が止まらない。いたたまれない。居心地が悪いったらありゃしない。

そうして、落ち着かないでいる中、金庫の上の時計が五時半ちょうどを指した時、ドアがノックされた。扉が開き、刑事らしき男が顔を出し、

「井賀警部補、地域課の第二班が」

云いかけた時、それは起こった。

最初、何が起きたのか判らなかった。

ドアから半歩、部屋に足を踏み入れた刑事が一瞬で中空に吹っ飛び、天井すれすれまで持ち上がったと思ったら床に叩きつけられたのだ。その上から、業務用キャビネットと見紛う物体がのしかかる。その間、およそ一秒。まさに電光石火の早業だった。

刑事は、巨大な肉塊に圧し潰されて動けなくなっている。これはあれだ、横四方固めだ。

「あ痛、いだだだだだ」

刑事の口から悲鳴が漏れる。それでも上に乗った巨体は容赦しない。がっちりと、さらに締め

にかかる。

「ひいいい、助けてえええ」

　刑事が叫ぶ。さすがにのんびりした井賀警部補も慌てて立ち上がり、三戸部刑事もそちらに駆けつけようとした。

　それより早く大浜社長が、

「樫元っ、ブレイク、ブレイクっ、離せっ、樫元、その人はいいんだ、ブレイク」

　命じると、樫元は素早く刑事の上からどいて立ち上がる。ぎょろりとした目玉のその顔は、汗ひとつかいていない。

「樫元、その人は刑事だ、入室しても構わない、いいな」

「はい、社長」

　樫元は、そう応じて元いた場所に戻る。そしてさっきまでと同じ、仁王立ちの体勢になった。何事も起きなかったみたいな、まったくの無表情だった。

　三戸部刑事が、床にひっくり返った刑事を助け起こしている。

「大丈夫か」

「はあ、どうにか、痛たたた」

　刑事は体をさすりながら上体を起こす。

　最前、大浜社長が命令したからだ、と木島は悟った。「ここにいる者以外は誰も部屋に入れるな」と、大浜社長は命じていた。巨漢の樫元はそれを忠実に守ったわけだ。

　鷹志が、この時ばかりは真顔になって、

「すみませんすみません、彼は融通が利かなくて、申し訳ありません」

「気にしないでください。それより木下《きのした》くん、怪我はないかね」

井賀警部補に尋ねられて、よろよろと立ち上がりつつ刑事は、

「ええ、大丈夫、だと思います」

顔をしかめて答える。三戸部刑事がそれを支えながら、

「それより、木下、用件は何だ」

「ああ、そうでした。制服組の交代要員が到着したんです。第一班といつでも交代できます、とご報告に」

「おお、もうそんな時間でしたか。では第一班と第二班は速やかに交代を。引き継ぎをしっかり頼みますよ。それから、暗くなったらいつでも投光器を使うように伝えてください」

井賀警部補の指示に、

「了解しました」

と、まだ体にダメージがあるらしく、よぼよぼと立ち上がった刑事は、よたよたとドアを出て行く。

鷹志がいつもの軽薄な調子に戻って、

「ああ、びっくりした。いや、とんだハプニングでしたね」

陽気に笑ったので、部屋の淀んだムードが少し明るくなった。

そうして、三十分が過ぎる。

午後六時。

井賀警部補がおっとりと、

「一時間経ちましたな」

「うむ、では確かめるか」

と、大浜社長が立ち上がった。

ルーティンの動作で金庫を開くと、井賀警部補が進み出て、

「では、今回は私が」

と、金庫の中に手を差し入れ、ゆっくりと黒い小箱を取り出す。その場に立ったままで警部補は蓋を開け、ビロードの布をめくる。

碧い輝きが木島の位置からも見える。

井賀警部補は、小箱の中のブルーサファイアを大浜社長にも見せ、

「無事ですね」

「うむ、確かに」

大浜社長もうなずく。木島もほっとひと息ついた。今回も大丈夫だ。

井賀警部補は宝石をビロードにくるみ、小箱の蓋を閉める。それを金庫に戻していると、ドアの外が騒がしくなった。

「だから入れてくれれば判ると云っているだろう、ええい、頭の堅い連中だな、手を離したまえ」

傍若無人な大声だった。何の騒ぎかと一同が見守る中、勢いよくドアが開いた。そして、その勢いのまま誰かが入って来ようとしているのが見える。あ、マズい、と木島が思ったのと同じ危

機感を持ったのだろう。井賀警部補は大慌てで金庫の扉を閉めると、金庫とは反対側の壁のほうに身構えた。一人の長身の男が、両腕を刑事二人に引っぱられながら入室しようとしているのだ。マズいと思った懸念は正しかった。長身の男が一歩、室内に踏み込んだ瞬間、仁王立ちだったスーツを着た業務用キャビネットが目にも留まらぬ速さで動いた。再びの電光石火。

入り口のところで縺れ合っていた三人が、一斉にラリアットを喰らって吹っ飛んだ。刑事二人はドアを飛び出し、室外へと弾け飛ばされていった。まん中の長身の人物だけはかろうじて持ちこたえたけれど、それも刹那のことだった。瞬きする間もなく、その体は天井近くまで投げ上げられる。落ちてきたところを大型キャビネットのごとき肉体が、がっしりと捉える。長身の男の体に巨体が絡みつく。四の字固めだ。

「痛だだだだだ」

体を極められた男の口から、さっきの刑事と同種の悲鳴が上がる。その顔を見て、木島ははっとした。見覚えのある顔だったからだ。つい前に出て、木島は、

「勒恩寺さんっ」

そう、三ヶ月前の密室事件で一緒になったあの探偵、勒恩寺に間違いない。ただしあっちは再会に驚いている余裕はなさそうだった。

「あ痛だだだ、はな、離してぐれ、いだいいだいいだい」

四の字固めを極められて苦しむのに忙しそうである。

大浜社長が慌てて進み出ると、

「樫元、ブレイク、ブレイクっ、そこまでだっ、離せ、離してやれ」

「はい、社長」

樫元はすんなり技を解いた。そして元の場所に戻ると、一歩たりとも動いていないような顔で仁王立ちの体勢に復帰する。

長身の男はその場にへたり込んだ。

木島はそちらに駆け寄って、

「大丈夫ですか、勒恩寺さん」

抱き起こそうとすると、相手は顔をしかめながら目を上げる。木島の顔を見ても無反応だ。こいつは誰だ、と云わんばかりのきょとんとした顔つきである。

また忘れている、と木島は少しがっかりしながら、

「僕です、木島です、随伴官の、警察庁の新人で」

それでやっと思い出したらしく、

「ああ、君か、奇遇だ痛でででで」

「大丈夫ですか」

「うん、平気、だよ、多分」

と、勒恩寺は腰を押さえてふらふらと立ち上がりつつ、

「しかし荒っぽい歓迎だね。この地方では来客を投げ上げて締め上げる風習でもあるのかね。何祭だ、これは」

減らず口を叩いている。すらりとした長身に、ざっくりとジャケットを羽織っていた。男ぶりのいい整った顔立ちと、それに似つかわしくない乱れた頭髪。紛れもなく探偵、勒恩寺公親その

人である。

勒恩寺はようやくしゃっきりと立ち上がると、いきなり両手を伸ばしてきて、木島の頬を鷲摑みにして思いっきり両側に引っぱる。

「痛でででで」

今度は木島が悲鳴を上げる番だった。木島は必死でそれを振りほどき、

「何をするんですか、藪から棒に」

しかし勒恩寺は涼しい顔で、

「いや、怪盗が現れると予告状が届いたんだろう。怪盗は大抵内部の人間に化けているものだ。もし化けているとしたら俺の見知った人物に変装しているはずだ。初対面の人に化けても意味がないからね。だから木島くん、君が怪盗の変装した姿かどうか確かめたんだよ。こう、ゴムの仮面が顔全体からべりべりっと剝がれないかと思ってね。しかしどうやら違ったようだ。君は本物の木島くんらしいね」

どの口がそれを云うか、と木島は思う。見知った顔も何も、今の今まで木島のことなど忘れていたくせに。しかし、前回あれだけ振り回された勒恩寺の奇行を懐かしく思ってしまうのは、我ながら心外だった。作馬が帰ってしまったのがそれほど心細かったのだ。この際だから、勒恩寺でもいいからいてくれたほうが心強い。

勒恩寺はそんな木島の心中とは関係なく、周囲を見渡して、

「警備の責任者のかたはどなたですか」

「私ですが」

おずおずと進み出た井賀警部補に、勒恩寺はずけずけと、

「部屋の前に立ち番を置くのは悪手ですね。あれでは大事なものがここにあると一目で判る。現に俺はこうして迷わず辿り着いた。どうせならばカムフラージュにすべてのドアの前に立哨を置くべきです」

「はあ、そうですか」

井賀警部補は、突然の闖入者の妄言に目を丸くしている。

大浜社長も不審に思ったようで、

「誰だね、君は。人の家に勝手に入ってきおって、無礼ではないか」

威圧的に問うた。さすがに貫禄がある。

しかし勒恩寺はそのプレッシャーをものともせず、

「探偵です。名探偵の勒恩寺公親といえば俺のことです。お見知りおきを」

優雅に一礼する。

「勒恩寺さん、どうしてここへ？」

木島が尋ねると、勒恩寺は気取った仕草でジャケットの襟を直しながら、

「うん、上に聞いたら今日の担当は作馬さんだというじゃないか。あの人のことだからどうせ定時に帰ったんだろう。だから代わりに来た。今からでも一日分の日当がつくからね」

それを耳聡く聞きつけた三戸部刑事が、

「帰ったって何ですか。定時というのは？」

「いや、その、帰ったというか交代というか、それでこうして新しい探偵が」

もごもご云う木島の努力を、まるっきり台無しにして勒恩寺は、

「さっきまでいた探偵はもう帰ったんですよ。定時で帰るんです、あの人は。ただし、この名探偵が代わりに参上したのだからお釣りが来るでしょう。もう大丈夫です。ご安心ください。怪盗など寄せ付けもしませんよ。この名探偵にお任せあれ」

「すみませんすみません、僕の上司です。あ、正確に云えば上司ではないのですけど、パートナーです。とにかく怪しい者ではありません。身分は警察庁が保証しますんで、心配しないでください」

木島が云い募るほど怪しさが増す気がする。皆の視線が痛い。思いっきり変人の仲間だと思われている。作馬が帰ってしまったのが露見したのも痛かった。事件を放っぽらかして途中で帰宅するのは、やっぱり非常識この上ない行動だ。ああ、バレちゃったよどうしよう、恥ずかしいったらありゃしない、と木島はおろおろするしかなかった。

そんな木島の気まずさなど気にもせず、勒恩寺は颯爽《さっそう》と、

「さて、木島くん、俺にはどなたがどなたなのかまったく判らない、さあ、この場にいらっしゃる皆さんを紹介してくれ」

その場にいる人達を見回して云う。皆、思いっきり胡散くさいものを見る目をしている。

そんな中でも随伴官としての仕事はしなくてはならない。中途半端な立場はつらい。木島は勒恩寺に紹介して、こちらが現場責任者の井賀警部補で、こちらがその片腕の三戸部刑事で、という具合に、最後にさっき探偵を投げた巨漢の樫元氏まで教えると、

「うん、オーケー、人物構成は飲み込めた。さあ、皆さん、この名探偵勒恩寺公親が現場に入っ

たからにはもう恐れるものは何もありません。怪盗など何するものぞ。お宝は必ず守りきり、近づいて来た賊を見事ひっ捕らえてご覧に入れましょう。皆さんは大船に乗った気で俺の活躍を見物してくだされば結構です。名探偵の華麗な働きをご披露いたしましょう」

勒恩寺は朗々と語った。四の字固めのダメージが残っているのか、腰をさすりながらという点がいささか精彩を欠くけれど。そして、

「木島くん、これで皆さんは安心できただろう。それはそうと、これまでの経緯を俺はまだ知らない。さしもの名探偵も何の情報もないのでは少し心許ない。今までのことを教えてくれたまえ。今日、ここに来てから何があったのかなどを」

「判りました、判りましたからとりあえず座ってください」

悪目立ちする探偵を引っぱって、一番隅の椅子に座らせた。さっきまで作馬が座っていた椅子だ。

これまでの出来事を話そうとして、木島はふと思い出す。ボイスレコーダーだ。胸ポケットにずっと入れていた。それを取り出す。ここに全部、今までの会話などが録音されているはずだ。

「なるほど、これは便利だ。木島くん、役に立つね、やっぱり君、この仕事に適性があるんじゃないかな」

嫌なことを云って勒恩寺は、両掌を擦り合わせている。その耳にイヤホンをさせて、録音を再生した。そういえば昼間に見せてもらった予告状のコピーもポケットにしまってあった。ついでにそれも渡す。

どっかりと足を組んだ尊大な態度で座った勒恩寺は、ボイスレコーダーの音声を聞く。時折、

これは何をしているのかと質問が入るので「雑誌を見ているんです。大浜氏がブルーサファイアを紹介した記事が載っていて」とか「刑事さん達が部屋の隅々まで点検している音です」と、木島はその都度、説明する。勒恩寺は、ふんふんと鼻で返事をする。お行儀が大層悪い。勒恩寺はレコーダーの音声を早送りで聞いているらしい。ハイスピードの会話がイヤホンから洩れ聞こえてくる。これで内容を理解しているのだから器用な男である。

大きな態度が気に障るらしく、大浜親子は非難がましい目つきで探偵をちらちら見ている。三戸部刑事も太い眉をひそめて、こちらの様子を窺っていた。今まで比較的良好な関係を築いてきた人達からの冷たい視線。木島はまたしても、いたたまれなくなってくる。だが、立場的には随伴官として、勒恩寺の世話を焼かなくてはならない。板挟みの気分だ。ストレスが大きい。やはりこの仕事、向いているとは思えない。得手勝手な探偵のお世話係は、もっと図太い神経の者でないと務まらないだろう。自分に適しているとは、木島はどうしても思えなかった。

早送りで聞いたためか、思ったより早く聞き終わった。イヤホンを耳から外して勒恩寺は、尊大な態度のまま、

「木島くん、作馬さんはこの一件は何事もなく終わるかもしれないと云っていたね」

「ええ、根拠は不明ですが」

「いや、俺もそう思う。ひょっとしたら今日は何も起こらずに帰ることになるかもしれない」

「どうしてですか」

「作馬さんのカンはよく当たるんだよ、ほぼ百パーセントの確率で。それに」

と、勒恩寺は不敵に笑って、

「俺の論理がそう告げている」

＊

「ところで、もう六時半を回ったね。親父、腹は減らないかい」

鷹志がそう云い、大浜社長もうなずき、

「うむ、そう云われれば時分時《じぶんどき》だな」

三戸部刑事がそれを聞き咎めて、

「社長、飲食物はどうかと思います。曲者《くせもの》が一服盛る可能性があります」

「その心配は要らんよ。おい、鷹志、あれを持ってこい」

大浜社長の云いつけに、鷹志は、

「へいへい」

と、軽薄に立ち上がって部屋を出て行く。

それを見送った大浜社長は、

「そこの演説をぶったあんたは探偵とか云ったな、あんたも警視庁か」

質問されて勒恩寺は、

「正確には警察庁ですね、そこの嘱託で」

「庁の職員ではないのか」

「当たり前でしょう。ご覧の通り、市井の民間人ですよ。警察に属している人間が名探偵だなんて、面白くも何ともないじゃないですか。意外性がなくて」

勒恩寺は椅子にふんぞり返って、よく判らないことを自信満々に云う。その返答には大浜社長も、明らかに困惑している。変人とまともな世間話ができると思わないでくださいよ、と木島は社長に向かって念を送った。

そこへ鷹志が戻って来た。小さなテーブルを、両手で捧げるように持っている。

「お待たせしました」

と、おどけた調子で云って鷹志は、テーブルを父親の前に置いた。

「そうそう、これこれ。わしも会社で残業の時はもっぱらこれだ」

大浜社長は満足そうに云った。テーブルの上に載っているのは箱入りのカロリーブロック食品だった。そして個別パックのゼリー飲料。それらが山積みになっている。

「皆も遠慮なくやってくれたまえ」

そう云って大浜社長は、早速カロリーブロックの箱に手を伸ばした。そういえば木島も、長いドライブの末にここに連れて来られて、昼食を食いはぐれている。空腹だ。立って行って、ひとつもらった。カロリーブロックは個包装だ。これならば薬品などを混入される恐れはない。ゼリー飲料もビニールパックで、これも注射針などを用いないと異物の混入は不可能だろう。よく観察すれば、そんな痕跡などないことが判る。

さすがに警察の二人は手を出さなかった。公務中だからか。勒恩寺も関心がないようだった。まあ、今さっき来たばかりでおやつにありつくのは、いくら何でも厚かましさも度が過ぎているから、そのほうがいいと思う。

しばしの間、大浜親子と木島が、ぼりぼりちゅうちゅうと栄養を摂取する音だけが部屋に響いた。

何となく、間の抜けた時間だった。

味気ない食事だったけれど、腹もある程度膨れた。後は待つだけだ。

金庫の上の安っぽいアナログ時計が時を刻む。

窓の外が暗くなり始めていた。

外の警官隊の、何事か合図を交わす声が聞こえる。

静かな時間が流れた。

勒恩寺は大きなことは起きないかもしれないと予言した。作馬探偵もそう云っていた。確かにこのままならば、何も起きそうにない。庭は警官隊が巡回しているし、屋敷の中も刑事達が見張っている。ブルーサファイアは金庫の中だ。金庫を開けられるのは、宝石の持ち主の大浜社長のみ。この警備態勢で何か起きるとも思えない。どうやら大丈夫そうだ。

木島は少し安心してきた。

そうこうするうちに七時になった。

大浜社長が立ち上がって、

「一時間経ったな」

恒例となった確認の時間である。

いつものように手元を隠しながらダイヤルを回し、ポケットから鍵を取り出す大浜社長。解錠すると、ゴトンと重々しい音がして金庫の扉が開いた。社長は金庫に手を入れ、黒い小箱を取り

出した。片手で蓋を開き、ビロードの布をめくる。そこには碧く光り輝くブルーサファイアが、

「ないっ」

大浜社長が叫んだ。

他の五人が一斉に立ち上がる。

全員が大慌てで社長の許に集まった。その手の中の小箱を見る。

確かに、無い。

大浜社長がビロードの布を引き出して、ぱたぱたと振る。もちろん何も落ちてはこない。小箱の中は空っぽだった。

咄嗟に木島は、小箱のすり替えを疑った。黒い小箱は二つあり、ブルーサファイアの入ったほうはまだ金庫の中にある。大浜社長が取り出したのは、もうひとつの空っぽのほうではないか。そう考え、大急ぎで金庫の中を覗き込む。しかしそこには、替え玉の小箱などもちろんなかった。中段にぎっしりと詰まった現金。そして上段には通帳の束と印鑑が置いてあるだけである。

木島が顔を上げると、大浜社長が青ざめた顔で、

「何だこれは、どうしてなくなっているんだ。わしのブルーサファイアは一体どこへいったんだ」

さしもの鷹志も真剣な顔つきになって、

「その辺に落ちてないよね」

床に這いつくばって、きょろきょろと周囲を見渡す。

三戸部刑事がドアまで走って行き、そこを開けた。

「おい、誰か出入りしたか」

三戸部刑事は張り番の刑事に聞いている。

「いいえ、誰も」

と、廊下に立つ刑事の、のどかな返事が聞こえる。

「金庫の中はどうです、中に落ちてはいませんか」

井賀警部補が云い、大浜社長は金庫に上体を突っ込むようにしてわたわたと暴れる。しかし、すぐに諦めたような表情の顔を出し、

「いや、ない。どこにもない」

鷹志が焦った様子で、

「ないはずがないじゃないか。さっき見た時はあったんだから」

「しかし、ないものはないんだ。どこにも見当たらん」

大浜社長が答え、親子二人で金庫の横を覗いたり床をさすったりとおたおたしている。

井賀警部補は小型の無線機を取り出すと、

「非常警戒。侵入者よりも逃走者に注意せよ。敷地から逃げ出す者がいるかもしれん。絶対に見逃すな。逃走者は捕らえろ」

外の警官隊に指示を出したらしい。

ドアの前から戻ってきた三戸部刑事が、太い眉を吊り上げて、

「まさか、消えてしまったんですか、ブルーサファイアが」

と、緊迫した顔で金庫の下を覗き込む。しかし金庫は床にべったり据え付けられているから、

元々何かが入り込む隙間などない。

鷹志はわたわたと、

「怪盗だ、怪盗五右衛門之助が現れたんだ。いつの間にかブルーサファイアを盗んでいったんだ」

大浜社長が怒ったような顔で、

「バカなことを云うんじゃない。わしらが見張っておったんだぞ。どうやって盗むというんだ」

「だって、親父、現にこうしてなくなってるじゃないか。盗まれたんだよ」

「そんなはずがあるものか。とにかく捜せ、賊なぞこの部屋には出入りしておらんのだ。どこかにあるはずだ」

親子でわあわあ云うのを聞きながら、木島は茫然とするしかなかった。あまりの驚きに、立ち尽くしたまま動くことができないでいる。

消えた。ブルーサファイアがなくなった。

怪盗石川五右衛門之助が本当に出現したのか。

いや、大浜社長の云うように金庫はずっと見張っていた。六人の人間の監視下にあったのだ。そこからどうやって盗み出すというのか。

怪盗石川五右衛門之助は透明人間だとでもいうのか。

訳が判らない。

どうなっているのか。

ようやくショックから少しだけ抜け出すと、木島は隣に立つ勒恩寺に縋り付いた。

「勒恩寺さん、これ、どうなってるんですか」

すると勒恩寺は、余裕たっぷりに微笑んだ顔を向けてきた。

「どうなっているか、気になるのかい」

「そりゃ気になりますよ。というか、そんなに悠長に構えている場合ですか。ブルーサファイアが盗まれたんですよ。探偵の面目丸潰れじゃないですか」

木島が訴えても、勒恩寺は慌てもせずに、

「木島くん、そう焦ることはないさ、大丈夫、宝石はすぐに出てくる」

「どうしてそう云えるんですか」

「どうしてかって？　決まってるじゃないか、俺の論理がそう告げている」

そう云って、にんまりと笑った。そして、上機嫌そうに両掌を擦り合わせながら勒恩寺は、

「今からそれを証明してみせるよ」

と、一歩前に踏み出した。

やにわに勒恩寺は声を張り上げ、

「そこまでだ、怪盗石川五右衛門之助。お前の企みはすべて見破ったぞ。ブルーサファイアはお前が隠し持っているんだろう。この名探偵勒恩寺公親の目を欺くことなど不可能だ。おとなしく観念したまえ、怪盗石川五右衛門之助」

いきなりの大音声に、大浜社長を始め皆がきょとんとする。変人の毒気に当てられたように、その場がしんと静まり返った。

勒恩寺は、そんな微妙な空気をものともせず、

「怪盗石川五右衛門之助、お前の正体はもう割れている。名乗り出ないのならこの名探偵勒恩寺公親がその正体を暴いてやるぞ、怪盗石川五右衛門之助」

間の抜けた名前を連呼しても、名乗り出る者など一人としていなかった。勒恩寺は楽しそうに、

「よし、どうしてもその仮面を引っ剝がしてほしいんだな。それならば望み通りにしてやろう。怪盗石川五右衛門之助、その正体。それは、お前だっ」

右手を伸ばし、一人の人物を指さした。皆が釣られて、その指の先に視線を動かす。

全員から注目されて、びっくりしているのは井賀警部補だった。警部補は目をぱちくりさせて、

「私が、ですか？」

不可解そうに云う。心底意外そうな態度だった。対して、勒恩寺だけはテンション高く、

「そう、お前が怪盗石川五右衛門之助だ。さっさと正体を現したまえ。もうヘタな芝居は無用だぞ。この勒恩寺公親が追いつめたのだ。諦めて素顔を晒すがいい」

と、ここで勒恩寺はいきなりトーンダウンして、困ったように、

「あの、警部補殿、ここは少し乗っていただけませんか。そんな素でびっくりされたらこっちの立場がない。例えば、台詞はこうです。『よくぞ見破ったな名探偵勒恩寺公親。貴様だけは危険だと思っていたが、やはり私の正体を見抜いたか。しかしもう遅い。ブルーサファイアは間違いなくこの手に頂戴したぞ。今回は私の勝ちだな、名探偵勒恩寺公親、はははははは、また会おう、さらばだ』とか何とか云って、煙玉を床に投げつけるんです。煙が広がったところで、それ

に紛れて消えてしまうとか、そういうのがあるでしょう」

ボヤくみたいな調子で云う勒恩寺に、井賀警部補は仏像めいたゆったりとした微笑で、

「いやあ、勘弁してください。田舎警察の刑事にそんな芝居っ気を求められても困ります。私はアドリブでそういう器用なことができるタチではありませんので」

「そうですか、つまらないですね。せっかく盛り上がると思ったのに。何だか俺一人が乗り乗りで、バカみたいじゃないですか」

不満げな勒恩寺に、警部補は頭を掻いて、

「いや、申し訳ない。見た通りの無粋な堅物でしてな。探偵さんのような遊び心とはとんと無縁で」

「仕方ないですね。それじゃ宝石だけでも出していただけますか」

「はいはい、判りました」

と、井賀警部補は、ごく自然にポケットに手を突っ込み、何かを摑み出した。包んであるハンカチを警部補が開くと、そこに現れたのは紛れもなくブルーサファイア！

大浜社長が目を見開き、

「あった」

鷹志も愕然としたように、

「どうして井賀さんが」

三戸部刑事も口をあんぐりさせている。

勒恩寺は、また一歩進み出ると、

「なに、簡単なことです。ブルーサファイアを保管している金庫はこの上なく頑丈です。もし、中の宝石を持ち出すとしたら、それは扉が開いている時しか考えられない。直近に扉が開いたのは六時の定時確認の時です。ブルーサファイアを取り出すなら、その時だと考える他はないのです。ちょうど折良く、俺が樫元さんに取り押さえられる騒動があって、皆の注意が一瞬逸れた。扉を閉めるフリで、その直前にブルーサファイアを取り出せたのは、その時に確認役を務めた井賀警部補しかいない。小箱の蓋は片手で開けられる簡単な仕様です。金庫に小箱を納める時に、中身だけを片手で抜き出すのはたやすいことだったでしょう。どうです、単純ですね。冷静に考えればそうとしか思えないでしょう」

木島はちょっと呆れながら、

「じゃ、怪盗石川五右衛門之助の正体がどうこうというのは」

「もちろん冗談だよ、少しばかり悪乗りしただけだ。ちょっと考えれば、最後にブルーサファイアの近くにいたのが警部補殿だということは、誰にだって判ることだろう。犯人がバレバレのそんな状況で盗みを働く者などいるはずもない。それもすぐに想像がつくね。警備の責任者が宝石を隠したんだ。これはもう、警部補殿がブルーサファイアを保護しただけなのだろう、と簡単に予測がつく。お宝は金庫に保管されていると誰もが知っている。その裏をかいて自分のポケットに移したわけだ。警備責任者が肌身離さず保護している。考えてみればこれ以上安全な保管場所はないでしょう。予告時間まであと二時間。金庫にあると見せかけて自分が隠し持っていれば賊の目を欺ける。警部補殿はそう判断したんでしょうね。俺が樫元さんに取り押さえられるアクシデントがあったから、これ幸いと咄嗟に中身だけを抜いたというわけです」

勒恩寺の解説に、大浜社長は安堵とも怒りともつかぬ複雑な顔になり、

「冗談じゃない。そういうスタンドプレイはやめてくれ、井賀警部補。心臓に悪い。本当に盗まれたかと思ったぞ」

「申し訳ありません、敵を欺くにはまず味方からと申します。騙すような形になってしまい、すみませんでした。これはお返ししますね」

井賀警部補は、仏像じみた穏やかな表情で云った。ブルーサファイアは警部補から大浜社長の手に戻った。大浜社長はそれをすぐにビロードの布にくるみ、小箱に収納すると再び金庫にしまった。

一同は、ほっと安心して息をついた。

鷹志がことさら大げさに、

「いやあ、びっくりした。てっきり本当に、犯人が井賀さんに化けているのかと思った。警視庁の人の演技が堂に入っていたから」

「名探偵は時として名優である必要もあります」

と、勒恩寺は澄ましている。大浜社長も苦笑いで、

「しかし本気で驚いたぞ。金庫の中から蒸発したとしか思えんかったわい」

「自分もです。一瞬、我が目を疑いました。煙のごとくというのはああいうのを云うのですね」

三戸部刑事が云うと、鷹志が感心したように、

「井賀さんの手際がよっぽどよかったんですね。いくら俺達の注意が逸れていたといっても、抜き出すのが手早くなくちゃ誰かが気づいていたよ。手品師みたいだ」

「いやあ、咄嗟のことで、自分でも無意識に手が動いていたのです。賊の目を晦ますには自分が持っているのが一番だと思って」

「だが、わしらの目も晦まされたぞ」

「いや、その点は幾重にも謝罪します、申し訳ない」

井賀警部補が大浜社長に何度も頭を下げて、和やかなムードが流れた。

時刻は七時過ぎ。もう一時間もない。

どうやら今日はこれで終わりそうだ。予告状の指定日は三日あるが、一日目は何とか乗り切れそうである。

木島はそう思って安堵した。よかったよかった。

そこへ勒恩寺が声をかけてきて、

「木島くん、帰りの車を呼んでおいてくれたまえ」

「あ、そうですね、八時までもう少しですものね」

「いや、そうじゃない。これから解決編が始まるんだ。名探偵が事件を解決してすぐに帰る。そのために車が必要なんだよ」

と、勒恩寺は、やけにきりっとした顔つきで云った。

＊

「皆さん、聞いてください。少し長くなるかもしれないので、おかけいただいたほうがいいでしょう」

と、勒恩寺は云った。一同は呑み込めない顔を見合わせ、不得要領《ふとくようりよう》のまま定位置に座った。金庫を正面に見る位置に大浜社長。その左隣には大浜鷹志。さらに左に井賀警部補と三戸部刑事が並ぶ。そして大浜社長の右側が木島の席である。

勒恩寺だけは立っていて、金庫を背にしてこちらを向いた。木島達は勒恩寺を中心に半円形を描き、取り囲む形になる。まるで勒恩寺の独唱会みたいだ。いや、実際に今から探偵による独演会が始まるのである。

勒恩寺は朗々とした声で語り始める。

「ところで、これから私はこの事件を解決しようと思います。どのみち午後八時までは金庫を見張るのですから、私の話で時間潰しをするのも一興でしょう。そうするうちに事件も解決するという、一石二鳥を狙っていきたいと思います」

その言葉に、皆は互いに怪訝そうな顔を見合わせあう。探偵の独演会には慣れていないのだろう。

勒恩寺は聴衆の反応にお構いなしに、

「さて、皆さん。今回の事件は怪盗からの予告状で幕を開けました。フィクションの世界ではよくありますね。小説や映画に登場する怪盗は犯行予告状を送ってきます。そして当日、フィクションの怪盗はお宝を狙って来ます。賊はどんな行動を取るでしょうか。警備が固められる中、怪盗は作戦を開始する。どんな作戦でしょう？　見張りの人に睡眠薬などを飲ませて、意識を失ったところで登場する。エアコンや換気口から催眠ガスを流し込む。屋敷の反対側で小火を出し、人々の注意を逸らす。煙玉や発煙筒などで混乱を演出する。邸外の壁際で交通事故などを起こし、野次馬が集まった騒ぎに乗じて潜入する。見張りの一人に変装して紛れ込む。と、フィクションの世界では多くのバリエーションが登場します。しかし、どの手口も現実に実行しようと思えば無理筋なのはお判りになりますね。現実世界の見張り役は、飲食物には注意を払います。実際、皆さんもそうされていましたね。そして敷地内を警官隊が固めていたら、ガスや小火といった方法も使えない。建物に近づくのは不可能だし、催眠ガスの詰まったボンベを運び込むのも無理があります。見張っている人に犯人が成りすますのも、もっと難しい。身元の不確かな者が邸内に入るのを警察は許可しないでしょうし、ゴムのマスクで別人に成りすます映画では定番の手法も現実にやれるはずもない。そう考えると、やはりフィクションの怪盗が予告状を送るのは、物語を盛り上げるためでしかないことが判ります。現実世界で予告通りにお宝を盗むのは、大いに困難なことでしょう」

そこで、鷹志が口を挟んで、

「でも、さっき井賀さんはブルーサファイアを隠してみせましたよ」

「あれはたまたまですよ」

と、勒恩寺はあっさりと、

「金庫を閉じるタイミングと樫元氏が暴れるタイミングが、偶然ぴったり合ったからこそ皆さんの気が逸れたのです。狙ってできることではありません。怪盗がそこまで計算ずくで行動できるはずがないでしょう。金庫を開けて中を確認するタイミングで必ず隙が生じると、前もって予測するのは誰にもできないからです」

勒恩寺は、もさもさの頭髪を手で掻き上げながら、鷹志の意見を退けて、

「そう考えれば、予告状の意義そのものが問われる、と私は思うのです。そもそも予告状など送って犯人にどんなメリットがあるのでしょうか。予告状を出したばっかりに、こうして警備は固められています。外には制服警官の一団、屋敷の要所要所には刑事さん達の張り番、そして金庫の前は皆さんが目を光らせている。盗み出すのはほぼ不可能な状態になってしまっています。さっき挙げたフィクションに登場する怪盗のようなファンタジックな手法は、現実に応用するには無理があるという他はないでしょう。ブルーサファイアを盗みたいのなら予告などせずに、こっそり盗んだほうが上策です。警官隊の警備がない時に忍び込んだほうが、よっぽど確実に金庫に近づけますからね。金庫を開く自信がないのならば、大浜氏に銃を突きつけるなりして、騒ぎにならないよう開けさせればいいだけです。予告状を出すことによって、盗み出す難易度が桁違いに上がっているのは明らかでしょう。どう考えても犯人側にはメリットがないのです。だったらなぜ予告状など送ってきたのか、そこが問題になります」

「自己顕示欲、ということでしょうか。犯人には目立ちたいという願望がある、とか」

そう木島が意見を述べると、勒恩寺は余裕のある微笑で、

「劇場型犯罪と云いたいのかな。あらかじめ予告しておいて、警備が厳重になっている中で盗み出してみせる。確かにそうすれば顕示欲は満たせるね。しかしそれなら、どうしてもっと派手に予告しないいんだ？　予告状を県警本部にも送りつけ、マスコミにもリークしてネットでも喧伝する。そうすれば警備にももっと大人数が駆り出されて大事になるだろうし、マスコミのカメラとレポーターがこの屋敷を十重二十重に取り囲むだろうね。さらにネットで情報を得た野次馬や、

犯行時の動画を撮ろうとする配信者達が蝟集《いしゅう》して、この周辺は上を下への大騒ぎになることだろう。もしそんな中で盗みに成功したら、さぞかし自己顕示欲は満たされるだろうね。どうせ予告するならそこまですればいい。どっちみち警官隊や刑事達が見張っているのは同じだ。自信があるのならば、もっと規模を大きくしたほうが派手になるはずだ。しかし、今回の犯人はそうはしなかった。大浜氏に一通の予告状を送りつけて、それでおしまい。外部へのアピールをまったくしていないんだよ」

「そのせいもあって、県警もただのイタズラだと判断したんでしたね」

木島が思い出して云うと、勒恩寺はうなずき、

「そう考えてみると、これは劇場型犯罪ではないと判るだろう。せっかく大舞台を整えられる環境なのに、犯人はそうはしなかった。このことから今回の犯人は愉快犯ではないと判断できる」

と、勒恩寺は、一同の顔を見渡して、

「もう一度問います。犯人は何のために予告状を出したのか？　自ら盗みの難易度を上げて何をしたかったのか。何のメリットがあるのか。そこを突き詰めて考えると、メリットなど何もないことが判ると思います。メリットどころか犯人にとっては不利になるばかりです。警備が厳重になり、お宝に手を出すことなどできそうにない。良いことなどひとつもないのです。ですから、犯人には予告状でブルーサファイアを狙うと公言する必要がまったくない、と云えるのです。そう考えれば、予告状はフェイクと判断せざるを得ません。つまり嘘、です。犯人はブルーサファイアを狙ってなどいなかったのです」

勒恩寺が断言すると、大浜社長が不思議そうに、

「それじゃ、やはりただのイタズラだと云うのかね」

「そう考えるのもありかもしれません。ただ、犯人はわざわざ予告状を印刷して、指紋もつけないような注意を払っています。そして東京の大手町にまで出向いて投函もしている。割と手間はかけているのですね。もし雑誌で大浜氏が宝石を自慢しているのが気に障った偏屈な人物の嫌がらせなら、そこまで手間をかけるでしょうか。この個人情報保護に敏感になっている昨今に、偏屈者はどうやってここの住所を調べたのか、という問題も出てきてしまうのです。地元の人なら住所くらい知っているでしょう。何しろこれだけのお屋敷です。宛名を調べるのは難しいことではない。ただし、そうなると地元の人が、わざわざ大手町まで出かけて行くという手間をかけたことになる。ただのイタズラにしては回りくどすぎますね。嫌がらせの予告状をこの屋敷の郵便受けにでも直接放り込むほうが、よっぽど手っ取り早い。そう考えていくと犯人の狙いが、予告状で大浜家がおたおたする様を想像して楽しむ、というイタズラとも思えなくなってきます。しかしさっきも云ったように、本気だったのならば、ブルーサファイアを狙うと公言する必要もありません。となると、犯人の狙いがブルーサファイア以外にあったと、そう判断するのが妥当ではないでしょうか。そこでひとつ質問です」

と、勒恩寺は大浜社長に向き直って、

「予告状を受け取る側の心理としてはいかがでしょうか。怪盗を自称する正体不明の人物から盗みの予告状を受け取ったら、人はどうするでしょうね」

「無論、警察に届けるな」

大浜社長は、ごく当たり前だという顔で答える。勒恩寺もうなずいて、

「そう、当然そうします。ただ今回は、ブルーサファイアを狙うと一点だけを指定してきました。お宝の持ち主は、予告状を見た次の瞬間、どんな行動を取るでしょうか」

「うむ、そうだな、不安になって、ブルーサファイアを確認せずにはおれんだろうな」

「そのためにはどうします？」

「もちろん自分の目で確かめる」

「どうやって？」

「金庫を開けて確認する」

大浜社長の言葉に、勒恩寺は両掌をぽんと叩き合わせて、

「そう、それです」

と、声のトーンを一段上げて云った。

「それこそが犯人の狙いだったのではないかと、私は思うんですよ。ブルーサファイアを盗むと予告されたら、持ち主は何はともあれ、宝石の無事を確かめずにはいられないでしょう。そのためには収蔵している場所を開く必要があります。今回の場合は、この金庫ですね」

勒恩寺は、自分の背後の堅牢な黒い金属の塊を示して云う。

「犯人の狙いはそこにあったのです。金庫を開けさせる。それがわざわざ予告状を出した理由なのではないか。私はそう推定しました。普段は堅固に閉じている金庫は、予告状を出すことで必ず開かれる。それを犯人は狙ったのではないか。そう考えるのが最もしっくりくると思うのです」

断定口調の勒恩寺に、三戸部刑事がおずおずと、

「しかし、それは何のためでしょうか。金庫を開けさせて何がしたいのか、自分にはさっぱり判りません」

「そう、次のステップでは当然、その疑問が出てきます。犯人は金庫を開けさせて何をしようとしたのか。どうだい、木島くん、何か思いつくかな」

突然、勒恩寺に指名されて、木島は戸惑いながらも、

「ええと、そうですね、やはり何かを盗み出そうと狙うんじゃないでしょうか。ブルーサファイアが標的ではない、と勒恩寺さんはおっしゃいましたよね。となると、金庫の中にある別の何か」

答えながら、あの大量の札束が頭に浮かんでいた。二億あるのか三億あるのか、とにかく現金の山だ。あれなら誰だって欲しい。

「うむ、盗みか。いや、それはどうだろうね」

と、勒恩寺は木島の回答にちょっと首を傾げて、

「さっきから云っているように、ブルーサファイアを盗み出すのは極めて困難になっている。警備が固められているからね。と同時に、金庫に保管されている別の物にもそれと同じことが云える。こうして何人もの目が注視している中、何かを金庫から盗み出すのは不可能と云っていいだろう。シンプルな思考回路の木島くんならば差し詰め札束でも連想したのかな。しかしそれを盗むのは無理だ。ブルーサファイアを盗むのが難しいのと同様、札束も持ち出すことはできそうにない。むしろ体積が大きい分、難易度はさらに上乗せされるだろうね」

単純な考えを云い当てられて、木島はちょっと恥ずかしくなり下を向いた。それに構わず、勒

恩寺は続ける。

「だとすると、犯人の狙いは形のあるもの、物質ではないのではないか、そう判断できるのです。そう、形のない何か。犯人の標的はそれだった。私はそう考えます」

鷹志が、その言葉に不思議そうな表情になって、

「形がないって、空気みたいなものですか」

勒恩寺は、にんまりと答えて、

「うん、面白いですね。犯人は金庫の中の空気を入れ換えたかった。この梅雨時の蒸し蒸しした空気を。というのはなかなかユニークな発想です。冗談としては上出来でしょう。いや、あながち冗談でもないかもしれませんね。要は空気のように目に見えないもの。物体ではないもの。犯人が狙っていたのはそれでしょう。形のある物体を盗み出すのが不可能なのだから、形のないものを盗もうとした。そう考えるのは当然の帰結です」

形のないものって何だ？　まるで禅問答である。木島は思わず首を捻ってしまう。形のないものを盗むことなど可能なのだろうか。

こちらの顔色を読んだらしく、勒恩寺は、

「判らないかい、木島くん、金庫にしまってある大切なものだよ。普段は人の目に触れないものだ。そして物質ではないもの。ここまで云えば答えは簡単だろう。そんなものはひとつしかない。それは情報だ」

引き締まった顔つきで勒恩寺は云った。

「金庫に厳重に保管されていて具体的な体積を持たないものといったら、それしか考えられない

でしょう。犯人は金庫の中身を見たかった。そのためにブルーサファイアの盗難予告をデッチ上げてみせたのですよ」

　情報。そう云われてピンときた。金庫の下段にしまってあった物だ。書類が入っていると覚しき茶封筒。そして赤い表紙のファイル。あれこそ情報の集積だ。大浜社長が大っぴらにしたがらなかったあれ。犯人はあれを見たかったのか。

　木島がそう主張しても、勒恩寺は大真面目に首を横に振り、

「それは違うと思う。封筒もファイルも、中を開けなければ情報は見られない。持ち主が拒否したら誰にも見る機会はないだろう。金庫を開くのはあくまでも、ブルーサファイア盗難防止という建前のためだ。書類の茶封筒を覗く口実をつけるのは難しい。現にそうだっただろう。大浜氏はファイルや茶封筒の中身を開示することを拒否した。どんないけない書類なのかは知らないし興味もないけれど、とにかく持ち主が拒んだらそれは見られない。そんな書類が犯人の狙いだったとは思えないだろう」

「書類じゃなかったら、どんな情報があるっていうんですか」

　つい不満を露わにしてしまい、木島は尋ねる。他の情報など、まったく思いつかない。勒恩寺はもさもさの癖っ毛を、ざっと指で掻き上げて、

「あったじゃないか、木島くん、思い出せ、重要な情報が」

「そんなこと云われても」

　思いつかないのだから仕方がない。封筒やファイルの他に金庫の中にあったのは、札束と通帳と印鑑。そのくらいである。通帳にも当然、情報が記載されているけれど、これも封筒と同じ理

屈で、持ち主の大浜社長が開示を拒否したら誰にも中身を見ることはできない。印鑑だって同じだ。他にはもう、何もない。どこに情報があるというんだ？　まさか金庫の内側の壁に何か文字が刻まれているとか？　いや、それこそ小説や映画の世界の話だ。そんなところに隠し文字を書く人がいるとも思えない。

木島の思考が行き詰まる。すると勒恩寺は急に、語るテンポを少し速めて、

「ああ、そういえば話は飛びますが、三ヶ月ほど前に絵画誘拐事件があったそうですね。あの事件には、ここにいる人の多くが関わっていたようでした。そして、あの一件の際、飛び切り不自然な行動を取っていた人物が一人いますね。聞いた時、強烈な違和感がありましたよ。皆さん、思い出せませんか」

本当に随分話が飛ぶんだな、とちょっと驚く間があった後で、さあ、何だっけ、と一同は顔を見合わせる。飛び切り不自然な行動？　はて、それは何だろう。木島も思い当たる節がなかった。

勒恩寺は、そんな聴衆に向けて、指を一本立てて振ってみせ、

「ほら、あったでしょう。どうして思い出せないんですか。誘拐事件の冒頭の部分です。大浜氏はリシャールの絵を、銀座の画廊から車で持って帰ろうとした。そして三人組の強盗にまんまと絵を強奪されてしまった。三対一では抵抗もできないと。そう、ここです。どう考えても不自然でしょう。なぜ大浜氏は一人だったのですか。身代金に二千万円払う価値のある絵画を運搬していたのですよ。そんな時、一緒に行動するのに打って付けの人物がいるでしょう」

あっ、と大浜社長を除いた全員が、一斉に振り返る。金庫と反対側の壁の前で、仁王立ちに

なっている大男。樫元だ。社長の命令ならば何でも聞く屈強な男。忠誠心の強い、腕力も人一倍の人物。

「私も探偵という職業柄、多少は腕に覚えがあるつもりなのですがね、その私ですら瞬時に投げ飛ばす膂力《りよりよく》と格闘技術の持ち主。ボディガードにはぴったりでしょう。大浜氏はどうしてあの日、彼を連れていなかったんでしょうね。彼が一緒だったら、きっと三人組の強盗など蹴散らしてしまったはずなのに」

「い、いや、あの日は、樫元はたまたま別に自分の用事があって、その、あれだ」

しどろもどろになって、大浜社長は言い訳を途中で諦めてしまう。不自然なことを自ら露呈したのと同じだった。

「社員はタダで使っても磨り減らない、というのがあなたの信条でしたね、大浜さん。そんなあなたが樫元氏の私用に気を遣ったと云って、私が納得するとお思いですか。たとえそうでも、他の強そうな社員を二、三人見繕うこともできたはずです。今回の警備にも、力自慢の社員を動員しようかと提案したくらいですからね。ボディガードならばいくらでも用意できたはず。何なら、樫元氏の用事がない別の日にしてもよかったわけでしょう。絶対にその日に絵を持ち帰らないといけない理由などないはずですから。貸した画廊側に、運搬の義務を押しつけることもできたでしょうしね。どうしても一人で運ばないといけない必然性など、どこにもないのです。やはり、どう見ても不自然な行動ですね」

勒恩寺の追及に、大浜社長はもう弁明する気もないらしく、むっつりと不機嫌そうに腕を組み、黙ってしまった。

「言い訳はもうおしまいですか。やはり私の違和感は正しかったようですね」

と、勒恩寺はにんまりと笑って、

「大浜氏の行動はとても不自然でした。では、なぜそんな不自然な行動を取ったのか。答えは簡単です。強盗に遭って高価な絵を強奪された、というストーリーを成立させる必要があったからに違いありません。ボディカードをつけていたら、そのストーリーが成り立たないし、誰か証人がいれば三人組の強盗という嘘がバレてしまう。だからどうしても、一人で運んだと主張するしかなかったわけでしょう。もうお判りですね。私のような勘ぐり癖のある者の目から見なくても、大浜氏の企ては明らかです。そう、強盗は狂言だったのですよ」

「狂言？」

と、三戸部刑事が驚きの声を上げる。

「そう、狂言強盗。偽物の誘拐事件です。どうです、大浜さん、白状してしまいませんか、あの事件がデッチ上げだったことを」

そう詰め寄られても、大浜社長はやはり無言だった。抗弁も反論もせず、むっつりと腕組みしたままである。そんな父親の姿を横目で見ながら、鷹志が、

「いや、でも、そんなことをして親父にどんな得があるっていうんだ？」

「あるでしょう、得が。保険金ですよ」

と、勒恩寺は、さも当然といった口調で、

「盗難保険が適用されて、奪われた身代金は保険会社から補塡されたそうですね。身代金は誘拐犯に奪われたフリをして、丸々手元に残る。そこに保険金がさらに上乗せされる。ほら、保険金

の分は丸儲けですよ」

　愉快そうにそう云って、勒恩寺は両掌を擦り合わせながら、

「つまり、あの誘拐は保険金詐取のためにデッチ上げられた、偽物の事件だったのです。それだから当初、大浜氏は警察の介入を渋った。しかし鷹志さんの強い口添えがあって連絡せざるを得なくなり、大浜氏と昵懇《じっこん》の新浜署の署長さんも気を回して、捜査員を投入してしまった。予定より大事になってしまいましたが、そこはやり手の経営者と評されるほど度胸の据わった大浜氏です。最初の計画通り、携帯電話で操られるフリであちこち回った。尾行の捜査陣を振り回した挙げ句、まんまと海に出て一人になることに成功したわけです。身代金の二千万円は、最終到達地点のマリーナのご自身のクルーザーかロッカーにでも隠したんですか。とにかく、そんなふうに狂言誘拐事件を仕立てて、大浜氏は保険金を騙し取ったわけです」

　大浜社長はやはり無言で、不機嫌そうな顔つきで金庫のほうを睨んでいる。その肩が少し震えていた。探偵の告発にぐうの音も出ない、といった様子だった。勒恩寺は人の悪そうな微笑で、そちらをちらりと見やって、

「まあ、今はそんな無関係のちっぽけな犯罪のことは措いておきましょう。後で警察が何とでもしてくれるでしょう」

　と、井賀警部補に目配せを送る。そして、もさもさの頭髪をざっと掻き上げて勒恩寺は、

「さて、話を戻します。どこまで話しましたっけ、そうそう、犯人は金庫の中の情報を見たかった、という件でしたね。そのためにブルーサファイアの盗難予告状という餌を撒いた。そこに今、絵画誘拐は狂言だったという、新たな条件が加わりました。となると、もうお判りでしょ

う。犯人の欲した情報とは何か」

　勒恩寺は自明のことのように云う。しかし木島は、まだ先が読めないでいた。半円形に勒恩寺を取り囲んだ面々も、一様に首を傾げている。誰も話の筋を呑み込めていないらしい。それに構わず、勒恩寺は続ける。

「大浜氏は身代金を奪われたと被害者を演じました。しかしそれはまっ赤な嘘で、実は身代金は奪取されていないことが判明しました。では身代金の現金二千万円はどこにいったのでしょう。当然、大浜氏の手元に残っています。これをどうするか。銀行に預けようにも、出所がどこか疑われるから預金することはできません。かといって大金なので、ヘタなところに保管するわけにもいかない。銀行の貸金庫などは出し入れが煩雑でしょうし、手近な会社の金庫では秘書や社員などがうっかり見てしまう恐れがある。やはり一番安心できるのは自宅の金庫、ここしかありません」

　と、後ろを向き、黒い金庫の外側を軽く叩いて勒恩寺は、

「ほとぼりが冷めるまでこの金庫に、現金二千万円の札束をしまっておく。これがベストの選択でしょう。自宅の金庫ならば自分以外は開けることはなく、誰にも見られる危険はありません」

　鷹志が、何だ親父めそんなことをしていたのか、というふうに呆れたような目で、隣の大浜社長を見つめた。

「犯人も恐らく、同じ結論に達したのでしょう。私の思考過程と同様の道筋を辿って、この金庫に目をつけたのだと思われます。しかし先ほども云ったように、金庫は大浜氏以外には開けられない。そこで一計を案じた。それがブルーサファイアの盗難予告です。先ほどの話にも出ました

ね、予告を受け取った人は、安全を確認するために、とりあえず保管場所を開くと。ブルーサファイアを盗むと予告すれば、金庫は必ず開き、中の現金も人目に晒される。そして情報も盗み見ることができるわけです。もうお判りでしょう。犯人が狙った金庫の中の情報とは何か」

と、勒恩寺は一同を見渡して、

「ブルーサファイア本体に何かの情報が刻まれているとも思えない。茶封筒やファイルの中の書類は、大浜氏の目を掠めて読むのは難しい。通帳の内容も同様です。となると、残りはひとつしかありませんね。この金庫の中にある物といえば、あとは現金だけです。現金に記してある情報といえば、これもひとつしか考えられない。そう、紙幣ナンバー。それ以外にはあり得ないのですよ」

と、そこで少し間を取って、勒恩寺は静かに云う。

「犯人はブルーサファイア盗難予告にかこつけて金庫の中の札束の番号を見たかった。これが今回の事件のすべてです。さあ、そんなわけで、警部補殿」

と、勒恩寺は井賀警部補のほうを向く。

「動画でしっかりと撮りましたね。何か不審物があるかもしれないと理由を作って、札束をひとつずつ手に取り、スマホのカメラに映るようにした。その現場は私の随伴官がしっかり目撃していますよ。札束はすべて新札だから、一番上の番号さえ撮れれば、中の百万円分は番号が判ります。それを撮ったでしょう、警部補殿。我々特専課を快く迎えてくれたのも、この動画を撮った時の証人を増やしておこうという算段だったのではありませんか。証人が増えれば証拠に客観性が出て、信憑性《しんぴょうせい》も高まりますからね。そういう狙いがあったのでしょう。どうですか」

勒恩寺は一歩、井賀警部補に詰め寄る。相手は仏像のように穏やかな微笑で、おっとりとした表情のまま何も答えなかった。

「ところで、身代金として奪われた現金の紙幣ナンバーはすべて控えてあるそうですね、今後犯人を追跡するために。その二千万の二十束のうち、ひとつでも金庫の中の札束の番号と一致すれば、大浜氏の狂言誘拐と保険金詐取は立証できます。それが狙いだったのですね、警部補殿」

　再度の呼びかけにも井賀警部補は口を開かない。無言でおっとりと微笑んでいるだけだった。隣の三戸部刑事が驚いた表情で、警部補の顔を見ている。上司の計略を知らなかったのだろう。

「警部補殿は、大浜氏に恩義がある署長さんから、絵画誘拐事件がいつになっても解決しないことで、連日やいのやいのと小言を喰らっていたそうですね。しかし、もちろん解決などできるはずもない。被害者の証言がことごとくデタラメで、強盗犯も嘘で塗り固めた架空の存在にすぎないのですから。こんな事件、私にだって解決できそうもありません」

　勒恩寺はそう云うと、ちょっと肩をすくめて、

「警部補殿も捜査を進めるうちに、狂言の可能性に気づいたのではないですか。とはいえ、証拠がありません。確信はあっても、署長さんを納得させるだけの物的証拠はひとつもなく、狂言の立証は難しい。文句なしの証拠といえば、奪われた身代金でしょう。これが大浜氏の手元から発見されれば、狂言の物証になる。ただし、まごまごしていたら番号を控えてある現金はマネーロンダリングされて、裏社会の闇の中へ消えてしまう恐れがある。急がなくてはならない。署長からのプレッシャーも厳しく、そのせいで部下に体調を気遣われるほどに追いつめられていた。そこで多少強引でも、禁断の手法を取るしかなかった。それがブルーサファイア盗難予告状です。

あなたが出しましたね、警部補殿」

と、井賀警部補を真正面から見すえて、勒恩寺は云う。

「怪盗石川五右衛門之助などというおちゃらけた名前をつけたのは、恐らく県警にイタズラだと一蹴させるためでしょう。予告状があまりに真に迫りすぎても県警が出動してきて、警備の主導権をあちらに取られてしまいますからね。そうなったら所轄署の刑事課は、庭の巡回くらいしかさせてもらえなくなる恐れがある。県警を排除して自分達が警備のイニシアティブを握るために、あんなふざけた名前にしたのでしょう」

じっと井賀警部補を見つめたまま、勒恩寺は続ける。

「そしてあなたはまんまと札束の撮影に成功した。後は署に帰って照会するだけ。それで大浜氏の狂言を立証して、口うるさい署長を黙らせることができる。偽の誘拐で刑事課を振り回してくれた大浜氏に、お灸を据えることもできます。保険金詐取は刑事罰の対象ですからね、さぞかしキツいお灸になることでしょう」

と、そこで勒恩寺は、木島のほうに向き直ると、

「どうだい、木島くん、ちょっと面白いだろう。警備が始まった時には、犯人はとっくに目的を達成していたわけだ。これはそういう、いささか変則的な構造を持った事件だったのだよ。我々はてっきり、金庫の中を調べたのは来たるべきブルーサファイア盗難に備えるためと信じ込んでいた。ところが実際は、金庫の中を撮影した時点で、犯人のやるべきことはもう終わっていたんだ。準備段階で既に終わってしまった事件。これは逆説的でなかなか珍しいだろう」

「そこで終わってしまったからこそ、ブルーサファイアの盗難も起きないと読めたんですか」

木島が半ば茫然としながら云うと、勒恩寺はにやりと笑って、

「そう、多分その予定だったのだろうね。ただし、たまたま絶妙なタイミングで隙ができたから、ブルーサファイアをひょいっと隠して、犯人の標的はあくまでもブルーサファイアであると強調しておく、という余興もあったけれど。当初の計画では結局何も起きずに、やれやれやっぱりイタズラだったのか草臥《くたびれ》儲けだったな、で終わるつもりだったのだろう」

なるほど、作馬探偵も勒恩寺もそれを見越して、多分大したことは起きない、と予測したわけか。と、ようやく腑に落ちた。

大浜社長が、憤懣やるかたないといった風情で、

「何をやっとるんだ、井賀警部補、予告状をわしに送りつけてくるなんて、ひどいことをしおって、あんまりじゃないか」

すると、鷹志が呆れたように、

「いやいや、親父が人のことをとやかく云えた義理じゃないだろう。保険金詐取なんて、そんなの俺も聞いてないぞ。思いっきり犯罪じゃないか」

大浜社長は息子の正論に、ぐぬうと云ったきり黙ってしまう。

勒恩寺は、そんな雑音には構いもせずに、

「さて、警部補殿、あなたの計画では、大浜氏の狂言誘拐の物証は、ブルーサファイア警護中にたまたま発覚する形にするつもりだったのでしょう。これならば証拠の入手経路に問題はありません。違法性もないし、堂々と裁判所に提出することもできます。しかし今は、少々微妙な情勢になってしまいましたね。紙幣ナンバーを入手するために捜査責任者当人が犯罪予告状を送った

となると、証拠の入手方法が適法とは云えなくなってしまう。犯行予告は脅迫罪に相当します。法を犯した上で入手した証拠は違法捜査と認定されて、裁判では認められない可能性が高い。この点は私も、申し訳なく思っています。私が事件のすべてを解明するという余計なことをしたばかりに、警部補殿の違法捜査も明るみに出てしまいました。警部補殿は脅迫罪で、それ相応の罰を受けることになるでしょう。処分がどの程度かは判りませんが、ヘタをしたら懲戒免職にまで追い込まれるかもしれない。そんなことになったら私としても大いに心苦しい。警部補殿の動機には共感できる点もありますので。ただ、そこに謎があればそれを解決せずにはいられないのが探偵の本能でして、どうしても真実を暴かねば収まらない。それが探偵の性分なのです。申し訳ありませんが探偵とはそういう生き物ですので、そう諦めてご容赦ください」

真剣な口調で、勒恩寺は云う。木島はその後ろ姿に向かって、

「予告状を出したのが井賀警部補だというのは判りました。でも、あの予告状の緩い感じは何だったんですか。日程が三日もあったり、指定時間が何時ジャストでなくてだらだらと長かったり」

その疑問に、勒恩寺は振り向いて答え、

「あれは差出人が警部補殿だと判れば意味も汲み取れるだろう。警察の警備責任者という立場の人が書いた予告状だ。そう考えれば自ずと意図が解けてくる。日程が三日あったのは、新浜署の刑事課が二班体制だからだろう。今回の計画は、警部補殿自身がブルーサファイア盗難予告事件の担当になって、自ら陣頭指揮を執らなくては成立しない。予告した日に、もし他の事件が起きてそっちへ回されたら、こっちの現場はもう一班の別班が担当になったことだろう。それでは目

的を達せない。だから予備日が必要と判断したのだろうね。もし一日目と二日目に別のもう一班のほうが担当していたら、当然何も起こるはずがない。そうしたら三日目に、誘拐事件の挽回をしたいから自分に担当を代わってくれ、とでも申し出て動画撮影に臨むことができる、という計画だったんだろう」

と、勒恩寺は木島に解説してくれる。さらに、

「時間が緩くだらだらと取ってあったのは、何時ジャストと限定してしまうと、そこに新浜署の全勢力が投入されることになってしまうからじゃないかな。ただでさえ人数が少ない小規模署なのに、勢力の全力投入をしてしまうと、交番や駐在所が無人になることもあるだろう。町のパトロールも疎かになる。新浜署に奉職する警部補殿としては、町の警備が手薄になるのは避けたかったのではないだろうか。警察官にとっては町の治安が第一だからね。指定日が水曜限定だったのも、土曜日曜は町に人出が増えて交番やパトロール業務が忙《せわ》しなくなるのを知っているからだろう。週のまん中ならば、地域課の制服警官達のローテーションにあまり影響を与えないからだ。五時間と、犯行指定時間をぼやかして余裕を作っておけば、制服組がバラけて交代制にできる。地域課の通常業務に支障が出ないための気遣いだったわけだ」

ああ、そういえば、警官隊が第二班に交代するとか刑事が報告に来ていたっけ。と木島はようやく思い出した。報告に来た刑事は業務用キャビネット氏に圧し潰されていたけれど。警官が全員一斉投入されたら交番の業務が疎かになる。それを危惧しての緩い予告時間だったのか、とやっと理解できた。

「現場指揮官も色々と気を回す必要がある。組織の一員であることは大変なんだよ」

フリーの探偵でそんなしがらみとは無縁のくせに、勒恩寺は訳知り顔で偉そうに云う。そして、勒恩寺は一同に向き直って、

「というわけで、これにて事件は終了です。謎はすべて解き明かされ、探偵の出番も終わりました。皆様、ご静聴、感謝いたします」

ミュージカルのカーテンコールみたいに、大げさに一礼した。そして勒恩寺は、

「さあ、木島くん、帰ろうか。もう俺達にできることはない」

すたすたと歩いて行く。

え、本当にいいの？　後始末は要らないのか。と、木島は戸惑った。部屋の中は物凄く気まずいムードになっているけれど、これは放っておいていいのか。困惑したものの、勒恩寺がとっととドアを出ようとしているから仕方がない。木島は慌ててその後を追う。

ちらりと振り返れば、大浜社長はむっつりと腕組みをしてソファに深々と座っている。鷹志はその隣で、不機嫌そうな父親を呆れたような顔で見ている。井賀警部補はゆったりと腰かけている。犯行を暴かれても、その仏像みたいな穏やかな顔には曇りはなかった。結局最後まで、予告状を出したことは一言も認めないままだったが、その態度に疚《やま》しさは一切感じられなかった。三戸部刑事は、そんな上司を不安そうに見守っている。太く逞しい眉も、困ったような形で沈んだ表情を作っている。

木島は、そんな本日の関係者の皆さんにぺこりと一礼して、部屋を出た。

＊

勒恩寺の背中を追いかけ、玄関から外へ出る。

七月のむしっとした夜気が、体にまとわりついてくる。警官隊があちこちで投光器に灯りを入れていて、それが眩しい。

庭を歩きながら、木島は勒恩寺の長身を見上げて、

「あの人達はどうするんでしょうか、これから」

「さあね、すべてを公表するのか、それとも大浜氏と警部補殿が大人の取り引きで、お互いの犯罪をなかったものとして有耶無耶にしてしまうのか。俺はどっちでもいいけどね」

と、関心などないようで、勒恩寺は投げやりに答えた。

「そんな、無責任な」

「どこが無責任なものか。謎はきっちり解いたぞ。探偵としての仕事は終わっている。後の処理なぞ知ったことではない」

日当目当てで裁判には嬉々として出廷するくせに、そんなことはおくびにも出さず、勒恩寺は云う。

「そんなことより、怪盗からの予告状と聞いてわくわくして来たんだぞ。なのにこの体たらくだ。つまらんよ、木島くん。本物の怪盗にお目にかかりたかったのに。それも凄腕の」

「そんなのが本当に実在したら、世間の迷惑になりますよ」

「なあに、俺が捕まえてやるさ、この名探偵がね。強力なライバルがいれば、探偵も輝きを増すことができる。怪盗の大胆不敵な犯罪を華麗に捌いてみせれば、名探偵の名もさらに上がることだろう。何より楽しそうじゃないか。怪盗と名探偵との息詰まる頭脳戦。木島くんも見てみたいだろう。今回は残念だったが、いつかはそんな怪盗と邂逅したいものだ。ああ、腕が鳴るね。怪盗を相手に思う存分に力を振るいたいな。名探偵としてそれほどやり甲斐のある仕事もないだろう。ああ、巡り逢いたい。どこかにいないだろうか、犯行予告を送ってくる本物の怪盗が」

夜の曇り空を見上げて、勒恩寺は夢見るように云う。

やっぱり変な人だ、と木島はつくづく思うのだった。

# 手間暇かかった判りやすい見立て殺人

## file 3

龍神湖には龍神様がおわします
龍神様は水と天候を司る神様です
ある日、龍神様が云いました
「人間の姫君を贄として差し出せ」
その命令にお殿様は大いに腹を立て
「神と雖《いえども》我が娘を人身供儀《じんしんくぎ》にせよとは何たる狼藉。兵を出せ。神を討ち取れ」
法螺貝《ほらがい》を吹き鳴らさせ、大々的に出兵しました
しかし龍神様はこれに怒り、大嵐を招きました
風が唸り、雷が轟き、豪雨が叩きつけられました
川が溢れて殿様の軍勢は水に流されます
騎馬武者も弓兵も足軽も、みんな溺れてしまいました
龍神様のお怒りは激しく、嵐は一向にやみません
姫様ははらはらと涙を落とし
「このままでは田畑も民の家もすべて流されてしまいます。民が飢えるのは見とうございません。父上様、私は我が身を贄として差し出します」
殿様は困ってしまいました
「それはならぬ。そなたが命を落とすなど断じて耐えられん」
「いいえ、民のために私は人身御供になります。お許しください」
嵐の中、姫様はお城を飛び出し、裸足で駆け出します

龍神湖までやって来た姫様は岸辺に立ち、両手を合わせて南無阿弥陀仏と念仏唱え、いざ我が身を湖に捧げようとすると、姫を憐れと思し召した地の神様が、姫の足の裏をぴたり地面に縫い付けて、一足も動けぬようにしました

これでは姫様も湖に身を投げられません

そこへお殿様が追いついてきました

姫様は涙ながらに

「父上様、このままでは供儀の願いが達せられません。どうぞお慈悲ですから、我が望みを聞き届け給え」

お殿様は娘の民を思う心根に打たれ、号泣のうちに佩ける太刀をば抜きたれば、獅子の如き咆《ほう》吼《こう》を発すると、刀を横一文字に一閃、姫様の足を薙《な》ぎ払います

両の足を斬られた姫様の体は、嵐の風に押されて湖へと真っ逆さま、飛沫を上げて沈んでゆきます

人身御供を捧げられて満足した龍神様は

「良かろう良かろう」

と、嵐を止めました

たちまち空は晴れ渡り、風も雷もぴたりと収まりました

民の暮らしは守られたのです

龍神湖は先程までの荒れようが嘘のように、さざ波ひとつ立たぬ鏡の如き静けさです

湖の岸辺には、膝を斬られた姫様の足だけが、二本立ったままで残されておりました

これが今も伝わる脛斬り姫の伝説です

＊

爪先が湖を向いていた。

ちょうど、湖に飛び込む人が靴を几帳面に揃えた、というふうに見える。

しかし、並んでいるのは靴ではない。その中身だ。

脛の部分でざっくりと切断された、人間の裸足の脚部である。それが両足揃って並んでいた。

脛から上はどこにもない。

「被害者の両足はこうして湖の岸辺に並べられていました」

と、刑事が説明してくれる。

実にシュールな絵面だった。見ようによっては、膝から上が透明な人間が湖畔に立ち尽くしているようにも見える。

騙し絵みたいに、見る者を混乱させる情景だ。人体の一部なのか、ただの靴なのか、見ているうちにこんがらがってくる。

しかし探偵は惑わされた様子もなく、至って冷静に口を開いた。

「なるほど、さっき聞いた脛斬り姫の伝説にそっくりですね。これはまさに見立て殺人です」

＊

また三ヶ月ほどおいての出動だった。

九月の日曜日の朝、電話で叩き起こされた木島壮介は、何か法則のようなものがあるのだろうかと訝しく思った。

そんな無駄なことを考えている暇もなく、迎えの車はすぐにやって来た。今回もごく普通のセダンだ。運転しているのは前回とは違う運転手。ただ、無口な中年男性という点だけは共通していた。

何の説明もなされぬまま、木島は後部座席に押し込まれて、車は発進した。

そして、予想よりはるかに長いドライブになった。

中央自動車道を西へひた走り、笹子トンネルを抜け、甲府《こうふ》の手前の一宮御坂《いちのみやみさか》インターで下りて国道137号線を南下。このまま進むと富士五湖まで着くという途中で脇道に入り、しばらくしてからやっと止まった。

木島を降ろすと、乗ってきた車はすぐに行ってしまう。無口な運転手の声は、結局一度も聞けず仕舞いだった。

一人取り残された木島は、長距離移動で強張ってしまった背中と腰を伸ばす。ここまで来れば富士山も間近だろうが、あいにくの曇り空である。天下の名峰は影も形も見えない。残暑の蒸し蒸しとした空気が、都会より幾分マシに感じられるだけだった。

周囲を見回すと、どうやらこの辺りは別荘地らしい。そこかしこに広い敷地の瀟洒《しょうしゃ》な建物が、優雅さを競うように建っている。しかし木島が車から降ろされた場所は、車道に面してだだっ広い空間が広がっているだけだった。空き地か駐車場のようにも見える。土が剝き出しの地面の、ただの何もない土地だ。広い敷地の突き当たりは崖にでもなっているのか、ここからでは先が見通せなくなっている。ただ、その何もない土地に今は車が数多く停まっていた。てんでバラバラの方向を向いて十数台ほど。パトカーも交じっているので、恐らく全部が警察関係車輛なのだろう。どうやらここが今日の現場らしい。

しかし、別荘地の一角なのに、それらしき建物は見当たらない。だだっ広い敷地に車が並んでいるだけだ。土地の突き当たりに、小さな人工物が建っているのみである。崖の手前に木造の粗末な小屋が一軒。そしてもうひとつ、小型の四角いコンクリートの建造物が、小屋の隣にちょこんと建っている。何の用途に使うのか判らないけれど、プレハブ製物置程度の大きさである。造りは頑丈そうで、鉄のがっしりした扉が一枚ついている。はて、何の小屋なのだろうか、と木島は首を傾げた。

車の間を、何人かの人が忙しそうに行き交っている。彼らも多分、警察関係者なのだろう。さあどうしたものか、と木島が逡巡していると、

「木島さんですね」

と、いきなり後ろから声をかけられた。木島は慌てて振り返る。

「警察庁の木島さんですよね、随伴官の」

声のする位置が予測よりずっと下方なので、一瞬戸惑ってしまった。相手の頭の位置が思ったた

より低い。

「え」

そして木島は、思わず絶句した。声をかけてきたのが子供だったからだ。中学生くらいだろうか。大きなくりくりとした瞳の、子リスみたいに敏捷《びんしょう》そうなかわいらしい少年だ。

呆気に取られた木島がぽかんとしていると、子リスのような少年は、くすっと笑った。

「思ってた通りの反応だ。木島さんって判りやすい人ですね。勒恩寺さんのメモにもあったけど」

中学生らしい澄んだ声で云う相手に、木島は唖然としながら、

「えっ、勒恩寺さんって、それじゃ、君が」

「そう、探偵です。志我《しが》といいます、志我悟《さとる》。今日はよろしくお願いします」

少年は丁寧なお辞儀をしてくる。木島はまだ戸惑ったまま、

「えーと、勒恩寺さんのメモって？」

「木島さんの写真と、あと勒恩寺さんからの注意書きがメール添付で送られてきました。木島さんの取扱説明書みたいな」

と、志我少年はかわいらしい笑顔で、

「新任の随伴官さんはどう扱えば動かしやすいか、とか、こういう性格だから注意せよ、とか。勒恩寺さんはそれを探偵全員に回しているみたいですね」

写真は、例の隠し撮りしたものに違いない。木島は、中学生相手に敬語も変だろうと思って、フランクな言葉遣いで、

「探偵全員って、何人いるの？　僕は勒恩寺さんと、あと作馬さんしか知らないけど」

「さあ、僕も知りません。全員が知り合いってわけじゃありませんから。とにかく、今日の探偵は僕が務めるようにと申し受けて来ました」

「でも、中学生が探偵って、そんなのありなのかな」

「嫌だなあ、これでも高校生ですよ、僕。高校二年生。そんなに幼く見えますか」

と、少年は少し不満そうに頰を膨らませて云う。

いや、中学生でも高校生でもどっちでも同じだ。とにかく意表を突かれた。今まで出会った探偵もアクの強い二人だったが、まさか少年探偵までいるとは、完全に意想外だった。警察庁刑事局はどういう基準で探偵の人選をしているのやら。上層部の人達のすることはよく判らない。

ぼうっとしている木島に、

「とにかく行きましょう。もたもたして行動が遅いのが木島さんの悪い癖だって、勒恩寺メモにもありましたよ。本当にもたもたするんですね」

と、志我少年が急かすように云う。悪びれもせず、悪口までおまけしてくれる。小動物系のかわいらしい顔をして、この少年探偵、存外性格は悪いのかもしれない。

それはともかく、確かに行動しないことには何も始まらないのには同意する。

車の間をすり抜けて、二人で広場の奥へと向かった。木造の小屋の前に刑事が一人立っていたので、そちらに近づく。年嵩の老練そうな刑事だ。

志我少年にせっつかれて、木島は身分証を取り出した。例の、身の丈に合っていないことこの上なしの、警部補の階級が記されたものである。

立場と用件をおずおずと伝える。何度やっても慣れない。

びくびくと挙動不審の木島に、年輩の刑事はあからさまに怪訝そうな顔で、

「ちょっと待っててくれ、責任者を呼んでくる」

と、その場を立ち去ってしまった。

木島は志我少年に向き直り、

「やっぱり変だよね、僕達。物凄く場違いだと思うけど」

高校生相手に泣きつくのも我ながらどうかと思うのだけど、不安なのだから仕方がない。傍目にはどんなコンビに見えるのか、甚だ心許ないのだ。まだスーツが板についていない新卒丸出しの自分と、実年齢よりずっと幼い印象の少年の二人組。これで警察庁の派遣した特殊事件の専門家に見えるものだろうか。実に心細い。

「やれやれ、木島さんは自信のない人なんですね。勒恩寺さんのメモにも書いてありましたけど」

よほど大人びた物腰で、志我少年は呆れたように云う。

「あの人の云うことだから話半分に読んでたんですけど、割と的確に木島さんのことを評しているみたいですね」

「勒恩寺さんはメモに何て書いてたの。あ、やっぱりいいや、聞きたくない」

どうせ碌でもないこと満載に違いない。

「ほら、そういうところもですよ。すぐ弱気になるのが欠点、って書いてありました」

「やっぱり碌なことが書いてないんじゃないか」

「そうでもありませんよ、ちゃんと誉めるところは誉めていました」

「あの勒恩寺さんが人を誉めるとは思えない」

「木島さん、何か被害妄想なんじゃないですか。その旨、追記しておきましょうか」

「いいよ、そんなことしなくて」

などと云い合っているうちに、

「警察庁のかただね」

話しかけられた。近づいて来たのは、五十絡みの堂々とした男性だった。特に腹周りの恰幅がいい。

「捜査の指揮を執る県警捜査一課の熊谷《くまがい》です、熊谷警部」

こちらが若僧二人なのに、丁寧な態度で、恰幅のいい男は自己紹介した。叩き上げの警部なのだろうか、エリート臭はないが、自信に満ち溢れて見える。警部は両脇に、二人の刑事を従えていた。両方とも四十歳くらいか、黒豹みたいに精悍な男と、狼みたいに迫力のある男だった。どちらも鋭敏そうで、見るからに有能らしい刑事達だった。

完全に圧倒されながら、木島はもごもごと、

「えーと、警察庁特殊例外事案専従捜査課の者です、私は随伴官の木島、こっちは志我くん、探偵です」

へどもどする木島に対し、熊谷警部は、中学生にしか見えない少年探偵に驚くでもなく、

「特殊例外事案専従捜査課さんのお噂はかねがね伺っております。しかし今回は結構です。どうかお引き取り願えますかな」

「いや、それはちょっと」

木島は返答に困ってしまう。確かにこの実力者揃いらしい刑事達に任せたほうが、ことはスムーズに運びそうである。しかしさすがに手ぶらで帰ったら叱られる。こっちも任務なのだ。

「そういうわけにはいかないのですが」

「いや、県警だけで戦力は足りているんで」

「そこを何とか」

「いやいや、何とも」

「どうにかひとつ」

「どうにもならん」

などと押し問答をしていると、横合いから志我少年が、

「警部さん、上に問い合わせたらいかがでしょうか。いざという時に責任を取ってくれそうな上役にでも」

にこにこと愛想良く提案した。どうやらこの少年探偵、外面はいいらしい。

「そうですな、連絡してみましょう」

と、熊谷警部は携帯電話を取り出しながらその場を離れて行った。木造の小屋の裏に回り、そこで電話をする気のようだ。

黒豹みたいな精悍な刑事がこちらをじろりと見て、

「何でも特殊な事件を専門に扱っているそうですが、それは本当ですか」

低くドスの利いた声で尋ねてきた。

「ええ、まあ、そんな感じです」

木島があわあわと答えると、

「ふうん、探偵課が本当に実在するとはな」

「おい、その呼び方はやめておけ」

「そうか」

狼のような刑事にたしなめられて、黒豹はそのまま黙ってしまった。

気まずい沈黙が続く。

本物のプロの刑事に何を喋っていいものやら、木島にはとんと判らない。しょうことなしに上を見上げると、頭上には曇天の空が広がっているだけ。鳥が一羽、視界の隅を滑空して行く。

気まずさがピークに達した頃、熊谷警部が戻ってきた。そして先程とは打って変わって、

「特専課さん、失礼しました。どうぞご自由に捜査をなさってください。現場の各捜査員にも、便宜を図るよう通達を出しておきます」

物判りがよさそうに云う。この転身ぶり、どうやら上の者に因果を含められたらしい。県警のお偉いさんが警察庁の顔色を窺ったに違いない。

「私どもはご一緒できませんので、案内役をつけましょう。おおい、紅林《くればやし》、ちょっとこっちへ来てくれ」

警部に呼ばれて、若い刑事が駆けて来た。三十手前の年格好か、精悍な黒豹や狼とは違って、ごく平凡な容姿のいささか頼りない印象の青年だった。

「こちらは特専課のお二人だ。丁重にご案内しろ。最大限、お二人の捜査に協力を惜しまぬよう

に。まあ、若い人は若い人同士で、ということで」

と、警部は最後の台詞を木島に向けて、愛想良く笑った。一番戦力にならない若手を押しつけるから後は勝手にやってくれ、というのが本心らしい。それでも志我少年は丁寧に、

「ありがとうございます、案内の刑事さんまでつけてくださって。お気遣い、感謝します」

と、あくまでも外面がいい。

「では、これで。我々は失敬します」

そう云い残して、熊谷警部は去って行った。お供の肉食獣系刑事二人も、同行する。

三人だけになると、若い刑事は、

「紅林といいます。何なりとお申し付けください」

「あ、どうも、木島です。こっちは探偵の志我くん」

「志我悟といいます。高校生ですけど、よろしくお願いします」

志我も挨拶する。

「こちらこそ、どうぞよろしく」

頭を下げる紅林刑事は、どこからどう見ても普通の若者といった感じだった。これでも県警で研鑽《けんさん》を積むと、黒豹や狼刑事みたいに成長していくのだろうか。

そんなことを考えながら、木島はボイスレコーダーを胸の内ポケットで起動させた。前回役に立った小型の録音機だ。出動の際は、胸ポケットに忍ばせることにしたのである。

「では早速、現場を見ていただきましょう」

と、紅林刑事が、先に立って歩き始める。木島は志我少年とうなずき合い、それに続いた。

紅林は車の隙間を縫って広場を横切る。そして車道を渡り、森の中へと入っていった。

どこへ行くつもりなのか。こっちの奥に別荘が建っているのだろうか。しかし、こんな森の中にそんなスペースがあるとも思えない。不思議に思いながらも、木島は刑事の背中を追った。

獣道と呼んでいいほど頼りない道だった。狭く、足元が悪い。左右から木々の枝が張り出して、邪魔になる。大層歩きにくい。

そんな道を、三人で縦列になって進んだ。

紅林刑事は思い出したように、

「そうそう、この地方にはこんな昔話がありましてね」

と、語りだしたのは脛斬り姫の伝説だった。雑談にしては懇切丁寧に語り終えてから、紅林は、

「どうですか」

感想を聞いてきた。

「はあ、お姫様がかわいそうだと思いました。あと龍神様も残酷で酷いですね」

と、木島は小学生の読書感想文みたいな返答をした。伝説を長々と喋ったのは、何か事件と関係があるのだろうか、と首を傾げながら。

志我少年は至って平静に、

「神は崇めるだけではなく、畏怖の対象でもありました。古来より天災も疫病も神の為せる業として、人は捉えてきました。水害、干魃《かんばつ》、長雨、蝗害《こうがい》といった自然の営みも神の思し召しと考えたのです。人に恵みを与えてくれるありがたい神もいれば、災いしかもたらさない荒ぶる神もい

ます。龍神の水害もそうした荒ぶる神による災害の一種なのでしょうね。だからこそ人は神を畏れ、時には人身御供を立てて神への供物としました。そんな生け贄の伝承は全国各地にありますね」

「詳しいんですね。高校で民俗学のクラブにでも入っているんですか」

紅林刑事が誉めても、志我は涼しい顔で、

「これくらい常識の範疇です」

かわいい顔立ちのくせにかわいげのない口調で云った。

「着きました」

紅林刑事が立ち止まった。

そこは長い森の道を抜けたところだった。少し開けた平地が広がっている。それより眼前の光景に圧倒される。

湖だ。

満々と水を湛えた青い湖面。水面にさざ波が走る。大きな湖が、そこには広がっていた。

湖畔からは壮大なパノラマが望める。周囲の木々の緑。穏やかで静かな、それでいて雄大な湖水。美しく、心が洗われるような豊かな自然の風景だった。湖を渡ってくる風も涼しく、気持ちいい。立っているだけで爽快な気分になる。

「天気さえよければ、湖の向こうに富士山が大きく見えるんですよ。本当に見事な眺めなんですから。裏富士のほうが美しいと、地元の者は信じていますからね、是非見てもらいたかった」

紅林はそう云って、恨めしそうに曇り空を見上げた。とはいうものの、これはこれで素晴らしいロケーションだと木島は思う。

「これが龍神湖です」

「ああ、脛斬り姫の」

木島が相槌を打つと、紅林はうなずいて、

「この辺りを治めていた武将といえば武田《たけだ》家ですから、伝説のお殿様は武田の殿様とも云われています。ただ郷土史研究家に云わせると、伝説はもっと古い時代から語り継がれているものだから、武田よりも昔の小さな地方豪族だったと考えたほうがいいとのことです。脛斬り姫の伝承は創作でしょうけど、ここがモデルですから、ひょっとしたら若い女性が生け贄に捧げられた、というようなことがあったのかもしれません」

と、そんな解説をしてから、

「おっと脱線しましたね、こちらへどうぞ。事件の現場にご案内します」

開けた平地の一角が、黄色の規制テープで仕切られている。湖に面した岸の一部だ。外縁がちょっとした崖になっており、水面より高くなっている。

制服警官が一人、規制線の前で立哨の任に当たっていた。のどかな景色の中で、立ち番の警官は退屈そうだ。彼に軽く敬礼して、紅林刑事は規制テープをくぐった。木島と志我もその後に従う。木島は歩み出て、岸から湖面を覗いてみた。五メートルほど下が水面だ。崖は垂直に切り立っている。変な喩えとは思うけれど、入水自殺にもってこいの場所だと感じた。

「ここが現場ですか。それにしては捜査員の皆さんの姿が見当たりませんが」

志我少年に尋ねられ、紅林刑事は、

「実は第二の現場なのです。遺体の一部がここで発見されています」

と、スーツのポケットから小型のタブレット端末を取り出した。その電源を入れながら、

「もちろん現物は回収済みです。鑑識の作業も終わっています。写真だけでも見てください」

と、紅林はタブレットの画面をこちらに向ける。

「最大限の協力をせよとの主任の指示です。お見せしても構わないでしょう」

何とも奇妙な現場写真だった。

湖岸に、人間の足だけが並んでいる。

脛のちょうど中間辺り、踝《くるぶし》から二十センチほどのところで脚部が切断されている。その両足が、湖に向かって揃えられていた。湖に飛び込んだ人がうっかり足だけ忘れていったみたいな、シュールな絵面だ。何だか不可思議で、生々しさを感じさせない。

「被害者の両足はこうして湖の岸辺に並べられていました」

紅林刑事の解説に、少年探偵はうなずいて、

「なるほど、さっき聞いた脛斬り姫の伝説にそっくりですね。これはまさに見立て殺人です」

顔色ひとつ変えずに冷静に応えた。高校生でも探偵ならば、死体の脚部の静止画くらいでは動じないらしい。

「うちの先輩刑事も見立てとか何とか云っていましたけど、自分にはそれが何だか、よく判りません」

紅林が云うと、志我は冷静な口調のままで、

「見立てというのは、ある物を別の何かと見做《みな》して模倣することです。例えば、かき氷を山の形

に盛りつけて富士山になぞらえる、そういうメニューがあったりするでしょう、あれが見立てですね。探偵小説だと、氷を使うのではなくて、死体を何かになぞらえることが多いようです。小説や戯曲、映画などの一場面を、死体を使って模倣するわけですね。あとは、子守歌や手毬唄の歌詞、童謡にマザーグースの詩、そういうのになぞらえて死体を装飾するとか。俳句や短歌に詠まれた場面を使うこともありますね。有名なのは、芭蕉《ばしよう》や其角《きかく》の句に死体をなぞらえた見立て殺人が知られています。今回の事件は、脛から下の足の部分だけが湖に向けて立っている。これは脛斬り姫の伝説のラストシーンにそっくりです。印象的な場面に見立てた、と考えるのが自然でしょう。ただ、性別は違っていますが」

そう、性別が違う。伝説では、たおやかなお姫様の足が湖畔に残る。しかし写真に写っているのはどう見ても、むくつけき男の足である。黒々とした脛毛が密生し、全体的に逞しく骨張っている。これを女の足と見間違える人などいないだろう。被害者は間違いなく男性だ。

「男の足では脛斬り姫の見立てになっていないのではないでしょうか」

紅林が生真面目な表情で聞くのを、志我少年は頭を振って、

「いいえ、見立てというのは元ネタそのものでなくても構わないのです。死体で鶯《うぐいす》を表すように。女性の足ではこの場合、かえってただの再現になってしまいます。男の足を姫君の代用品に仕立てたところが、逆に見立ての度合いが高いとも云えるのじゃないでしょうか。別の物を本物になぞらえるのが見立ての本質なのですから」

それを聞いた紅林刑事は、

「なるほど、そういうものなのですか」

と、タブレット端末をしまいながら、

「足を発見したのは近所の住人です。犬の散歩に湖まで来て、見つけたそうです。発見時刻は午前十時頃。その時点にはもう本体、というか体のほうも見つかっていて、我々捜査陣は現着していました。足のない死体を調べている時に脚部発見の報せが入ったので、現場はざわめいたものです」

その報告を聞いた志我少年は、湖に背を向けて、

「では、その本体の発見現場に案内してもらえますか。ああ、その前に一応聞いておきます。足以外にここで何か痕跡は見つかっていますか」

「いいえ、この通り下は硬い地面です。犯人の足跡などはまったくありませんでした。その他、手掛かりになりそうな遺留物も無しです」

「やっぱり。紅林さんが何も云わないからそうだと思いましたよ。だったらもう、ここでは見るべきものはありませんね」

「はい。特異な現場なのでまず見立てのほうを見てもらおうと思いまして」

と、紅林刑事は云った。なるほど、確かに異様な現場だ。県警の上のほうで誰か、特専課向きの事件だと判断した人がいたのだろう。

森の獣道に戻りながら、紅林は振り返り、

「見立ての話に戻りますが、何のためにそんな変なことをするのでしょうか」

その後ろを歩きつつ、志我少年は答える。

「そうですね、例えば、見立ての元ネタを特定の何者かしか知らないケースなどがあります。元

ネタを知っている人物が一人しかいなければ、見立てを施したのは自動的にその人しかいないことになる。警察はまっ先にその一人を疑うでしょう。そう誘導するために犯人が、見立ての場面を作ったという場合です。今回ならば、龍神湖の脛斬り姫伝説が非常にマイナーで、ごく一部の郷土史家しか知らない、とすれば、犯人はその郷土史家に罪をなすりつけるために脛斬り姫の見立てを作った、ということになります」

なるほど、元ネタを知らなければ見立ての場面を再現できるはずがない、そういう発想か、と木島は思いながら、

「脛斬り姫はマイナーな伝説ですか。特定の人しか知らないとか」

尋ねると、先頭を歩く紅林はちょっと振り向いて、

「いえ、割と有名ですね。自分も地元出身で、子供の頃から親しんでいるくらいですから。観光協会の、龍神湖を紹介したパンフレットにも載っているほどですし。小学校のキャンプなどのイベントの時などは、地元の古老が語るのをよく聞かされたものですよ。多分あれ、今でもやっているんじゃないかな。だからこの辺りの住人ならば、間違いなく皆、知っているでしょうね」

紅林と志我の後をついて、獣道を進みながら木島は、

「それじゃ、特定の誰かに罪をなすりつけることはできそうもありませんね」

「でしょうね」

と、先頭の紅林がうなずく。志我少年探偵は、

「狂信的な信念の発露、というのも見立て殺人の動機としてはありがちです。例えば、死者を神のように崇めていて、どうしてもキリストになぞらえたくて磔刑《たっけい》の形にするとか」

「脛斬り姫に心酔して、どうしても足が湖畔に残る場面を再現したかった、ってこと？」

木島が尋ねると、先頭を行く紅林は、

「いやあ、それはどうでしょう、ピンと来ませんね、その線は。我が地元民は親しんでいる昔話ですけど、あくまでも親しみでしかありません。狂信的に信奉するイメージは、どうにもしっくりきません」

否定されても気にする様子もなく、志我少年は、

「何かのメッセージ、という可能性もありますね」

「というと？」

木島が聞くと、前を歩きながら志我は、

「脛斬り姫の伝説通りに死体を装飾することで、誰か特定の相手に伝言を伝えたかったのかも」

「それはどんな伝言？」

「そこまでは判りませんよ。当人同士にしか伝わらないメッセージなんですから。犯人と、それを伝えたい相手にしか通じないんです」

「それじゃこっちとしては読み解きようがない」

木島が云うと、志我少年は、

「そう。しかし、そこまでするか、というのが正直な感覚です。脛斬り姫のメッセージを送るのなら、なにも本物の人の足を使うことはないとは思いませんか。ただのマネキンか何かで代用させればいい。わざわざ人体切断なんかしなくても、脛斬り姫伝説を模することはできるんです。だからこのアイディアはありそうもないですね」

「ふうん、君が云うんならそうなんだろうね。他には何か可能性ある？」

木島の質問に、森の中の狭い道を歩きながら志我は、

「見立てはカムフラージュ、というのはどうです。本当の目的は、被害者の脚部を利用すること」

「利用、ってどうやって？」

「例えば、足を切って持って行って、それをスタンプみたいに使うとか。痕跡の残りやすい材質の床の上を、一、二、一、二と、足の裏を捺すわけです。それで床に、被害者の足底紋が残る。あたかも被害者が自分の意思で、そこを通ったかのように偽装できるんです。犯人の目的はその足跡を残すこと。でも、スタンプに使った足をその辺に放っておいたらすぐに目論見がバレちゃうから、見立てに見せかけて誤魔化そうとしたわけです。この手法ならば、壁を伝って天井を歩かせて〝怪奇、無重力男出現〟なんて演出もできそうですね。どうですか、紅林さん、どこかに被害者の足跡はありましたか」

「いやあ、ありませんね、残念ながら」

「そうですか、いいと思ったんだけどなあ。足跡がないんじゃ仕方がありません。それならスタンプ説も撤回しますよ。だったら純粋に見立てと考えたほうがいいのかな。それにしては意図が不明だけど。まだ情報が足りないのかもしれませんね。死体本体の発見現場を見てから考え直すのがよさそうです」

と、志我少年は云う。

それもっともだ、と木島は思った。

今考えても、犯人の意図は判らないのかもしれない。

死体の足を切断してきて、湖畔に置く。そうやって脛斬り姫の伝説の見立てを作る。

その行為に何の意味があるのか。

犯人は何のためにそんなことをしたのか。

見立てなど作ってどうしようというのだろう。

木島には、今のところさっぱり判らない。少年探偵はこの不可解な謎を解き明かしてくれるのだろうか。

＊

元の場所に戻って来た。

別荘地の空きスペースである。

警察車輛が十数台、停まっている。

「こちらです」

と、先頭を歩く紅林刑事は、車の隙間を縫ってすいすいと進む。志我と木島はその後をついて行く。

奥の、崖っぷちまで到着した。

崖ぎりぎりに、例の用途不明の建造物が建っている。物置くらいの大きさの、四角いコンクリートの建物だ。

隣には粗末な造りの木造の小屋。こちらは本物の物置らしいと見当がついた。

紅林は、コンクリートの固まりに向かい、その頑丈そうな鉄のドアのドアノブを摑んだ。中の広さはせいぜい畳二帖分くらいしかなさそうなのに、何が入っているのだろうか。木島には予想も立てられない。

紅林が遠慮ない態度で、重そうなドアを開く。木島は、志我少年の低い頭越しに、中を覗き込んだ。意外なことに、階段があった。下へ下りる急な階段だ。これは意想外だった。てっきり地上だけに建っているものだと思っていたのだが、ここはただの入り口で、先が続いていたのだ。

紅林はドアノブを摑んだまま振り返って、

「この辺りは高級別荘地なのですが、これもその一軒のようです。凝った造りですよ、地下に建物があるんですね。もっとも地下といっても、崖の岩盤の斜面にへばりつくみたいになっているんで、片面は外に開けているのですが」

予想外のことに、木島は感心するしかなかった。小屋ではなく、別荘への入り口だったのか。地上の建物は、玄関部分でしかなかったわけだ。

紅林に先導され、木島と志我も靴を脱いで玄関に入った。そして急な階段を下りる。階段も壁も、コンクリートのしっかりした造りだった。

そのままどんどん下りた。

紅林に連れられ、木島と志我の順に階段を下がる。途中で何人かの刑事達とすれ違った。場違いな三人組を、彼らはぽかんとした顔で見送っていた。

一体どこまで下りるのかと不安になった頃、突然開けた場所に出る。そこは、リビングルームだった。ごく一般的な、いや、一般的よりかなり広い、立派なリビングルームである。

カーペット敷きの床、ソファセットにテレビ、そしてオーディオ機器などが揃い、機能的で小洒落た印象のリビングだった。

正面には窓が大きく取ってあり、眼下に森の樹木が広がっているのが展望できる。晴れていれば陽が入って、気持ちのいい眺めなのだろう。

左手奥にはダイニングテーブル。食事などはそこで取るのだろう。広いキッチンもその奥に見える。

紅林は、しかしキッチンとは反対の右側へ進んだ。リビングスペースの右奥だ。その突き当たりにまた、さらに下へ下りる階段があった。まだ下層があるのか、と木島はちょっと驚いた。これまでも相当下がって来ているのに。

紅林は躊躇なく、

「この下へ向かいます」

と、階段に足をかけ始める。今度は、今までよりさらに狭く、急だった。

階段は、トンネルのような円筒形の壁に囲まれている。そこを勾配のキツい階段が下がっている。人一人通るのが精一杯の狭さだ。そして、階段というよりほとんど梯子段である。体感ほぼ九十度の、ヘタをすれば転げ落ちそうになる階段だった。それが遥か下まで続いている。危ないことこの上ない。幸い、鉄製の手摺りが両側に設置してある。それを摑んで、おっかなびっくり下りることになる。木島は慎重に歩を進めた。

それにしても長い。転がり落ちそうな恐怖心から長く感じるわけではない。実際に長い。恐らく2フロア分くらい下がっていることだろう。

「急斜面ですねえ」

「これは怖いね」

と、志我少年と恐ろしさを分かち合って下りる。そうして下り立ったところは、浴室だった。

これも予想外だった。木島は思わず目を見張ってしまう。まさか浴場があるとは。しかも広い。

ちょっとした温泉旅館の露天風呂ほどの面積はありそうだった。壁も天井も、天然の岩場に見える。元からあった岩の洞穴を、浴場として活用したのかもしれない。

右手に大きな湯船がある。五、六人くらいはゆったり浸かれそうだ。個人の別荘でこの広さは、なかなか贅沢といえるだろう。

洗い場は、黒い石畳。これも広々としている。やはり複数人同時に体を洗えそうだ。惜しむらくは、壁に備え付けのシャワーがひとつしかない。まあ、個人の別荘なのだからこれで充分なのかもしれないが。

シャワーのついている壁には、床掃除用なのだろう、デッキブラシが一本立てかけてある。

そして特徴的なのは階段の左手、湯船の反対側の壁だった。いや、壁というか、壁がない。すっこりと一面が抜けている。床から天井まで、遮るものは何もない。それで露天風呂という印象が強まっているのだ。

きれいに抜けた壁のない向こうには、本当に何もなかった。下は崖になっているようで、中空に向けてすこんとすべてが抜けている形だ。あっけらかんと素通しの空間の向こうには、曇り空が見えるだけ。そして視界の下のほうには、森の木々が広がっているのが見渡せる。

　こんなふうに隠すものがまったくないと、変質者が覗き放題なのではなかろうか。木島はつい余計な心配をしてしまう。それで怖々近寄って、壁のすっこり抜けた足元を見下ろしてみた。

　下は垂直の崖になっている。岩肌が真下まで続いており、十メートルくらい下の地面まで、取っかかりも何もない。これでは痴漢が這い上がって来ることも不可能そうだ。眼下に見えるのは、人の手が入っていない自然の森と、生い茂った藪だけだった。足場が悪くて、崖に近づいて来るのも無理だろう。

　鳥の視点で上空から見れば、岩盤の崖の中腹に、ぽっかりと四角い穴が空いているように見えるに違いない。

　紅林が近づいて来て、

「龍神湖や富士山は反対側なのでここからは見えません。ただ、曇ってさえいなければ南アルプスが一望できるはずです。天気が悪いのが返す返すも残念です」

　地元出身者としては、都会の者に絶景を自慢したいらしかった。

「しかし、曇り空でも雄大な眺めでしょう」

と、紅林は名残惜しそうに云ってから、後ろを振り返って、

「浴場も広いですよね。大浴場と呼んでいるらしい。確かに大浴場です、この広さですから。お湯も天然温泉だそうですよ。無限に湧いてくると聞きました。天然の温泉に眺めのいい浴場。何とも羨ましい別荘ですね」

　湯船には、お湯が満々と湯気を立てている。温泉が滾々《こんこん》と湧いているのだろう。残暑の気配は

まだ残っている。服を脱いで飛び込んだら、さぞかし爽快だろう。

などと呑気なことを云っている場合ではない。木島は、紅林刑事のほうに向き直って、

「もしかしたら、ここが現場ですか」

見当をつけて聞いてみる。何の意味もなく浴室に案内するはずがないと思ったからだ。

果たして、紅林刑事はうなずき返してきて、

「そうです、ここが遺体発見現場です。もちろん遺体はもう運び出していますが」

と、再びタブレット端末を取り出す。

死体が片付けられていると知って、木島は心底ほっとした。春に、頭を撃ち抜かれた死体を間近に見たのが未だに尾を引いている。また死体を見る羽目になるのか、と車中からびくびくしていたのだ。凄惨な他殺死体の見物など、ご免蒙りたい。やはり特殊例外事案専従捜査課は自分には向いていないと思う。早く配置換えをしてほしい。実際、異動願いはもう上に提出している。

そんな後ろ向きなことを考えている木島に、厳しい現実が突きつけられた。紅林がタブレットの画面を見せてきたのだ。そこには容赦のない現実が、死体という形を取って写っていた。

死体はこの大浴場の石床に倒れている。

うつ伏せで、頭を壁のない空間のほうへ向けている。壮年の男性だ。がっしりしていて、倒れていても背中や肩の筋肉が盛り上がっているのが判る。裸なので、体格がいいのがはっきりと見て取れる。腕も筋肉質で太く、腰回りも引き締まっている。ただ、身長が判りにくかった。恐らく、かなりの大柄なのだろうが、何しろ膝から下が無い。そのせいで、死体はやけに寸詰まりに見えた。

「これが発見直後の様子です」

そう云って紅林は画面をスワイプし、様々な角度から撮った死体を見せてくる。

木島は目を背けたくなったけれど、志我少年は身を乗り出し、食い入るように画像に見入っている。探偵とはいえ、高校生にこういうのを見せるのは倫理的にいかがなものなのだろうか。大人としては疑問に思わないではないが、当人は至って平気そうな顔色をしている。それどころか、好奇心に瞳が爛々《らんらん》と輝いている。慣れているのかもしれない。子リスみたいな小動物系の顔をして、嬉々として死体写真に見入る高校生。何ともちぐはぐな構図である。

写真なので現実感が薄いのが、木島にとってはありがたかった。画像の死体はやけにのっぺりとしていて、肌の質感の不自然さがゴム人形を思わせる。膝から下がないのも、作り物めいて見える原因のひとつだろう。

木島は勇気を振り絞って、薄目で写真を観察する。

顔立ちは整っていると思われる。きりっとした眉と彫りの深い目鼻立ちで、生前はなかなかの二枚目だったのだろう。ただし、湯殿に伏した死体は顔が苦悶の表情で歪んでいて、ハンサムぶりが台無しになっていた。

紅林が画面をスワイプするたびに、色々な角度から撮った写真が現れる。

顔面の左下を床につけている。両手は首の辺りを摑むようにして、うつ伏せの体の下に敷き込んでいる。爪で搔き毟ったのか、喉元に無数の傷がついている。がっしりと筋肉質な背中が盛り上がり、引き締まった臀部が緩やかな曲線を描いている。

そして膝の下。脛の中ほどの部分で足が切断されていた。切断面のアップは、さすがに直視できない木島であった。

「死者は門司重晴《もんじしげはる》氏、四十六歳、東京都目黒《めぐろ》区在住。ここの別荘の持ち主でもあります」

紅林刑事はタブレットを掲げたままで説明する。

「門司氏は都内でスポーツジムを八軒、スポーツバーを九軒経営する、いわゆる実業家と云うんですかね。昨日は土曜日でしたから、週末をこの別荘で過ごすために来て、奇禍に遭ったと推量されます。死亡推定時刻は昨夜の九時から十一時頃。死因は毒殺です」

「毒殺、ですか？」

と、木島は思わず聞き返す。脚部の切断という手口から、もっと暴力的な死因かと、てっきり思い込んでいた。毒殺は考えていなかった。

紅林刑事は、ひとつうなずいて、

「監察医の見立てでは、恐らくヒ素系の毒物を経口摂取したと思われるそうです。遺体の状況に、ヒ素系の毒物特有の特徴が見られるとのことでした。詳しいことは解剖で判明するでしょう。そして、毒物はここに混入していたと思われます」

と、タブレットの画面をまたスワイプした。

写し出されたのは銀色の水筒だ。ステンレス製らしい、シンプルな円筒形のデザインのものだった。蓋が開いた状態で、死者の右手から五十センチほど離れた床に転がっている。

「この水筒にスポーツドリンクを入れて、ここで入浴しながら飲むのが被害者の習慣だったそうです。水筒は倒れているので中身はほとんどこぼれてしまっていましたが、内部にわずかな液体が残留していました。鑑識が簡易式の検査キットで調べたところ、あきらかにスポーツドリンクには入っていない薬物が検出されています。これも詳しい鑑定結果待ちですが、ヒ素と覚しき反応が出たということです。状況的に考えて、この水筒に毒物が混入されていたと断定しても構わないだろう、というのが我々捜査陣の見解です」

紅林刑事の丁寧な説明を、志我少年は画像に見入りながら聞いている。

紅林はまた別の画面を出しながら、

「そして、こちらが脚部を切断したと思われる道具です」

写真は、両刃のノコギリだった。特に珍しくない形の、普通の大工道具だ。

「遺体の足元、といっても足はないのですが、湯船の近くの床に置いてありました」

紅林が云うと、すかさず志我少年は、

「指紋はどうでしたか」

「ノコギリから残留指紋は検出できませんでした。きれいに拭き取ってあったからです。ただ、刃のほうには脚部を切断した痕跡が残っていました。血痕や脂、人体の組織、筋繊維など、だいぶお湯で洗われて消えかかっていましたが、これらははっきりと検出されたそうです。それから、水筒の指紋も被害者のものしか付着していませんでした。蓋からも本体からも、被害者一人分の指紋しか出ておりません」

説明を終えたようで、紅林はタブレットをしまい始める。そこに声をかけて木島は、

「この場所で毒死して、ここで足を切断された。ということでいいんですね」

「我々はそう見ています」

答える紅林に、今度は志我が、

「何か遺留物はありましたか」

「特に見つかっていません。犯人を特定できそうな残留物は何も発見できませんでした。被害者の遺留品ならば、バスローブにバスタオル、スマートフォンがそこの棚に置かれていました」

と、紅林は、階段を下りたところに設えられた木の棚を指さした。

「被害者が入浴する際に置いたのでしょうね。他に注目すべき点は、特にありません。床はほとんどお湯で流されて、何も残っていない状態でした。犯人の痕跡はすべて洗い流されてしまったわけです。浴場という特殊な現場のせいで、我々としては始めから大きくアドバンテージを失っていると云えるでしょう。ああ、それから、あまり関係ないかもしれませんが、脚部切断面はあまりきれいではなかった、とこれも監察医の先生の見解です。素人が強引にノコギリで切ったのがよく判る、との先生の弁です。少なくとも外科的な知識や経験のある者の手際とは見えないそうです」

そうやって切断した下肢を持って行って、龍神湖の岸辺に並べたわけか。と、木島は考える。何のために、わざわざそんな手間のかかることをしたのだろう。やはり見立てを完成させるためにか。しかし、そうまでして脛斬り姫の伝説になぞらえることに、何の意味があるのだろう。犯人の意図が摑めない。

志我少年が唐突に、

「ところで、紅林さん、繋げてみましたか」

と、尋ねた。

「はい？」

紅林はきょとんとしている。そんな相手の反応に構わず、志我は、

「死体と脚部、繋げてみましたか、と聞いているんです。切断面は合致しましたか。よもや足だけは、ここで発見された門司重晴氏のものではなかった、なんてことはないでしょうね」

「いや、まさか」

と、紅林刑事は目を白黒させて、

「間違いなく本人の足です。監察医が確認していましたから」

「そうですか、そこまでトリッキーな事件ではないんですね」

と、涼しい顔で云う志我少年に、木島は問いかけて、

「別人の足の可能性もあった、と云いたいのかい。もしそうなら」

「被害者は二人、ということになりますね。門司重晴氏と、足の持ち主の二人。でも、今回はそこまで複雑じゃないみたいです。ちょっと残念ですね。事態が錯綜してたほうが解決のしがいがあったのに」

と、子リスみたいな前歯を見せて、志我は無邪気に笑った。かわいらしい顔をして怖いことを云う少年探偵である。

＊

急勾配の、梯子段みたいな階段を、えっちらおっちらと上がった。

苦心してリビングに戻ってきた。

やれやれ、死体と直接のご対面は免れた、と木島がほっとしながら向こうを見ると、人影があった。リビングスペースの奥のダイニング、そのさらにあちらのキッチン。そこで男が一人、ごそごそしていた。刑事の一人かと思ったけれど、少し挙動が不審だ。紅林の顔を見てびくりとしている。

「門司さん、あまりうろつかないようにお願いしたじゃないですか。できるだけ自室で待機していてくださいと」

紅林刑事がしかめっ面で云うと、相手の男は決まり悪そうに、

「いや、すみません、ちょっとこれをね」

と、コーラの缶を掲げて見せてくる。

「部屋に一人でいると、どうにも気が滅入って。気分転換にと思って」

言い訳するかのようにごにょごにょ云う男は四十歳くらいだろうか。背は高いが、貧弱な印象の男だった。顔立ちが、さっき写真で見た被害者と似ている気がする。もっとも被害者とは違って、ふにゃっと気が抜けた顔で、写真の顔から二枚目要素を差し引いたみたいな感じだ。

紅林が紹介してくれて、

「こちらは被害者の弟さんで、門司清晴《きよはる》氏です」

ああ、道理で似ているはずだ。と、木島は納得した。ただ、体格はまったく違っている。被害者は写真でも判るほどがっしりとした筋肉質だったけれど、この弟のほうは痩せこけて情けない体つきだ。

「いやあ、申し訳ない。これがないとどうにも落ち着かなくって」

と、門司清晴は、缶のコーラをぷしゅっと開ける。それをぐびぐびと飲んで、手の甲で口元を拭いながら清晴は、

「それで、刑事さん、こちらの二人は？」

と、木島達を不思議そうに見て尋ねる。気になるのはもっともだろう。中学生にしか見えない少年探偵は、殺人の捜査の場には不似合いだ。

「東京の警察庁から出向してきているお二人です。我々の手伝いをしてくれています」

紅林刑事は真っ正直に答えている。

「へえ、こんなに若いのに？」

清晴は目を丸くする。若いというより、幼いのだが。

しかし、志我少年探偵はまったく気にしたふうでもなく、

「紅林さん、弟さんも昨夜からここにいらしたんですか」

「ええ」

「だったら事件関係者ということになりますね。清晴さん、でしたね、ちょうどいい。少しお話を伺ってもよろしいですか」

志我は愛想よく云う。その外面の良さが功を奏したのか、

「構わないよ、どうせすることもないし。話でもしていたほうが気が紛れるだろうしね」

と、コーラの缶を持ったまま、清晴はリビングのスペースに移動してきた。

それで座って話すことになった。門司清晴が窓に面したソファに座り、志我少年と木島がそれに向き合って並ぶ。紅林刑事は審判みたいに、木島達と垂直に位置するソファに腰かけた。

木島は一応大人の社会人として、儀礼的に、

「お兄さんのこと、残念でした。お察しいたします」

深々と頭を下げる。

「これはご丁寧にどうも。いや、しかし信じられませんよ、兄があんなことになるなんて。頑健なのが自慢で、百まで生きそうだったんですが。私も未だに実感が湧きません」

と、門司清晴は、しょんぼりと肩を落とした。

「少し強引なところはありましたが、頼りがいのあるまっすぐな気性の男でしたよ。気骨があって、裏表のない性格でね。身内の私が云うのも何ですが、亡くなるには惜しい好人物でした」

しんみりと語った清晴だったが、しかし無理をした作り笑いを顔に浮かべると、

「いや、失礼、湿っぽくなってしまいましたね。それで、私は何を話せばいいんですか」

木島がどう切り出そうか迷っていると、志我少年が横からさっさとイニシアティブを攫《さら》っていって、

「まず、昨日の経緯をお聞かせ願えますか。僕達はまだ事件の前後関係を何も知りませんので」

やけに大人びた喋り方の少年探偵に鼻白んだのか、門司清晴は少し戸惑った様子だったが、快く、

「警察の人には何度も話したことだけど、まあ、構わないよ。ちょうどいい退屈しのぎだ」

と、前置きしてから、

「昨日は、兄の会社の慰労バーベキュー会があったんです。兄が会社を経営していたのは知ってるかな？　その中で功績のあった社員を別荘に招いてもてなすという主旨でね、高級な肉をたら

ふく食べてもらおうという企画でした。兄はそういうのが好きでね。しょっちゅうそんなことをやっていた、会社の人を招待してね。昨日も、社員九人を招いてのバーベキュー会ということになった。車を五台連ねてここへやって来ました」

「皆さん東京の人ですか」

志我少年の、タイミングの間合いがうまく計算された質問に、清晴はうなずき、

「そうだよ」

「出発の時間は？」

「向こうを出たのが昼すぎ。私も、兄の目黒の自宅を正午頃、一緒に出発した。食材やら飲み物やら荷物が多いからね、主催側は一旦目黒のほうに集まったんだ。あちこちで他の車と合流しながらこっちへ向かった。着いたのは午後二時頃。と、こんな感じでいいのかな」

「結構です。整理されていてとても聞きやすいです。お話がお上手なんですね」

と、志我少年は、あくまでもにこにこと愛想よく云う。外面がよくて相手を持ち上げるのもうまい。

「いやいや、君のほうこそ一端《いっぱし》の刑事みたいだ。質問が堂に入っている」

と、清晴は少し笑って、

「それで、着いてから、社員さん達ゲスト側はそこからそれぞれ遊びに行った。龍神湖まで散策に行く者、兄自慢の大浴場で露天風呂気分を楽しむ者、上の広場でレジャーチェアを広げて昼寝をする者。男ばかりの九人で女っ気はなかったけどね、それでも皆、楽しんでいたようだった。我々ホスト側はバーベキューの用意だ。そこのキッチンと地上の広場を何往復もして、階段を上

がったり下がったりで大わらわだったよ」

広場というのは、今は警察車輌でいっぱいのあのだだっ広い空間のことだ。あそこならばバーベキューを楽しむスペースも充分にあることだろう。花火をするのにもいいかもしれない。野郎ばっかりで楽しいかどうかは措いておいて。

そして清晴は、この別荘の構造を解説してくれる。

この建物が、広場の奥の岩盤の斜面にへばりつくように作られていることは、さっき紅林刑事にも聞いた。

清晴によると、別荘は四階層で構成されているという。一階は地上にある、例の玄関だ。畳二帖ほどの広さしかない、あのコンクリートの物置みたいな建物。そこから階段を下りたところが地下一階。ここには客室が三部屋並んでいるらしい。さらに一階下がったところが地下二階。このリビングのスペース、ダイニングやキッチンがある。さらに客室が二部屋、リビングの隣に並んでいるという。この地下二階が一番面積が広いようだ。そして、さっき下りて行った地下三階が大浴場。別荘の持ち主だった門司重晴氏ご自慢の、また最期の時を迎えた浴室である。

地上の玄関から地下三階の浴室まで、この別荘は四階建てということになる。もっとも崖の岩盤にへばりついていて、重量は岩場に預けているわけだから、四階建てという表現が妥当かどうかは判らないけれど。

なんでも温泉の湧く岩盤の洞穴が地上から随分低い位置にあって、その自然の空間をどうしても浴室に改装したいという主の要望で、こうした変則的な建物になったということだ。

水仕事のできる設備が地上にはないから、バーベキューの準備のために、この地下二階のキッチンと上の広場を何往復もしなくてはならなかった、というのが清晴の説明だった。

「重晴さんも準備に参加したんですか」

志我少年の質問に、清晴は苦笑して首を振り、

「兄はそういうことはしないんだ。ゲストをもてなして、率先して龍神湖までハイキングに行ったよ」

「では、準備をしたのは誰と誰でしょうか」

「事件関係者だね、警察の人に云わせると」

と、清晴は少し皮肉っぽい云い方をして、

「準備をしたのは身内だ。まず私。別荘の主人の不肖の弟。そして兄の奥さん、真季子《まきこ》さん。支度は主にこの真季子さんの陣頭指揮の下に行われた。何せ女性は義姉一人だったから。次に、兄の会社の一谷《いちたに》さん。この人は兄の腹心というか補佐役というか、いってみれば懐刀みたいな人だね。兄が一番信頼している部下。彼は身内同然に扱われているから、バーベキューの準備にも当然駆り出された。もう一人は白瀬《しらせ》くん。訳あって兄の目黒の自宅に下宿している大学生、いや、学生じゃなくてもう院生か。準備したのはこの四人だな」

木島はすかさずメモを取った。

門司清晴　　被害者の弟
門司真季子　被害者の妻
一谷　　　　被害者の一の部下
白瀬　　　　被害者宅の下宿人

とりあえず、この四人が関係者ということか。もしかしたら捜査一課が容疑者候補として見ているのも、この四人かもしれない。

そんなことを考えているうちにも、清晴の話は続いている。

「そしてバーベキューが始まりました。時刻は午後五時。食事には少し早いのかもしれないけど、呑み助達に云わせると、ビールを開けるのにはちょうどいい時間らしい。ゲストの社員さん達はひたすら呑んで食って、私はひたすら肉を焼き続けましたよ」

「清晴さんは完全にホスト側なんですね」

木島は尋ねてみた。あまり高校生ばかりに働かせるのも、大人としてどうかと思ったのだ。向いているとは到底思えないこの仕事だが、少しは参加しないと給料をもらっている手前、申し訳がない。その質問に清晴はうなずいて、

「そう、身内だからね、もてなし側ですよ。少しはお客さんとも喋ったけど、えーと、石川《いしかわ》さん、久野《くの》くん、八巻《やまき》くん、といったかな、三人くらい」

その云い方に違和感を覚えた。まるで部外者のような口ぶりだったからだ。

「あれ？　清晴さんはお兄さんの会社の社員ではないんですか」

木島が云うと、清晴は片手をぱたぱたと振って、

「いやいや、違います。私はまったく別の、小さな会社でしがないサラリーマンをやっていますよ」

「あ、そうなんですね」

準備を手伝っているから、てっきり会社内の人なのかと思い込んでいた。木島は先入観に囚われていたようだ。

「ちなみに、どんな会社ですか」

「文房具の仲卸業です。オフィスや学校なんかの大口の販売先には仕入れもしますけど」

全然別の業種だった。

「続けますね。バーベキューがお開きになったのが午後九時前、八時四十分か四十五分か、そのくらいです。ゲストはそのまま車で帰りました。酒がまったくダメな人が三人ほどいて、彼らが運転手役ですね。九時頃、三台の車に分乗して九人全員、東京に戻って行きました。我々ホスト側は後片付けです。準備の時と同じように、地上とそこのキッチンを往復しててんやわんやでしたよ」

清晴が云うと、紅林刑事が片手を上げて、

「失礼、ここでちょっと口を挟ませていただきます。例の毒入り水筒ですが、あれが用意されたのもこの時間でした。水筒にスポーツドリンクと氷を入れた。被害者の奥さん、真季子さんがそれを準備したそうです。彼女の証言によると、それが片付けを始める直前、九時五分頃だったらしい。そしてこのリビングのテーブルに置いた。今、我々が囲んでいるこのローテーブルです

ね。そうすると、大浴場に下りる重晴氏がそれを持っていく、いつもそうした段取りだったそうです」
　その報告を聞いた木島は、
「お兄さんは片付けを手伝わなかったんですか」
　尋ねると、清晴はちょっと笑って、
「まさか。兄がそんなことをするはずがないと云ったでしょう。こういう時、兄は王様ですから
ね。片付けなど我々家臣の仕事です。主人は下々の雑事などには関心がないものですよ。一人悠
然と風呂に下りていって、筋トレに励む」
「筋トレ？」
「兄は筋トレマニアでしてね。スポーツジムを何軒も経営しているくらいで、筋肉至上主義でし
た。といっても、ボディビルのような見せる筋肉とは違う、実用的な使える筋肉を磨く、という
のが兄のモットーでした。私にはその違いがよく判りませんでしたが」
　と、清晴は、細い腕で薄い胸板を撫でて、
「自宅にも筋トレマシン専用の部屋がありましてね。私もしょっちゅう誘われるんですが、その
たびに逃げ回っていましたよ。訳の判らないごついマシンが並んでいて汗くさくって、あんな部
屋には五分といられたもんじゃありませんから。でも兄はそんな部屋に籠もって黙々と鍛えてる
んです」
　理解できない、とばかりに清晴は肩をすくめて、
「ここでもそうです。さすがに専用部屋は作れなかったみたいですが、その代わり、大浴場で全

裸筋トレですよ。洗い場で腹筋、背筋、スクワット。たっぷり汗を流して温泉に飛び込む。さっぱりしたらまた洗い場に出て、筋トレ筋トレまた筋トレ。変な趣味でしょう。そうやって暇さえあればトレーニングしている。風呂に浸かって体をほぐしてから筋トレ、喉が渇いたら水筒のスポーツドリンクで水分補給。その繰り返しです」

昨夜は、そのスポーツドリンクに毒が混入していたわけだ。

「片付けは十時半頃に終わりました。我々がばたばたしているうちに、兄は下の浴場に下りて行ったみたいですが、私はいつ下りたのか知りません。見ていませんでしたから」

清晴の言葉に、紅林刑事が補足して、

「片付けに参加した四人とも、同様の証言でした。被害者が何時頃に大浴場に下りたのか、誰も確認していません。全員、片付けに忙しくて気がつかなかった、と証言しています。ただし、片付けが終わった時にはスポーツドリンク入りの水筒はこのテーブルからなくなっていましたから、片付けの最中に被害者が下りて行ったのは間違いないと推定されます」

片付けに参加した四人は、バーベキュー会場だった地上とこの地下二階のキッチンを、慌ただしく往復していたのだという。恐らく被害者は、たまたま誰もここにいないタイミングで大浴場に下りて行ったのだろう。

「片付けが終わったら我々はお役御免です。地上階の玄関に施錠して、皆でリビングに下りてきました。一休みしてから、各人ばらばらに自分に割り当てられた個室に戻った。兄が一泊するんで我々も付き合って泊まったわけです。と、昨夜の私の行動はこんなものですね」

清晴が締め括ると、志我少年が質問役を代わって、

「部屋に戻った順番を覚えていますか」

「いやあ、よく覚えていないね。刑事さんにも聞かれたんだけど、てんでに戻ったとしか記憶していないんだ。申し訳ないが」

清晴が頭を掻くと、横から紅林刑事が、

「証言をまとめると、最初に真季子夫人、二番目は一谷氏、次に白瀬くん、最後が清晴さんだったようです」

「うーん、私自身は全然覚えてないけど、他の人がそう云うんなら、まあそうなんだろうね」

志我の質問に、清晴は首を振って、

「記憶が定かでないのはお酒で酔っていたからですか」

「いや、私は下戸でね。覚えてないのは、ただぼんやりしていたからだろう。酔ってはいない。飲むのはこれ一本槍」

と、缶コーラの残りを飲み干して、

「兄も同じ。下戸なのは血筋かな。だいたい酒なんか呑んで風呂場で筋トレなんて危ないでしょう。さすがの兄もそこまで無茶はしない。素面《しらふ》だから筋トレに精を出してたわけだよ」

「お兄さんは大浴場から上がって来なかったんですよね」

志我少年が聞く。大浴場で毒入りスポーツドリンクを飲んで死んだのだ。上がって来るはずがない。当然、清晴もうなずき、

「そう、上がって来なかったね」

「片付けが終わって、皆さんが解散する時間になっても？」

「うん」

「変に思いませんでしたか」

「全然。何しろ兄の筋トレは長くてね。筋金入りのマニアだから。二時間でも三時間でもやっている。いつもそうだから、戻って来なくても誰も変だとは思わなかった。長い時なんて夜中までやってるくらいだし」

「清晴さんは大浴場には行かなかったんですか。バーベキューと後片付けで汗をかいたでしょう」

「いや、各部屋がバストイレ付きだからね。ユニットバスで狭いけど。兄の筋トレが始まったら、誰も近寄らないのが不文律だったよ。一緒にやれってうるさいから」

と、清晴は苦笑して、

「そもそも大浴場は兄が趣味で造った兄の城みたいなところがあったからね。遠慮して私達はあんまり使わないんだ。まあ、たまに兄がいないのを見計らって、こっそり浸かりに行くこともあるけど。南アルプスの大パノラマを眺めながらの温泉は格別だからね。兄が湖にランニングなんかに出かけると、そのタイミングでちょっと入らせてもらっていたものだよ。義姉なんかもそうしていたみたいだし」

「解散になってから、どうしましたか」

「もちろん寝たよ、特にすることもないし。ユニットバスで汗を流して、すぐに寝たね」

清晴が云うと、紅林刑事が、

「他のかたもそのまま就寝したと証言しています。夜中に変わったことは特になかったとのことです」

その報告に清晴はうなずいて、

「そう、そのまま朝になった。で、翌朝、今朝のことだけど、私は八時頃ここに来た。コーラが欲しかったから。他の皆も、ダイニングに集まって来ていたな、義姉と白瀬くんが朝食の用意をしてくれていて。それを揃って食べた。ところが九時を回っても兄が起きてこない。そろそろ起こそうと義姉が部屋へ行ったんだけど、怪訝そうな顔で戻ってきました。兄は部屋にいなくて、ベッドにも寝た跡がなかったそうです。まさか夜通し筋トレしていて、まだ続けているわけじゃあるまいな、と皆で不審に思って一谷さんが代表で下りて行った。それですぐに顔色を変えて戻ってきた」

「ご遺体を発見したんですね」

木島が云うと、清晴は顔をしかめて、

「そうです、まさかあんなことになっているなんて。大騒ぎになって警察を呼んで、もう大混乱でしたよ」

死体発見は九時。龍神湖で脚部が見つかったのが十時と云っていたな、と木島は思い出していた。

志我少年が冷静な口調で、

「少し整理させてください。ゲストの九人が帰ったのが昨夜の九時でしたね」

「だいたいそのくらいだ」

と、清晴がうなずく。

「被害者の奥さんがスポーツドリンクの水筒を用意したのがその直後、九時五分頃」

志我の言葉に、今度は紅林が、

「本人の証言ではそうなっています」

「毒はその水筒に入っていた」

「うん」

と、木島は首肯する。志我はちょっと小首を傾げると、

「ということは、九時にこの別荘を離れたゲスト九人には毒を混入する機会はなかったことになりますね」

「はい、捜査陣もそう見ています」

と、紅林刑事が云う。志我はなおも、

「では、残った人達にしか毒を入れる機会がない、と云えます」

「多分、そうだね」

と、木島は肯定して、

「外から何者かが忍び込んだんじゃなければ」

そう云うと、清晴が首を振って、

「いやいや、そりゃ無理でしょう。片付けの時は我々が引っ切りなしに地上とキッチンを往復していたんですよ。不審な人物が入って来たりしたら、すぐに見つけます。ここの出入り口は一階の玄関しかないんだから」

となると、ますます関係者が怪しくなってくる。木島はメモに目を落とした。

門司清晴
門司真季子
一谷
白瀬

この四人の容疑が強くなったというわけか。木島がそう考えていると、志我少年がさらに確認して、

「奥さんは九時五分に、このテーブルに水筒を置いた、と云いましたね」

「そう証言しています」

と、紅林刑事が応じる。

「見ましたか、ここに置いてある水筒を」

志我は清晴に質問を放つ。しかし、相手は顔をしかめて、

「それが、思い出せないんだよ。片付けに手一杯で、多分見ていないんじゃないかな。見た気もするけど、他の日と記憶がごっちゃになっているかもしれない。いつもの習慣だから。義姉は、頃合いになると水筒を用意してここに置く。兄は自室でバスローブに着替えて、携帯電話だけ持って大浴場に下りて行く。その時、ひょいっと水筒を持っていくんだ。いつもそうしているからね。さっき刑事さんが云ったように、昨夜もきっとそうしたんだと思う」

「ひょいっと持っていった時には、もう毒は水筒に入っていたんですね。つまり犯人が毒物を混

入したのも、ここに水筒が放置してあった短い時間の間だったということになります。後片付けで皆さんがごたごたしているのに乗じて、犯人は水筒に毒薬を放り込んだんですね。もっとも、奥さんがスポーツドリンクを用意した時に入れたのなら話は別ですが」

と、志我少年は最後に物騒なことを付け加えて云った。

木島はメモ帳の次のページにタイムテーブルを書いてみた。

2：00　別荘に到着
5：00　バーベキュー開始
8：45　バーベキュー終了
9：00　ゲストの車出発
9：05　真季子、水筒を用意。リビングのテーブルに置く　後片付け開始
（この直後、犯人が毒物を水筒に混入か？）
（門司重晴、水筒を持って大浴場へ下りる）
（死亡推定時刻　9：00〜11：00）
10：30　後片付け終了　関係者各自自室へ　就寝
（深夜、犯人は大浴場へ、脚部切断）

最後の一行は木島の考えに基づく推測である。さすがに関係者達が起きている時間帯に、大浴場まで下りて足を切ることは誰にも不可能だろう。従って犯人は、皆が寝静まった夜中に足を切

断したと考える他はない。

木島は一応、清晴に尋ねてみて、

「夜中に何者かがこの別荘に忍び込んできた可能性はあるでしょうか」

「ないでしょうねえ。片付けが終わってすぐ、私が一階の玄関の鍵をかけましたから。誰も入って来られませんよ」

清晴は断言する。

となるとやはり、関係者四人のうちの誰かが、深夜にこっそり大浴場に下りて、足の切断を実行したことになる。

どうやら容疑者は絞られたようだ。

志我少年も独自の視点から清晴に質問をして、

「ところで、龍神湖の脛斬り姫の伝説はご存じですか」

「ああ、あの兄の足が見つかった場所がどうこうという一件だね。伝説はもちろん知っているけど、何の関係があるのやら」

と、清晴は眉をひそめて、

「ここの別荘の管理を任せている地元の老夫婦がいてね。五十畑《いそはた》さんというんだけど、元は農家で、引退してからこの別荘地で何軒か管理の仕事をしているんだ。別荘の持ち主は毎日来るわけじゃないからね、滞在していない期間は掃除をしたり建物に風を通したり、ここの場合だと温泉のメンテナンスとかも、その老夫婦にお願いしている。伝説はそのおじいちゃんに聞かされたよ。昔からこの近辺に伝わる昔話だと」

「その脛斬り姫の伝承に見立てて足が発見されているんです。何か心当たりはありませんか」

「刑事さんにも聞かれたけど、さっぱりだね。兄とそのお姫様には何の共通点もなさそうだし、そもそも兄は昔話なんかにはまったく興味のないタイプだったし。何の繋がりがあるのか、まったく判らない」

「では、思い当たる節はないんですね」

「全然。犯人が何のつもりでその見立て、というんですか、そんなことをしたのか、まるで意味不明だよ」

　清晴が答えると、志我少年は丁寧にお辞儀をして、

「とても参考になるお話の数々、どうもありがとうございました」

「いやいや、喜んでもらえたなら何よりだ」

　高校生に礼儀正しく頭を下げられ、清晴もまんざらでもなさそうだった。

　木島も、随分助かった。清晴の証言のお陰で、事件の経緯はだいたい摑めた。容疑者が極めて少ないことも判明した。

　木島は少年探偵に向き直って、

「次はどうするの？」

「警察が重要な容疑者として身柄を拘束している人物がいるはずです。いわゆる重要参考人ですね。その人の話を聞きたいと思います」

「どうしてそれを」

　と、紅林刑事がびっくりしている。木島も驚いて、

「そんなこと紅林さんは一言も云っていないよ」

少なくとも木島は聞いていない。

「もちろん紅林さんに教えてもらったわけではありませんよ。でも判るんです。勒恩寺さんならばきっとこう云うんでしょうね。俺の論理がそう告げている」

と、少年探偵はにっこりと笑った。無邪気な、子供みたいな笑顔である。

「どんな論理でそんな結論が出るんだい」

木島が聞くと、志我は笑いを納めて、

「別に難しいことじゃありません。簡単な推論です。だって、容疑者がある程度絞られているでしょう。なのにそのうちの一人のはずの清晴さんはこうして自由に動き回っています。警察の監視の目もなく、呑気にコーラを飲みにふらついている。これは他に誰か容疑の濃厚な人がいて、捜査陣の取り調べがその人に集中していることの表れとしか思えません。そうでなければ清晴さんにもべったりと監視役がついているはずですから。でも清晴さんは刑事さんを引き連れていない。だから警察が誰か一人を強く疑っていて、付きっきりで尋問している最中なんだろうと思ったわけです。ね、簡単でしょう」

そう云って志我少年は、また屈託のない笑顔を見せた。

＊

リビングから一階分上がった地下一階。その中央の部屋が目指す部屋だった。

ドアをノックすると、入り口を細く開けて顔を出したのは熊谷警部だった。捜査責任者の、堂々たる恰幅の刑事である。

熊谷警部は一瞬、露骨に迷惑そうな顔を見せたが、すぐに取り繕って、

「おや、どうしましたか、特専課の皆さん」

と、完全にとぼけて云った。

「いえ、あの、この部屋にいる人物に話を聞きたいのですが」

木島は語尾が萎んでいくのを自覚していた。叩き上げらしい貫禄のある警部を前にして萎縮してしまった。特殊例外事案専従捜査課に所属していても、自分がこの仕事に向いているとはまったく思っていない。自信のなさがこういう時に、如実に表れる。

「申し訳ないが我々は忙しい。ご遠慮いただけると助かりますな」

と、熊谷警部はドアを閉めようとする。それを必死に押しとどめて木島は、

「いや、でも、誰か取り調べを受けているんですよね」

「そうですが、それで忙しいと申し上げているのです」

「ですから、あの、その相手を警部さん達は疑っているんでしょう」

「それは捜査上の極秘事項です。ですからお引き取り願えますか」

熊谷警部はきっぱりと拒絶して、話が進展しない。為す術もない木島に業を煮やしたのか、後ろから志我少年が、

「でも、警部さん、それだと僕、困ってしまうんです。事件のレポートを警察庁に提出しなくちゃいけないんで。警部さんに断られたなんて書きたくないんですよ。何だか告げ口するみたい

で気が引けるから」

あくまでも愛想よく、にこにこと云った。無垢な笑顔だけど、はっきり云って脅迫である。熊谷警部はちょっとだけ逡巡した後、

「ま、いいでしょう、少しだけですよ」

と、ドアを大きく開いた。県警の上層部に因果を含められているのを思い出したらしい。というか、志我が無理に思い出させた。少年探偵、かわいらしい顔をして結構腹黒い。

入室を許された。紅林刑事も伴って、三人で中に入った。

部屋の中央で椅子に座っている人物が、目に飛び込んできた。ちょっと目を引く容姿をしていた。

木島と同じくらいの年回りだろうか。顔立ちがとても整っている。耽美画の中から抜け出してきたみたいな、中性的な美しさだった。男性を表現するのにはおかしいのかもしれないけれど、どこかたおやかな雰囲気がある。長い睫毛が愁いを帯びた瞳に影を落としている。儚げで、蜻蛉《かげろう》みたいに薄幸そうな印象の青年だった。

そのたおやかな若者は著しく困惑している様子だった。

己の置かれた立場に納得がいっていない、というか、こんなことになった運命に茫然としている、というか、困り果てている顔つきだ。

例の黒豹みたいに精悍な刑事と狼のごとく迫力のある刑事に、両脇に立たれているプレッシャーのせいばかりではないようだった。

木島は一歩進み出て、

「警察庁特殊例外事案専従捜査課の木島といいます。こちらは手伝いの志我くん。よろしくお願いします」

説明がややこしくなるから、手伝いということにしておいた。中学生に見える少年のほうがメインの探偵で、自分がただのおまけだと、呑み込んでもらうのは煩雑すぎる。

儚げな青年は、困惑顔をこちらに向けてくる。

「白瀬です、白瀬すぐる。直角の直、一文字ですぐると読みます」

「お困りのようですね」

木島が水を向けると、

「警部さん達は僕がおじさんを殺したと思っているようなんです。そんなはずがあるわけないのに」

門司家の下宿人、白瀬直青年は、ほとほと困ったという顔で答えた。

木島は振り返って、熊谷警部に尋ねる。

「彼に容疑がかかっているんですか」

「特専課さんに隠し立てしても仕方がない、正直に云いますよ。答えはイエスです。現在最も重要な参考人として、白瀬さんにはお話を伺っております」

答える熊谷警部に、白瀬直は困ったように、

「柔らかい表現で誤魔化すのはよしてくださいよ。厳しく取り調べていると正確に云ってほしいですね、こんなところに軟禁状態で」

「そこはまあ、解釈の違いですな。我々はあくまでも捜査に協力していただいているだけのつも

りなのですが」

ぬけぬけと、熊谷警部は云う。さすがに老練な捜査官だけあって、なかなかのタヌキだ。

志我少年が無邪気な様子で、

「警部さん、疑っている理由は何でしょうか」

「特専課さんにも得心できるように説明しましょう。いいですか、門司重晴氏は毒殺された。ヒ素と思われる毒物がスポーツドリンクの水筒に混入されていたのです。タイミングを考えると、毒の混入が可能だった人物は限られている」

さっきリビングで木島達もそう話し合った。

「容疑者候補の中で、被害者の妻、門司真季子夫人は専業主婦。弟の門司清晴氏は文具卸し業の会社員。部下の一谷英雄氏は、被害者と同じ会社なのでスポーツジムとスポーツバーの経営に携わっている。毒物を容易に入手できるような職業の者は一人もおりません。対して白瀬さん、あなたの今の社会的ポジションはどうなっていますか。ご自身の口からどうぞ」

促されて、白瀬直は困惑しきった様子で、

「東央大学薬学部薬学科修士課程一年です」

さあどうだ、と云わんばかりに熊谷警部はこちらに向き直ってきて、

「お判りですね、一目瞭然ではないですか。毒物、劇薬の類に日頃から慣れ親しんでいるのは彼しかいないのですよ」

「いや、しかし、それだけで」

木島の言葉は途中で遮られる。

「それだけで充分でしょう。それとも何ですか、特専課さんは一般の家庭の主婦や文具を扱う会社の社員が、簡単に劇薬を入手できるとでもおっしゃるのですか。それもヒ素ですよ。誰でも彼でも取り扱える物ではない。そんな劇物を入手するには、それ相応の立場が必要なのですよ」

熊谷警部の云うことも実にもっともだ、と木島も困惑してしまった。シンプルな理由だけに説得力がある。警察が疑念を持つには充分なのかもしれない。

白瀬直は、さらに困り切った様子で木島に向かって、

「警察庁のかたださうですね、聞いてください、これは何度も警部さん達には云っているんですが、僕には動機がない」

「またその話ですか」

と、熊谷警部はうんざり顔だ。しかし白瀬は云い募り、

「聞いてください、僕の生い立ちです。僕の母は僕が生まれるとすぐに亡くなりました。元々体が弱かったとかで、出産に体が耐えられなかったそうです。それからは父と、親一人子一人でした。父が一人で僕を育ててくれました。しかし中学一年の夏、父は交通事故で呆気なく他界しました。電柱にぶつかる自損事故で、僕は天涯孤独になってしまいました。親戚がいないわけではないんですが、つき合いはほとんどありません。育ち盛りの中学生を引き取る経済的余裕のある親類はいなかったようです。そんな時、救いの手を差し伸べてくれたのが門司のおじさんでした。父はおじさんのビジネスパートナーで、元々スポーツジムの経営立ち上げも二人でやったそうなんですね。事故に遭ったのも、ジムの経営を拡張している最中だったらしい。二人は親友でもあったんです。真季子おばさんとの間に子供がいなかったおじさんは、積極的に申し出て僕を

引き取ってくれました。役所の書類上はどこかの親戚の扶養に入っているみたいですけど、実質的に下宿させてくれて養育してくれたのは門司のおじさんです。親友の息子の僕を、実の子のように育ててくれた。大学にも行かせてくれて、院に進むのを後押ししてくれたのもおじさんです。僕にとっては恩人です。親代わりといってもいい。そんなおじさんを、僕が手にかけると思いますか。二人目の父と慕うおじさんを、殺す動機が僕にはないでしょう」

滔々《とうとう》と語った白瀬青年に、白けた目を向けた熊谷警部は、

「表面上はそうかもしれない。しかしね、人間はそう単純に割り切れるものでもないんでね。傍目にも睦まじい夫婦が、内心では殺したいほど憎み合っていた、なんて事例は職業柄何度もお目にかかってきた。実際に殺しにまで発展した例も山ほど」

「僕の場合はそんなことはありません」

「果たしてどうでしょうね」

と云ってから、警部はこちらに顔を向けて、

「とまあ、さっきからこの堂々巡りをやっているわけなのですよ。我々の重要参考人は強情で、なかなか口を割ってはくれない」

白瀬も木島に訴えかけてきて、

「木島さん、よく考えてみてください。そんなことがあるはずはないんですが、もし万一、僕が殺人を企てるとしても、安易に毒物などを使うと思いますか。どうです。薬学部の僕が毒殺なんて手口を使ったら、まっ先に疑われるのは目に見えています。殺人現場に名刺を置いてくるようなものでしょう。だから絶対にやりませんよ。毒物を使って疑われるなんて、あまりにも愚かで

しょう。僕はそんなことはしません。信じてください、木島さん」

なるほど、本当だ、と白瀬の言葉はすとんと腑に落ちた。確かにもっともである。さっきの警部の主張がくるりと反転して、白瀬の訴えのほうがすっきりと首肯できる。薬学部の院生が毒物で殺人を企てたりしたら、まっ先に疑われるに決まっているではないか。現にこうして、重要参考人として拘束されてしまっている。犯人ならば、こんな間の抜けた展開は避けるはずである。

納得できた。白瀬青年はシロだ。やっていない。木島はそう確信した。薬学を学んでいる人物が毒殺に手を染めた、などという安直な話を信じられるはずがない。

しかし、警部はやれやれと大儀そうに、

「真犯人に限ってそういう云い逃れをするものです。経験上、判ってるんだ」

「でもそうでしょう。犯人ならば僕は毒殺なんてするはずがない」

「いやいや、普段から扱い慣れている物を凶器に使う、これはよくあることなんだよ」

「そんな判りやすいことはしませんよ」

「するかもしれないでしょう」

熊谷警部と白瀬青年の云い合いは平行線を辿る。

木島には、どうも警部は経験に頼りすぎて頭が凝り固まっているように感じられる。素直に考えれば、白瀬の主張のほうがすんなり呑み込める。

どうやら今回のミッションは、真相を解明することでこの無辜《むこ》の青年を冤罪から救うことらしい。これまでより随分前向きな気分になってきた。若輩といえども警察庁の末席を汚す立場としては、冤罪を見過ごすことはできない。

横を見ると、ずっと黙って聞いていた志我少年も、何か決意に満ちた顔つきになっている。

木島はこっそり、耳打ちして、

「犯人、見つけないと」

「判っています」

短く応じて、頼もしい少年探偵は凜々しい横顔を見せていた。

＊

紅林刑事に案内してもらって、関係者達を訪ねることにした。

部屋割りも彼に教わった。地下一階の三つ並んでいる部屋のうち、まん中が今いた白瀬直の部屋である。そして、階段から見て右の奥が真季子夫人の部屋。左手奥が門司重晴氏の部屋だった。さらに、階段を下りた地下二階の、リビングの並びの二部屋が、門司清晴と一谷英雄に割り当てられた部屋だということだった。もちろん、昨夜泊まったのもそれぞれその個室である。

現在は各自、自分の部屋で待機するよう、警察に要請されているという。

即席の取調室になっているまん中の部屋を出た木島達は、階段から見て右側の廊下を進む。途中、また二人の刑事とすれ違った。少年探偵を見て怪訝そうな表情を浮かべている。それでも熊谷警部の命令は行き届いているらしく、呼び止められるようなことはなかった。注目される志我少年自身は、至って涼しい顔だ。これも慣れているのかもしれない。

廊下の奥の扉をノックした。

「はい」

と、か細い返事があって、ドアが開く。目を腫らした女性が顔を出した。被害者の妻、真季子夫人だ。

泣いていたようで、目の周りと鼻の頭が少々赤い。メイクも少し崩れている。年は四十すぎくらいだろうか、目鼻立ちのくっきりした美人だった。泣き腫らした目でなければ、さらに際だった華麗さだったことだろう。

「あら、刑事さん、こちらの子は？」

真季子夫人は開口一番、少年探偵に不思議そうな視線を向けて聞いてくる。目立つのだから、これは仕方がない。

紅林刑事は如才なく、木島を紹介して、

「こちらは警察庁の偉い人です。まだ若いですが、我々県警の刑事よりずっと上の立場の人なんですよ」

と、異様に持ち上げた。志我少年は人懐っこい笑顔で、

「僕はその偉い人の助手です」

ご婦人にアピール度の高い、かわいらしい顔で愛想を振りまく。どうやら志我も、助手ということにしておいたほうが面倒が少ないと判断したようだった。

真季子夫人は破顔して、

「あらまあ、かわいらしい助手さん。今はこんな子が警察の手伝いをしているんですの？」

「いや、その、警察というか警察庁というか、組織が特殊なもので」

と、木島がもごもごするのを、きっぱりと遮って紅林刑事は、

「失礼します、少しお話を伺ってもよろしいですか。こちらの警察庁のお偉いかたが捜査のために情報を必要としていますので」

現職の刑事が力強く云うので、木島のもごもごはどうにか有耶無耶になった。

「構いませんよ、どうぞお入りください」

真季子夫人が云い、木島達三人は部屋に招き入れてもらえた。

さっき白瀬の部屋ではよく観察する余裕がなかったので、木島はざっと室内を見渡した。全体的な印象は、ビジネスホテルの一室という感じだった。もちろん安いホテルより広々としている。ソファセットなどを置くスペースもある。しかし、何となく殺風景だ。多分、窓の外が曇りで、本来ならば見渡せる南アルプスの山々の絶景が望めないせいだろう。

亡くなった門司重晴氏とは夫婦なのにどうして別々の部屋なのかと思っていたが、実際に見て理由が判った。二人では手狭だし、何よりベッドがシングルサイズなのだ。部屋の広さからしても、ベッドを一台置くスペースしかない。ひょっとしたら、あの地上の玄関が小さくて、シングルベッドしか搬入できなかったのかもしれない。

とりあえず、四人でソファに向かい合わせになって落ち着く。

「このたびはとんだことで、お悔やみ申し上げます」

と、志我少年は、高校生とは思えない社交性を示して頭を下げた。子リスみたいな小動物系の顔をして、大人びている。

「お気遣いありがとう」

真季子夫人は、持っていたハンカチで目頭を押さえ、鼻をすする。

「まさか、あの元気な夫があんなことになるなんて」

木島も少年探偵に負けてはいられない。捜査を円滑に進めるために神妙な顔で、

「お気の毒でした。そのご主人についてですが、どんなかたでしたでしょうか」

真季子夫人は俯いたまま、

「そうですね、あっけらかんとして、それでいて精力的で、変な云い方ですけど、いい意味で筋肉バカ、というタイプでしたね。筋トレだけしてれば人生ハッピーっていう、何にも考えていないくらい陽気で明るくって。子供っぽいところもあったから、欲望には忠実でちょっとわがままなところもありましたね。図体ばかり大きいのに、元気な小学生男子がそのままおバカな大人になったみたいな人で」

言葉だけ聞くと辛辣なようだが、口調には哀惜の情が満ちていた。真季子夫人は本当に悲しそうに、

「それでも、私には優しかったんですよ。家事なんかはまるでダメでしたけど、いつでも笑顔で話しかけてくれて体調を気遣ってくれたりして」

と、またハンカチで目元を拭う。

しかし、油断はできない。と、木島は気を引き締め直す。容疑者リストを頭に思い浮かべる。白瀬青年を除けば、後は三人しか残っていない。

木島は居住まいを正して、

「こんな時に申し訳ありませんが、質問をさせてください。ご主人の無念を晴らすためにも」

「ええ、構いません。何でもお答えします」

真季子夫人が協力的で助かる。

「ご主人が毒殺されたことは警察に聞かされていることと思います。大浴場に持って下りた水筒に、毒が混入されていたことも」

「ええ、聞いていますわ」

「水筒のスポーツドリンクは奥さんが用意したのでしたね」

「はい、私がキッチンでドリンクと氷を入れて」

「それをリビングのテーブルに置いた、ということですね」

「そうです。夫はそれを持って大浴場に下りる。そういう習慣でした」

「失礼ながら、奥さんが水筒を用意する時に毒を入れた可能性があると、警察は勘繰るかもしれませんね」

「あらまあ、私はそんなことはしません。もしやったのなら、すぐに私がやったと判ってしまいますでしょう」

それもそうか、と木島は考え直す。さすがにそんな判りやすい手口ということはないだろう。

木島はメモを取り出し、タイムテーブルのページを開きながら、

「奥さんが水筒を用意したのは、お客さん達の車を見送った後、九時五分頃と聞いています。間違いありませんね」

「ええ。バーベキューの後片付けを始めるすぐ前ですから、そのくらいの時間のはずです」

真季子はうなずく。

これで水筒に毒が混入されたのは、午後九時五分以降ということになる。しかし木島は別の可能性も考えていた。これより前に、水筒に毒が入れられた可能性を模索しているのだ。そうすると九時に帰ったゲスト達も容疑者の輪の中に入ってくる。バーベキューの席は、酒も入って座が乱れたはずだ。その混沌の中、一人こっそり抜け出して、キッチンまで下りて毒を仕込むことはできなかっただろうか。

そう思い木島は、隣に座る志我少年に尋ねてみて、

「どうだろう、犯人があらかじめ毒物を水筒の内側に仕掛けていたとしたら。例えば、ゲル状の物質にヒ素を溶かし込んで水筒の中に塗りつけておく。何も知らない奥さんが、後になってその上からスポーツドリンクを注ぐ。この方法ならば、九時前に毒を入れたとも考えられないだろうか」

しかし、志我が答える前に真季子夫人が、

「いいえ、それはありません。犯人はその方法を使ってはいないと思います」

「どうしてそう云えるのですか」

尋ねる木島に、真季子夫人は、

「だって、私、ゆすぎましたから」

「ゆすいだ？」

「ええ、スポーツドリンクを注ぐ前、水筒をよく水ですすいだんです。先週から置きっ放しになっていたから、埃なんかが入っていると嫌ですので。きれいにすすぎました。もし毒が水筒の内側に塗ってあっても、私がすすいだ時に流れ落ちてしまったはずです」

なるほど、それではこの手口は不可能だ。いい手段だと思ったのだけれど。それにしてもこの奥さん、すぐにこうした受け答えができるところを見ると、なかなか頭の回転が速い人らしい。

木島は仕切り直して、

「では、こういうのはどうでしょうか。毒は氷のひとつに入っていた。犯人があらかじめ、毒入り氷を他の氷の中に交ぜておいたんです。奥さんはそうとは知らずに、それを水筒の中に入れてしまった。毒入り氷は大浴場で溶けて、毒がスポーツドリンク全体に回ってしまった。謂わば毒の時限爆弾ですね。これなら九時前に犯行の準備が整うでしょう」

すると今度は、紅林刑事が意見を述べて、

「それは厳しいと思います。キッチンの冷凍庫に残されていた氷は、鑑識がすべて調べています。不審な氷はひとつも発見されませんでした。もし木島さんの云う方法なら、毒入り氷は本当にひとつだけだったのでしょうね。それがピンポイントで水筒に入れられると、犯人は計算できたでしょうか。奥さんの行動をよほどうまく誘導しないと、たったひとつの毒入りを水筒に入れさせることなどできないと思うのですが。そんな好都合にいくものか、甚だ疑問に感じます」

「私、そんなふうに誘導された覚えはありませんわ。氷だってバーベキューで飲み物に使った残りを、大袋から適当に取っただけです。ですから、本当にランダムに選んだのですよ。それがたまたま当たりだったなんて、偶然が過ぎると思います。犯人がそんな偶然に頼るでしょうか」

真季子夫人にも否定されてしまった。氷混入説も却下だ。とすると、事前に水筒に毒を仕込むのはやはり不可能なのだろうか。毒は九時五分すぎ、リビングのテーブルに水筒が放置されていた時に混入されたと見るのが、やっぱり正しいのか。

そうなると九時に帰ったゲスト達には毒を入れる機会はなくなる。ではやはり、残った内部の人間が怪しいと考えるしかなくなる。容疑者リストをまた思い出す。該当者は少ない。

それはひとまず措いておいて、木島には気になっていることがもうひとつある。

「奥さんは脛斬り姫の伝説をご存じですか」

質問すると、真季子夫人はゆったりとうなずいて、

「主人の足が湖で発見されたというあの話ですね」

「はい、その元のモデルとなった昔話です」

「聞いたことがあります。ここの管理をしてくれているお年寄りのご夫婦がいましてね、五十畑さんというのですけど、そのおばあちゃんが聞かせてくれました。龍神湖にまつわる伝説で、この近辺では有名だとかで。きれいな湖なのに、悲しい伝説があるんですのね」

「ご主人の両足はその昔話に見立ててありました。奥さんは、その件について何か心当たりはありますか」

「それ、警察の人にもしつこく聞かれましたわ。でもおあいにくですね、私は何も思い浮かばなくって。夫は龍神湖の伝説にはまったく関心がない様子でしたし、脛を切られてお姫様になぞらえられていたというのでしょう。あの筋肉バカがお姫様って柄でもあるまいし、どうしてそんなふうにされていたのか、まったく判りません」

「繋がりはありませんか、ご主人と」

「ええ、全然。犯人が何のためにそんなことをしたのか、私にはさっぱり」

「そうですか」

残念。身内に聞けば何かヒントくらいは摑めるかと期待していたのだが、空振りだったようだ。

ちょっと落胆する木島の隣で、いきなり志我少年が発言する。

「古来より毒は暗殺に使われてきました。中世から近世にかけての欧州の王侯貴族の歴史は、また暗殺の歴史でもありました。権力闘争に明け暮れていた当時の宮廷では、暗殺は日常茶飯事だったのです。もちろんそれは男の専売特許ではありません。あの時代は女性もまた、己の地位を守るため、より高い身分に上り詰めるため、一族の興隆のため、血で血を洗う殺し合いに参加していました。そんな時、非力な女性がよく使用した手段が毒殺です。腕力をまったく必要としない毒を用いた暗殺は、女性に大いに重宝されていました。力を一切使わずに、ちょっと飲食物に混入するだけで、邪魔な相手を抹殺することができたわけです」

内容は殺伐としているけれど、少年探偵は終始にこやかだった。笑顔で暗殺について語る小動物系の少年。ちょっと怖い。

ただ、志我が暗に女性が犯人かもしれないと仄めかしていることは、木島にも理解できた。挑発しているのだ。リストの中の女性は真季子夫人しかいない。

しかし、当の容疑者候補は、この牽制をさらりと躱して、

「あら、非力という点なら、夫に比べたら女性だけでなくて大抵の男性も非力になってしまうでしょうね。何しろ筋トレバカでしたから。使えるための筋肉、というのが夫の口癖でしたのよ。見かけ倒しでない、本当に力のある筋肉が重要とかで、鍛えるのに夢中でした。あの人にかかったら、腕力で敵う人はあまりいないでしょうね」

しれっとした顔で、真季子夫人は云うのだった。

＊

次に話を聞いたのは一谷英雄《ひでお》だった。

被害者の部下で、会社では懐刀と評される人物だ。

彼は地下二階の、リビングの隣の部屋で待機していた。

銀縁眼鏡で切れ長の目、引き締まった細身の体型の男である。四十少し前くらいの年齢だろうか。身長はそれほど高くはない。被害者の側近と聞いていたから、何となく故人と同じ大柄なマッチョマンを想像していたけれど、イメージが違った。俊敏な印象で、全然マッチョなどではなく、どちらかといえば卓球選手を思わせる。冷淡そうな目つきは、いかにも切れ者といった感じだ。

木島と志我少年、そして紅林刑事の三人は、彼の部屋へと通された。

それぞれ紹介が終わると、四人でソファに落ち着く。中学生みたいな少年が捜査に参加していることについては、一谷は眉ひとつ動かすでもなく無反応だった。めったなことでは動じない性格なのか、それとも他者にまったく関心がないのか。

「社での肩書きは事業本部長となっていますが、実際は門司社長のサポート役、秘書のようなものですね」

と、一谷は落ち着き払った態度とやたらと歯切れのいい口調で、自らの立ち位置を説明した。

「それで昨日のバーベキューでは、ゲスト側ではなくてホスト側だったんですね」

木島が云うと、

「そうです、私は常に社長サイドに立っていますから」

と、一谷は明瞭な発音で答える。何となく、機械の合成音声じみた声質だった。

「昨日のバーベキュー会は社員慰労の意味もあったそうですね」

「はい、先月の売り上げに特に貢献のあった社員に対する報奨でもありました。社長のこの別荘のバーベキューに招かれるのは、我が社の社員にとっては大きな名誉です」

「今回はどういったかたがたがその栄誉に与《あずか》ったのでしょうか」

「ジムの支配人、副支配人クラスです。そしてスポーツバーの店長、副店長クラスの九人。名前も云いますか」

「一応お願いします」

「江島浩一、浅利典由、大関恒男、五十嵐邦宏、前田慎、奥村悠哉、久野利和、八巻輝人、石川義洋。以上、九名です」

何も見ずにすらすらと一谷は諳んじた。頭の中が常に整理されているのだろう。木島は少し感心しながら、

「昨夜、彼らは九時に帰ったんでしたね、東京に」

「そうです、車三台に分乗して」

「ところで、水筒に毒が入っていた話はご存じですよね」

「ええ、警察のかたから」

「実は、ちょっと疑っていることがあるんです。聞いていただけますか」

我ながらしつこいと思うけれど、木島はひとつ思いついたことがある。

「聞くのは別に構いませんが、疑っていることとは何でしょうか」

と、一谷は表情を変えずに、興味もなさそうに尋ねてくる。

「実は、毒が水筒に仕込まれていたのではない、という可能性についてです」

「というと？」

一谷は小首を傾げたが、顔には特に怪訝そうな表情は表れてはいなかった。木島は構わず続けて、

「カプセルです。カプセルに毒を封入しておいて、それを重晴氏に飲ませた、と考えたらどうでしょうか。例えば、バーベキューの最中に。これならばゲストの九人にも犯行が可能になります。カプセルは胃の中でゆっくり溶けます。ゲストが帰って、重晴氏は一人で大浴場に下りて行く。温泉に浸かったり習慣の筋トレなどをしているうちに、カプセルから毒の成分が染み出てくる。そして死に至る、というわけです。これならば、水筒に直接毒を入れなくても、殺害は可能なはずですよね」

すると、無表情の一谷は、眼鏡の位置をちょっと指先で直して、

「その可能性は低いのではないでしょうか。警察のかたに事情聴取の時に聞きました、倒れた水筒には毒物の痕跡があったと」

「それは後から偽装したんですよ。転がっていた水筒に、毒を放り込んで」

「では、犯人は大浴場に行ったことになりますね」

「もちろんそうです、足の切断という大事な仕事が残っていますから。大浴場に下りて行ったのは、むしろそっちがメインですね。水筒に細工したのはついでみたいなものですよ」

木島が説明すると、一谷は淡々と、

「では、ゲストには犯行は不可能ですね。九時に帰ったのですから」

「一人だけ戻って来た、とか」

「どうやってこの建物に入るのですか。一階の玄関の鍵は、社長の弟さんが施錠していましたよ、私も横でそれを見ていました」

「中にいる誰かが手引きしたんです。内側から鍵を開けて」

「では共犯者がいたとおっしゃるのですね。二人がかりで社長の足を切断したと。しかし現場には、ノコギリが一本しか落ちてなかったと刑事さんから聞いています。一人が作業中に、もう一人は何をしていたというのですか。足は二本とも切断されているのですから、二人で二本のノコギリを使ったほうが効率がいいでしょう」

「それは、ノコギリが一本しかなかったんですよ」

云い負かされそうな木島が、若干苦し紛れに主張すると、隣の紅林刑事が、

「すみませんが、刃物は他にもたくさんあるんですよ、上の道具小屋に」

「えっ、そうなんですか」

「はい、後で見てもらおうと思っていましたが、切断に適した道具ならば多数ありました。ノコギリ一本だけでなくて」

紅林刑事の言葉で、木島の仮説はあっけなく瓦解してしまった。言葉を失った木島に追い打ち

をかけるみたいにして紅林は、

「それに、水筒には被害者の指紋しか残っていなかったことは説明しましたよね。被害者の指紋だけで、水筒を用意した奥さんの指紋は残留していなかったのです。つまりこれは、被害者が手に取る前に、犯人が一度拭き取ったことを表しているのではないでしょうか。リビングのテーブルに置いてあった時に、毒物を投入した犯人が自分の指紋を拭ったと考えるのが最も自然です。奥さんの指紋が残っていなかったことから、犯人が九時五分以降に一度、水筒の表面を全部拭ったのは確かです。犯人以外の人にそんなことをする理由がないからには、犯人が拭いたと考えるしかないですからね。そして、被害者が倒れた後に水筒に細工をしたのなら、何らかの痕跡が残っていてしかるべきではないでしょうか。しかし実際には、被害者の指紋はごく自然な形で残留していました。何者かが細工をした不自然なところは一点も見つかっていません。これは水筒に余計な偽装など為されていないことの証明になるのではないでしょうか」

確かにそうだ。ぐうの音も出ない。やはりゲスト側に犯人がいるというアイディアには無理がありそうだ。これ以上、外部犯説に固執しても意味はなさそうである。やはり犯人は内部にいると考えるべきなのだろう。

木島は切り替えて、被害者の人となりなどを質問してみる。しかし一谷の返答は、奥さんのものと似たり寄ったりだった。脳天気、積極的、筋肉は裏切らないという単純明快な思考。会社でもプライベートでも、人が変わるということはなかったらしい。さすがに筋肉バカとまでは云わなかったけれど。

「ただ、社長のことで警察のかたにだけ話したことがあります。奥様のお耳には入れにくい内容なので」

ここで一谷は初めて不明瞭に、云いにくそうな態度を見せた。この人でも人間味を表面に出すこともあるのだなと、変な感心をしながら木島は、

「何でしょうか。我々にも守秘義務があるので、ご家族に洩れることはありません」

「実は、ひとつ打ち明けることがあります。会社の経営のことで」

と、一谷は少し言い淀んで、

「このところ業績が行き詰まって、資金繰りが厳しい状況にありました」

苦しそうに云う。懐刀ならではの情報だ。

「社長本人はいつものように楽天的に、何とかなるさ、とカラっとしていました。しかし私の目からすると、決して楽観視できる状況ではない、というのが正直なところです。スポーツジムのほうは上半期も安定していて問題はなかったのですが、スポーツバーが全体の足を引っぱっています。八号店、九号店の開店を急ぎすぎたのがその原因です。というのも社長が、お気に入りの女子社員に主任やフロア長などのポストを与えるために、経営戦略を無視して店を増やしたようなところがありまして、女子社員の歓心を買うのに社長が鼻の下を伸ばしたせいで」

云いにくそうに言葉尻を濁した一谷に、紅林刑事が、

「というと、社長さんは浮気を？」

聞きにくい部分に遠慮なく切り込む。この辺は、刑事ならではの遠慮のなさなのだろう。しかし、一谷は冷静さを取り戻し、

「いやいや、そういうわけではありません。私といえどそこまで社長のプライバシーに踏み込ん

だりしません。確証はひとつもありませんので、誤解などなきようにお願いします」

「奥さんは、ご亭主のそういう下心に気づいていたのでしょうか」

またもや無遠慮な紅林の問いかけに、一谷は冷ややかに首を振って、

「それはないでしょう。社長は家庭内ではそうした一面は一切見せませんでした。私も驚くほど、ご自宅ではそんな素振りは少しもありませんでした。だから奥様は何もご存じないと思います。バーベキューに招待するのは男性社員ばかりです。これも奥様の目を警戒してのことでしょう。その辺りは抜け目のない人でしたから」

そこで一谷は沈黙した。ここまで喋ればもう充分協力の義務は果たしただろう、と云わんばかりに口を噤む。確かに興味深い話は存分に聞かせてもらった。それで木島は話題を変えて、

「一谷さんは龍神湖の伝説をご存じですか。脛斬り姫の昔話を」

「ああ、社長の足が切断されてどうこうという件ですね。刑事さんから聞かれました、何か心当たりはないかと」

「で、どうです、ありますか」

「いえ、全然」

と、一谷は冷たく云い放った。

「門司重晴氏は脛斬り姫の伝説と、何か繋がりがあると思いますか」

「まったくないと思います。どうして社長がそんな昔話になぞらえられるのか、私にはまるで判りませんね。何の関係もないし、意味も不明です」

「一谷さんは伝説を誰に聞きましたか」

「ここの管理をしている五十畑さんというご老体から、ずっと以前に伺いました」

と、眼鏡の位置をちょっと指で直して、

「まあ、私には何の感慨も関心も持てない話でしたが」

五十畑老はあちこちで伝説を語って回っているようだ。話し好きなのだろう。人懐っこい皺だらけの笑顔の、好々爺の姿がイメージできる。

そんな中、志我少年がいきなり口を挟んできて、

「毒殺の大きな利点は殺害時に犯人が被害者の近くにいなくていいことです。今回もリビングのテーブルに置いてあった水筒に毒物を混入しました。殺害に必要な行動はそれだけです。バーベキューの後片付けの混乱の中で行ったことなので、誰にでも機会はありました。後は犯人がするべきことは何もありません。犯人は何事もなかったように口を拭って、自室で寝てしまえばいい。被害者は毒を飲んで勝手に死んでくれるので、犯人は現場に近寄る必要性がまったくないのです」

と、にこにこと愛想のいい笑顔で云う。

「しかし、変なんですよね。犯人はその後、足を切断している。深夜に他の人が皆寝静まってからこっそり大浴場に下りて行って、わざわざ切っているんです。せっせと手間暇かけて、そんな作業をしているわけですよ。そして切断した脚部を湖畔に持って行って、脛斬り姫の見立てを完成させた。犯人にとっては、よほどこの見立てが必要だったんでしょうね。自室で寝ていればいいだけなのに、わざわざ手間をかけてやったくらいですから。絶対に見立てを作らなくてはいけない理由があったとしか思えません。それはどんな理由なのでしょうか。どうです、一谷さん、

思いつくことはありませんか」

　少年探偵に問われても、一谷は冷淡に、

「さて、私にはとんと。何も思いつかないし、思い当たることもありません」

「考えても判りませんか」

「犯人の意図など考えようがありません。まったく不可解としか云いようがない」

　合成音声みたいな冷たい声質の一谷は、無闇に明瞭な発音でそう云った。

＊

　地上の玄関から外へ出た。

　ドアを閉じてしまうと、この二帖ほどのコンクリートの一階部分は、やはり物置みたいに小さい。下部に広々とした別荘を隠しているとは見えないほど、こぢんまりとしていた。

　昨夜バーベキュー会が開催されたというだだっ広い空間は、まだ警察関係車輌で埋めつくされている。刑事達が何人か行き交っているのも見えた。

　久しぶりに外の風に当たった気がする。雲の中では陽が傾き始めているのか、幾分涼しくなっているようにも感じられる。

　木島は大きく伸びをした。

　しかし、のんびりはしていられない。コンクリートの玄関部分、その隣に建つ木造の小屋に用があるのだ。板塀とトタン屋根の、質素な造りの小屋である。入り口の引き戸も木の板で作られている。

紅林刑事はその戸を引き開けながら、

「普段は南京錠で鍵がかかっているそうです。キーはさっき云ったところです」

別荘本体の玄関を出る時、その位置は教えてもらった。鉄製の扉の横の壁に、キーはぶら下げてあった。木の札が紐で括り付けられた銀色の鍵が、壁のフックに下がっているのを、さっき見せてもらったのだ。

引き戸を開けたところから覗き込むと、内部は狭い空間だった。ただでさえ小さな小屋なのに、様々な道具がみっしり詰まっている。そのせいで余計に狭く感じられる。

「道具小屋、と呼んでいるそうです」

と、紅林は説明してくれる。名前の通り、道具がいっぱいだ。

木島は、紅林刑事に先導されて中へ入った。志我少年も、

「埃っぽいですねえ」

と、顔をしかめながらついてくる。三人が立ち入ったことで、小屋の内部は満杯になった。

右手の壁には、工具がずらりとぶら下げられている。スコップ、釘抜き、バール、ワイヤーの束、巻き尺、ロープ、道具袋、などなど。

奥の壁には、空のバケツ、ポリタンク、箒《ほうき》、三脚、枝切り鋏、釣り竿などが、ぎっちり押し込まれている。長尺物は壁に立てかけられている形だ。

左手には棚が設えられている。上段と下段の二段に分かれていて、上の段の高さは木島の肩くらいにある。その下段には、バーベキューセット、小型の発電機、電動ドリル、車用のジャッ

キ、電動カンナ、炭の袋、麻袋の束、などの割と嵩張る物が並んでいる。上段には、ハンマー、スパナ、ペンチ、プライヤー、レンチ、鑿《のみ》、鎌、などの細々した物が、無造作に積み上げられていた。
なるほど、やっぱり道具小屋と呼ぶしかないな、と木島は改めて思った。

紅林刑事はこちらを振り返って、

「一応、ご覧になったほうがいいかと思ったのは、犯人がここからノコギリを持ちだしているからです。現場に残っていた脚部を切断した物です」

さっき大浴場でタブレットの写真を見せてもらった。両刃のノコギリだ。形状はごく一般的なもので、もちろん現物はもう鑑識が押収している。

「ノコギリはどこに置いてあったんでしょうね」

木島が尋ねると、紅林刑事は、

「こちらの棚だそうです」

と、左手の上の段を示して答える。細々とした道具類が積み重なっているところだ。刃物も幾種類か交じっているのは、さっき一谷の部屋で指摘された通りだ。

紅林刑事はそっちを指さしたまま、

「犯人は、深夜にここからノコギリを持ち出したものと、我々は考えております。バーベキューの最中やその前の自由時間の時では目立ちますから、恐らく、別荘内の人が寝静まってからここへ来たのでしょう」

そして、大浴場まで下りて行って遺体の両足を切断したわけか、と木島は思った。

志我少年が、後ろを振り向きながら、

「ここの鍵はあちらの玄関の中にぶら下がっていましたよね」

「そうだね、だから犯人は別荘の中からやって来た公算が大きい」

と、木島は答えて、

「泊まっていた人ならば、誰でもノコギリを持ち出せたということになる」

これで内部犯説はますます堅固になった。外部の者にはこの小屋の鍵を持ち出すことができないのだから。

紅林刑事は、木島のほうに向き直り、

「それはそうと、もうひとつ興味深いことがあります」

「何でしょう」

「血痕が見つかっているのです」

「血痕ですか、どこにです」

木島が尋ねると、紅林刑事は、

「見てもらったほうが早いですね」

と、またポケットからお得意のタブレット端末を取り出す。そして画像を表示して、

「これを見てください」

写っているのは一本の鉈だった。木の柄が古びた、ごく普通の形をした鉈だ。薪割りなどに使うのだろう。

「ここです」

と、紅林は画面の上を指で示した。鉈の柄の、金属の刃に近い部分。そこにうっすらと、何かこすったような黒っぽい汚れが付着している。

木島は目を凝らして、

「これが血痕ですか」

「そうです」

「よく気がつきましたね、こんなに薄いのに」

「鑑識班はこの小屋の内部を一寸刻みに調べました。犯人がノコギリを取りに立ち寄ったことが判ったので、何か犯人を示す手掛かりになる痕跡がないか、徹底的に調査したのです。その結果、この血痕に気がついたわけです」

紅林刑事が、我がことのように自慢げに云う。木島はさらに画面に顔を近づけてそれを凝視しながら、

「被害者の血でしょうか」

「恐らくそうだと思われます。黒ずんでいるので古いものに見えますが、鑑定したところまだ新しい血跡だと判明しています。恐らく昨夜か、今朝の明け方くらいに付着したものと思われます。血液型も被害者と一致しておりますし、ＤＮＡ検査でさらに詳しいことが判るでしょうが、多分被害者の血で間違いないでしょうね」

紅林が説明すると、志我少年が、

「どこにありましたか、この鉈は」

「ここです」

と、また棚の上段を、紅林は指さす。細々とした工具や道具が積み重なったところだ。

「他の道具類に紛れて突っ込んでありました。上に小型の斧や糸ノコ、片刃のノコギリが載っていました。それらに敷かれて突っ込んであったそうです」

「よく見つけましたね」

木島は思わず感心して、そう云った。こちらから見るとほとんどの道具類は積み重なっていて、柄の底面の小さな小判型の部分しか見えない。柄の摑む部分や本体の刃は、他の道具がごちゃっと上に積み重なっているから、ほとんど見えないのだ。

「鑑識のお手柄ですね。我が県警もなかなかやるでしょう」

紅林が自慢げに笑って、

「もっとも、何か証拠になるのかどうかは判りませんけど」

「いえ、これは大きな手掛かりです。大いに興味深い」

と、志我少年が、小動物みたいなかわいらしい顔に、やけに大人びた微笑を浮かべて云った。

＊

部屋に入ると緊張感が漲《みなぎ》っていた。

空気が、ぴんと張り詰めた気配が伝わってくる。入室した木島はつい反射的に、首をすくめてしまった。

白瀬直の事情聴取は膠着《こうちゃく》状態に入っているようだった。

貫禄のある熊谷警部は立ったまま腕組みし、むっつりと難しい顔で、正面の椅子に座る白瀬直を睨んでいる。

白瀬の両脇を固める黒豹みたいな刑事と狼のような刑事も、体から立ちのぼる攻撃的な気配を隠そうともしない。威圧的な目をしている。

彼らに取り囲まれた白瀬青年は、先程と同様に、やはり困惑していた。どうしたら疑いを解いてもらえるのか、その方策が見つからずに途方に暮れたような表情になっている。女性のように肌のきめ細かい、優美な顔立ちも今は曇っている。

熊谷警部は黙っていた。黒豹、狼の両刑事も睨むばかりで口を噤んでいる。白瀬自身も何も発言しない。まるで四人で、口を開いたら負けというルールのゲームに、命懸けで取り組んでいるふうにも見える。

睨み続けの膠着状態。一体どのくらい続いているのだろうか。

冤罪をかけられそうになっている白瀬が心配で、様子を見に来てみればこの有り様だ。刑事達の発する殺気が恐ろしい。来なければよかった、と木島は少し後悔した。

これは早々に退散したほうがよさそうである。紅林刑事と志我少年を促して、木島は部屋を出ようとした。

そこへ扉をノックする音が響き、ドアが外から開けられた。こっそり抜け出そうと目論んでいた木島は、出端《ではな》を挫《くじ》かれる形になった。

開いたドアから、丸顔の中年刑事が顔を出す。

「熊谷警部、ご報告が」

目顔で促されて熊谷警部は、丸顔の刑事に近づいた。刑事はその耳に何やらひそひそと告げている。警部の眉間の皺が一層深くなった。

「よし、判った。ご苦労」

熊谷警部は丸顔を労い、自ら扉を閉めた。そしてつかつかと足早に進んできて、座っている白瀬の前に仁王立ちになる。

「今、目黒の被害者邸を調べに行った班から報告があった」

と、熊谷警部は無言ゲームのルールを破って、圧力のある口調で云った。

「白瀬さん、あなたもその家に下宿しているんでしたな」

「はい」

と、白瀬はうなずく。

「捜査員の一人がうっかり間違えて、被害者とは関係ない扉を開けてしまったそうです。そこがたまたま白瀬さん、あなたの部屋だったらしい」

「それ、違法捜査じゃないんですか、令状もなしに勝手に人の部屋を」

白瀬は困惑しきったみたいな顔で、不服を申し立てる。

「うっかりと云ったでしょう。つい間違えただけです」

厳つい表情のまま、熊谷警部は云う。その口調から、全然うっかりではないのだろうと見当がついた。

「つい間違えたものの、部屋の様子は視界に入ってしまったそうでしてね、その捜査員からの報告です。白瀬さん、あなた、机の上にガラス製の薬壜をずらりと並べているそうですね。まるで実験室のようだったと云っていましたよ」

熊谷警部は、座った白瀬にぐいと顔を近づけて、

「白瀬さん、その薬品は何ですか。どうして自室に実験室のような薬壜が並んでいるんですか」

白瀬は、のろのろと首を振って、

「あれは別に大した薬品ではありません。過酸化ナトリウム、水酸化カリウム、それに炭化カルシウム。全部何の害もない、中学校の理科室にだってある平凡な化学物質ですよ」

「なぜそんな薬壜を並べているんですか」

「ただの趣味です。ガラスの薬壜はきれいですからね。青や緑、茶色に透明。用途によって色が違っていて、それをインテリアとして並べているだけです。空の壜だけじゃつまらないから、中身も入れて。ただの子供っぽいコレクションです。別に個人所有していても薬機法に触れるものはひとつもありませんよ」

「毒物ではないとおっしゃるんですな」

「もちろんです」

「致死性はまったくないと?」

「ありませんよ。塩化マグネシウムや過酸化ベンゾイルなんかを舐めたところで不味いだけです。そりゃバケツ一杯飲めば死に至るかもしれませんが、それは食塩だって醤油だって同じですよ。もっともそれだけの量の異物が胃の中に入ったら、吸収されるより前に胃が受け付けなくて確実に吐いてしまうだけでしょうけれど」

ふうん、と唸って熊谷警部は、疑わしそうな目で白瀬を見ている。

そこへ、またノックの音がした。膠着状態が解けてきて、事態が動き始めたようだ。

扉が開き、今度は面長の刑事が上体を覗かせてきた。熊谷警部はすかさずそちらへ移動する。

再び、耳打ちで何か報告を受ける熊谷警部。難しい顔つきでうなずいている。

「よし、いいぞ。ご苦労だった」

熊谷警部は部下を労ってからドアを閉め、またつかつかと白瀬の眼前に立ちはだかりに来る。

「今、神田《かんだ》の東央大学へ事情聴取に行った別班から報告が入った」

熊谷警部はさっきよりもさらに鋭い目つきで、

「楠木《くすのき》教授、ご存じですな」

「はい」

白瀬はきょとんとした顔でうなずく。

「日曜なのに教授には大学の研究室まで足を運んでいただいた。捜査に協力してもらうために」

と、警部はじっと白瀬の目を見つめて、

「何を云いたいか判るかね、白瀬さん。教授には劇毒物保管庫の中を確認してもらった。教授が何と証言したか、もうお判りですな」

その言葉に、白瀬は俯いてしまった。下を向いて、言葉はなかった。警部は追い打ちをかけて、

「教授はこう証言しましたよ、どうも誰かが保管庫の中をいじったようだ、そんな痕跡がある。そして、一部の薬品が減っているような気がする、とも。これでは管理責任を問われると、教授は青くなっていたそうですよ。何の薬品が減っていたか、白瀬さん、ご存じですね、正式に令状

を取ってあなたの部屋を捜索してもいいんですよ」

　すると、のろのろと顔を上げた白瀬は云いづらそうに、

「三酸化二ヒ素、先生が減っていると云ったのはそれでしょう」

「ほほう、それはどんな性質の薬品ですか。薬学部の院生の白瀬さんなら、我々にご教示いただけるでしょうね」

　熊谷警部がねっとりと迫ると、白瀬は途方に暮れたように、

「ヒ素の酸化物です。無味無臭で白い粉末状。水に溶かせば水和して亜ヒ酸になります」

「毒性は高いのですね」

「非常に。致死量は0・06から0・2グラム。微量で充分、人を死に至らしめます」

「スポーツドリンクに仕込めば、少し飲んだだけで即死しますね」

　白瀬はその問いに、渋々といった感じで、

「はい」

　と、表情を硬くしてうなずいた。大きく息をついた熊谷警部は、

「どうして三酸化二ヒ素が減っていたと、あなたが知っているんですか」

「それは」

「あなたがくすねたんだね、大学の保管庫から」

　黙ってしまった白瀬に、警部は語気を強めて、

「決定的な証拠だ。これであんたは重要参考人から容疑者に格上げだな。何か申し開きがあるかね」

「判りました、認めます」

「門司重晴氏を殺したのを認めるんだね」

「そうじゃありません」

と、白瀬は首を振って、

「認めるのは三酸化二ヒ素のほうです。確かにヒ素を少量くすねたのは僕です。しかし使ってはいない。おじさんを殺してなんかいません」

「ではなぜ、スポーツドリンクの水筒にヒ素が混入していたんだね」

「判りません」

「判らないということがあるか、人を殺すために薬をくすねたんだろう」

「違います、断じて違うんです。使うつもりで盗んだんじゃない」

と、白瀬は激しく頭を振った。

「では、何の用途で盗ったんだ、劇薬を」

「信じてもらえないかもしれませんが、その、一種のお守りのようなつもりでした」

「お守り？」

訝しげに問う警部に、白瀬はぽつりぽつりと、

「春頃、気分の沈みがちな日が続きました。今にして思えば五月病か何かだと思うんですけど、とにかく気が重く、何をしても気分が晴れなかった。鬱々として、どうにも気がくさくさして、それでつい魔が差してふらふらと、劇毒物保管庫に手をつけてしまって。院に上がったんで鍵の保管場所を教えてもらっていたんですよ、それで保管庫にアクセスしやすくなったのも魔が差し

た要因のひとつでしょうね。ああ、別に希死念慮などに取り憑かれていたわけではありません。死のうとしたんじゃないんです。ただ、手元に致死性の劇薬を置いておくことで気持ちが開き直るというか、いざとなればこれを飲んで一気に死ぬことだってできる、そう思うと気が大きくなるんです。心に破れかぶれの発破を掛ける、とでもいうんでしょうか、気分を奮い立たせる、そんなお守りとして、手元に置いておきたかったんです。実際、効果は覿面《てきめん》でした。いつでも死ねるんだ、どんな失敗をしても恥をかいても、すぐに死に逃げ込むことができるんだ、そう思えば多少のことでは動じなくなる。豪胆な気持ちになれるんです。それで気鬱《きうつ》はさっぱり抜けました。まあ、単に五月病から脱しただけかもしれませんけど」

と、少し苦笑して、

「だから今でも保管しているんです。お守りとして持っている。でも、決して誰かに使うつもりなんてなかった。いざとなれば自分が死ねる、それだけの理由で持っていただけです」

「どうして今まで黙っていたんだ。今回の殺人にヒ素が使われたらしいと散々云ったじゃないですか」

「それは」

「ヒ素を毒殺に使ったからでしょう」

「違います。余計なことを喋ったら疑われると思って。ただでさえこうして疑いをかけられているのに。本当なんです、信じてください」

切々と訴える白瀬だったが、熊谷警部は、

「私が信じるかどうかはどうでもいいんだ、問題は裁判官が信じるかどうかであってね。要は、毒殺の決め手があんたの手の中にあった、我々としてはその事実で充分なんですよ」

頑なな態度を崩さない。

いかん、これでは本当に冤罪になる。木島は隣に立つ志我に、目で合図を送った。何とかしてくれ探偵だろう、と思いを込める。

志我少年は、やれやれ手のかかる人だなあ、と云いたげに少し肩をすくめると、

「警部さん、ちょっと待ってください。白瀬さんが犯人と決めつけるのは、ちょっと早計ではないでしょうか」

愛想よく云った。

「どうしてだね。決定的な証拠だと思うが」

怪訝そうな熊谷警部に、少年探偵はあくまでも朗らかに、

「そうともいえませんよ。白瀬さん、三酸化二ヒ素、どこに置いていましたか。まさか机の上の薬壜コレクションと並べて置いていた、なんてことはないでしょうね」

問いかけられた白瀬は、小刻みに首を横に振って、

「とんでもない。誰かが間違って触ったら大変です。隠しておいたよ」

「どこに？」

「机の引き出しの一番奥に」

答える白瀬に、志我はにっこりと微笑みかけて、

「なるほど、毒薬は隠してあった、と。しかし鍵などはかけていなかったんでしょう」

「あいにく引き出しに鍵はついていないから」

「だったらもしかしたら、別の人が毒を掠め取ったのかもしれませんね」

無邪気な口調で云う志我少年に、熊谷警部が顔をしかめて、

「いや、待ちなさい、少年。そんなことがあり得るとは思えんぞ」

しかし、志我はけろっとした顔で、

「充分にあり得ますよ。犯人は門司重晴氏を殺そうと企んでいた。そこで思いつくんです。そういえば下宿人の白瀬くんの部屋には薬壜が並んでいたな、あそこに使える薬はないだろうか。そうして白瀬さんが留守の時に忍び込んで薬品を物色するんです。机に並んでいる壜の中から、ほんの少しずつ中身を拝借するわけですね。そして動物実験です。鳥か犬か、とにかく身近な動物で試します。しかし効果はありません。当たり前ですね、机に並んでいるのは特に害のない薬ばかりなのですから。そこで物色の範囲を広げてみます。並んでいる薬壜だけではなく、もっと他にないか。そうやってごそごそやっていると、お誂えに引き出しの一番奥に隠してある薬壜を発見します。こうやって隠しているところをみると、ひょっとしたらこれは、と犯人の胸は高鳴ったことでしょう。実験してみると効果は思った以上、動物がころりと死んでしまいます。しめしめ、これを使えば重晴氏を毒殺できる。おまけに白瀬に罪をなすりつけることもできそうだ。そうほくそ笑んだ犯人は、毒薬を隠し持ってチャンスを待ちます。そしてバーベキュー会のある夜に、その好機は訪れます。重晴氏が飲むスポーツドリンクの水筒が、リビングのテーブルに放置されているのです。バーベキューの後片付けで皆がわたわたしている間隙を縫って、犯人はまんまと水筒に毒物を混入することに成功したわけです。これで犯人の目的は達成です。重晴氏は命を落とし、ついでに白瀬さんはこうして最重要参考人になってしまっています。どうですか、白

瀬さん、引き出しの奥の三酸化二ヒ素は前より減っていませんでしたか」

にこやかに問いかける志我少年に、白瀬は首を傾げて、

「判らない。最近見ていないから。お守りだからね、机の奥に忍ばせてあるんだ」

そんなやりとりを苦々しそうに聞いていた熊谷警部は、

「ちょっと待ってくれ、少年、君は犯人が奥さんの真季子さんだと云っているのか。目黒の屋敷の白瀬さんの部屋を探索できるのは彼女しかいないだろう。あの家に住んでいるのは重晴、真季子夫妻、そして下宿人の白瀬さんしかいないんだよ」

しかし、志我は愛想よくにこにこと、

「いいえ、そうは云っていません。他の人にもチャンスはあります。例えば、弟の清晴氏です。彼は目黒の門司邸の筋トレルームが汗くさくて敵わないと云っていました。お兄さんに、一緒にトレーニングしようとしょっちゅう誘われていた、とも。つまりこれは、しょっちゅう目黒に出入りしていたことを意味します。清晴氏にも毒物を物色する機会は充分にあったわけです」

爽やかな笑顔で志我少年は続けて、

「さらに、被害者の一の部下、一谷さんもそうです。彼は、社長の重晴氏が女性社員に色目を使っていたのを知っていました。その上で、家庭内ではそういった一面をおくびにも出さないと云っていました。奥さんの前では重晴氏が、浮気心など素振りさえ見せなかったとも証言しています。割と頻繁に家庭内に入り込んでいなくては、こういう言葉は出てこないはずですよ。一番信頼の厚い部下として、彼も目黒によく出入りしていたんでしょうね。ですから一谷さんにもチャンスはあったことになります」

何のことはない。容疑者候補全員に、平等に機会があったことになる。

熊谷警部は不愉快そうな顔のままで、

「理屈の上ではそうだろうがな。しかし子供の戯言《ざれごと》には騙されんぞ。特専課がどんなに優れているか知りませんがね、そんなのは屁理屈にすぎん。白瀬さんが疑わしいことは揺るぎない事実なのですからな」

強硬な姿勢を崩すことはなかった。

やれやれ、というふうに、志我少年はもう一度肩をすくめた。

＊

志我少年の提案で、被害者の泊まった部屋を見に行くことにした。正確には、泊まる前に毒殺されてしまったので、泊まる予定だった部屋、なのだが。

その部屋は地下一階、階段から見て左に進んだ方向で、真季子夫人の部屋とは反対側である。道中、また二人の刑事とすれ違う。好奇の視線も何度目だろうか。

目的の部屋には簡単には辿り着けなかった。普通に考えればまっすぐな廊下を歩くだけなのだけれど、この別荘はやはり変則的な構造をしている。廊下の途中に階段があるのだ。一階分下がって、また上がっている。しかも物凄く急角度の階段で、落ちるように下がって這うように上がっている。まるでアスレチックだ。とても危険を感じる。

紅林刑事の説明によると、

「なんでもこの廊下の進行方向に岩盤の大きな出っ張りがあるそうなんです。それを崩すより、上下に迂回させたほうが工事が楽だったとかで」

「しかし、主人の部屋がこんな不便なところでいいんでしょうか」

木島が素朴な疑問を口にすると、案内役の紅林は、

「その主人当人が、ここがいいと主張したそうなのです。部屋を往復するだけで、大腿筋や内転筋、それに下腿三頭筋のトレーニングになるなら、これ以上の環境はない、とかで、日常の中のボーナスステージみたいに捉えていたんでしょうね」

うーん、筋トレマニアの考えることはよく判らん。と、木島はちょっと呆れた。三人揃って、ひいひい云いながら急勾配の階段を下がって上がる。

そうして部屋に着く。中は当然ながら誰もいない。他の部屋と同じように、ビジネスホテルの一室のようだ。窓の外には曇り空。眼下には、森の樹の頭だけが広がっている。

さて、どこから調べたものやら、と木島が考えていると、志我少年はてきぱきとドアの内側に向かって行って、

「鍵がかかるようになっていますね」

観察を開始した。どれどれ、と木島も近づいて見る。なるほど、ドアノブの中央に小さなボタンが付いている。これを押すと施錠される仕組みだ。そして内側からノブを回せば解錠される。

少年探偵はそれを見つめながら、

「紅林さん、これ、指紋は採取済みですよね」

「もちろん、午前中に鑑識が入っています。ノブの指紋は被害者と、朝に様子を見に来た奥さん

のものだけでした。鍵のボタンは指紋が不鮮明だったそうです。ここしばらく触れた様子は見られないということで、拭いた跡もなかったから、多分使っていなかったのだろうと思われます」

「被害者はこの別荘に来ると、いつもこの部屋なんですよね」

「そのようですね」

「ふうん、ロックは使った形跡がないのか。寝る時に鍵はかけない習慣だったわけだ」

と、志我は独り言でつぶやいてから、やにわに顔を上げて、

「紅林さん、お使い立てして申し訳ありませんけど、奥さんを呼んでいただけますか、今ここに」

「構いませんよ、できる限りの便宜を図るように主任に云われていますから。使いっ走りくらいお安いご用です」

紅林刑事は、笑顔で部屋を出て行く。いい人だ。黒豹や狼みたいな怖い刑事にはなってほしくない。

二人になったところで、木島は気になっていたことを尋ねてみる。

「ちょっと考えたことがあるんだけど」

「何でしょう」

少年探偵は、ベッドの枕をめくりながら答える。

「水筒に毒を入れたのと遺体の足を切断したのは、本当に同一犯なのかな」

「何ですって」

と、志我少年は手を止めて、こちらに向き直る。

「いや、だからさ、僕らは何となく、毒を使った毒殺犯と足を切った切断犯が同じ犯人だという前提で捜査を進めているだろう。別人の可能性はないかと、ふと思いついたんだ」

「妙なことを考えますね、木島さんも。でもそういう突拍子もない発想ができるのも、良い随伴官の資質かもしれませんね」

「やめてくれないか、それ。勒恩寺さんみたいだ」

木島が不平を訴えると、志我はくすりと笑って、

「勒恩寺メモにもありましたよ。案外向いているのかもしれないって」

「本当かい」

「冗談ですよ」

と、志我はまたちょっと笑顔を見せてから、真面目な表情に戻って、

「毒殺犯と切断犯が別々っていうことは、その二人が手を組んでいたってことですか」

「いや、共犯とまでは云わない。二人組ならばもっと意思統一ができていて、意図の伝わらない見立てなんて作らなかったと思うんだ。あの独りよがりな見立てが、二人掛かりで考えたものとも思えないからね。あれは一人の意思が暴走したみたいに感じられるし。そうじゃなくて、切断犯は便乗しただけなんじゃないかと思うんだよ」

「つまり、切断犯は、毒殺犯が毒を入れる現場をたまたま目撃した、もしくは深夜に大浴場に行って死体を発見したんで、これ幸いとノコギリを持ってきて足を切った、という意味ですか」

「そうそう、さすが探偵、呑み込みが早い。それで切断犯は、その足の部分を見立てに使ったというわけだね。切断犯は毒殺犯の犯行に便乗しただけ」

「それはないと思いますよ」

と、志我少年は、突き放すみたいな口調で、

「死体を見つけたからって、これは使えるって切断するなんて常人の考えることじゃないでしょう。ただでさえ昨夜のこの別荘には、人を毒殺しようと企んだ毒殺魔がいた。毒殺を実行しようとするのだって充分に異常な精神状態です。その上にもう一人、他殺死体を見立ての道具に使おうとする突飛な考え方をする人がいたなんて、偶然が過ぎます。異常な精神状態の人物がたまたま二人も、昨夜この別荘にいただなんて、そんなご都合主義が通ると思いますか」

「ああ、まあ、そうかもしれないけど」

正論をぶつけられて、木島は思わずトーンダウンしてしまう。志我はさらに続けて、

「それに切断犯だけが警察に捕まったりしたら、ヘタすれば毒殺の罪まで被せられるかもしれないんですよ。切断犯がそんなリスクを負うなんてバカげています。切断して見立てを作っただけなのに殺人罪で裁かれるなんて、切断犯にしてみたらたまったものじゃありません」

「それじゃやっぱり、別々ってことはなし?」

「そうでしょうね。同一犯と考えるのが自然だと思いますよ」

「だったら、自殺って線もないのかな」

「自殺?」

怪訝そうな顔になる志我に、木島はうなずいて、

「そう、被害者は自殺したんだ。白瀬くんの自室から拝借した毒を呷って自ら命を絶った。そういう可能性」

「だとしたら、足を切断したのは誰です？　自殺者本人には、自分の足を切るなんて芸当は不可能ですよ」

「だからそれこそ別人だ。被害者、っていうか、この場合被害者は変か、自殺者に脅かされていて、自分が死んだ後にどうしても足を切って湖畔に置けと命じられていた」

「どうして死んだ相手の命令なんかに従わなくちゃならないんですか」

と、志我は呆れたように、

「脅している相手が死んでしまったら、そんな脅迫なんて無視するのが普通でしょう」

「そこはほら、頼まれたんだよ、涙ながらに。俺が死んだらどうしても見立てを完成させてくれ、後生だからお願いだ、と悲壮に懇願されて、その情熱にほだされて仕方なく遺志を尊重した」

「そんなヒロイックな。死体損壊で捕まる危険まで冒して、死者の頼みを聞く人はいませんよ。それこそ毒殺の容疑をかけられる恐れだってあるんだし。頼まれたから実行する人なんているはずがないでしょう。まして、あの意味不明の見立てを作ったって、死者にも実行犯にも何の得もないんだから」

「そういうものかなあ」

自分でも説得力が薄いと感じたので、木島は引き下がるしかなかった。だが、泣きの涙で頼まれたら、渋々でもやる人はいるかもしれないのになあ、と未練たらしく思う。その辺、志我くんは考え方がドライだな、とも感じる。ドライというか割り切っているというか。そういえば勒恩寺探偵もそうだった。理詰めで考えて、情緒に流されない。探偵という人種は皆、こういう合理

主義者なのだろうか。それでふと思いついて、木島は、

「志我くんって勒恩寺さんにちょっと似てるよね」

「どこがですか」

と、いささか不満そうに、紅顔の頰を膨らませて志我は、

「全然似てなんかいませんよ。変なこと云うのやめてください」

おや、予想外の反応だ。てっきり照れるか喜ぶかすると思ったのだけど。勒恩寺メモに頼ったり口癖を真似してみたり、憧れているとまでは云わないまでも、尊敬の対象としてくらいは見ているのかと思っていたのだが。意外に思いながら木島は、

「喋り方なんか時々そっくりになるし、てっきり影響を受けているんだと思っていたよ」

「確かに探偵としての実力は認めないでもありませんけど、あの軽佻浮薄なところは好きになれません」

そう志我は淡々と云う。

「それに、勒恩寺さんのロマンだの美学だのという、探偵小説至上主義にもついていけません。あの人、いい年なのに勤めにも出ないで、終始密室だのアリバイだの不可能犯罪だのって夢みたいなことばっかり云って。大人げないにも程があるでしょう。僕はああいうふざけた生き方は肯定したくありませんね。堅実な現実主義、これに勝るものはありませんよ」

「ふうん、何だか志我くんって、将来の目標も具体的に決まってそうだね」

「もちろん決まっています。木島さんだって国家公務員一種試験に合格したクチでしょう。だから共感してもらえると思いますよ。自慢にしか聞こえないからあんまり云わないんですけど、

僕、こう見えて全国模試でベスト5から落ちたことがないんです。試験は割と得意なほうだから」

「それじゃ、君も官僚志望？」

「はい、そう考えています」

と、明るく志我少年は、

「それも、お金を扱うところがいいですね。結局、予算を握っているセクションが一番強いですから、僕もそこへ入りたいと思っています。目標は財務官僚です」

すぐに手の届く願いのように、あっさりと云う。この子なら多分、簡単にやってのけるんだろうな、と思う。しかし、夢があるのかないのか、どっちなのかよく判らない。

などと木島が考えていると、ドアが開いた。

紅林刑事が入ってきて、

「奥さんをお連れしました」

門司真季子がついて来ていた。嘆き悲しむのにもくたびれたのか、目の腫れは治まっている。メイクもきちんと整え直されていて、本来の容色を取り戻したのだろう、華やかな美貌である。

「何か私にご用ですって？　かわいらしい助手さん」

真季子夫人は志我少年に、にっこりと話しかける。どうやら気に入ったらしい。

さっきまでと打って変わって愛想よく、外面のいい志我は、

「あの、確かめてほしいことがあるんですけど、いいですか」

相手のニーズに応えて、少し甘えたふうに云う。

「なあに、何でも云って」

「ご主人の持ち物で無くなっていたりする物はあるでしょうか。または、増えている物」

「増えている物？」

怪訝そうな顔になって、真季子夫人は部屋のあちこちを歩き回る。元より広い部屋ではない。クローゼットの前で、真季子はすぐに声を上げ、

「あら、スーツケースがない」

「スーツケースですか」

志我もそちらに近寄る。

「そうなの、キャスター付きの、こう、ごろごろ引きずるタイプの、黒いスーツケース。確かここに入っていたはずなのに。あんな大きい物がなくなっているなんて。あらまあ、着替えも全然ないじゃない。下着とかシャツとか、何着かあったはずなのに」

と、真季子夫人は首を傾げながら、ベッドサイドに向かい、

「髭剃りもなくなってるわね、電気シェーバー。お気に入りの整髪料の壜もないし。それに歯ブラシのセットも。変ねえ。これじゃあの人がどこか旅行にでも行くみたいじゃないの。そんな予定なんてないのに。どうしてなくなっているのかしらね」

「不思議ですか」

志我少年が尋ねる。真季子夫人はこっくりうなずき、

「不思議ね。私、触ってもいないのに。変ねえ」

「僕も変だと思います」

と、志我はにっこりと笑う。かわいらしい小動物を思わせる、無邪気そのものの笑顔だった。

＊

もう一度、地上に上がった。

志我少年の要望である。

外は、相変わらず陰鬱な曇り空。

一階の、玄関だけの小さな建物から出たところで、志我少年は立ち止まり、そしていきなり、

「僕、これで帰ります」

「えっ」

何を云っているんだ、この少年探偵は藪から棒に。木島は呆気に取られてしまう。紅林刑事も目を丸くしている。しかし志我は、至って涼しい顔で、

「もう夕方です。今から都内へ帰ると夜になってしまいますからね。労働基準法に鑑みても高校生の夜間就労は問題がありますし、明日も学校ですから。後は木島さん達にお任せして失礼します」

「お任せって、事件はまだ何も解決していないじゃないか」

「解決はしていないですね。けど、僕の中で一応の解答は出ました」

「解答が出たってどういう意味？」

「色々判ったってことですよ。考えて推論を組み立てて、何が起きたのか理解したんです」

「えっ、それじゃ、犯人が判ったの？」

びっくりする木島に、志我少年はしれっと、

「はい」

「毒殺犯の正体も？」

「ええ」

「あの見立ての意味も」

「もちろん判りました」

「それじゃ全部判ってるんじゃないか。聞かせてくれないか」

木島の頼みをあっさりと無下にして、志我は、

「それはできません」

「どうして？」

「動機が判らないんですよ。犯人がどうして門司重晴氏を殺さなくてはならなかったのか、それだけがどうしても読み取れない」

「それくらい判らなくてもいいじゃないか。他が解明できれば充分だよ」

「いいえ、不明点があっては完全な解決とは云えません。僕、無責任なのは嫌なんです。不完全な解明なんて自分が許せない。完全無欠じゃない推定を得々と喋るほど、僕は厚かましくありませんからね」

それが世界の常識であるかのように、志我少年は云う。いや、捜査なんて犯人を指摘できれば充分だろうに、と思いつつ木島は、

「でも、それで帰るなんて、そんなのありなの？」

「犯人が判明して、動機以外の謎は解けた。自分なりに納得できたから、これで満足です」

「そんな勝手な。君は自分だけが満足ならそれでいいのかい。そのほうがよっぽど無責任じゃないか」

木島が云い募ると、志我少年はゆっくりと首を振って、

「だって、僕は後のことに責任を取れないんです。いいですか、木島さん、この事件、ひょっとすると終わっていないかもしれないんですよ」

「えっ？」

「今回の事件の特性は毒殺です。毒殺は時間差でも可能な犯行です。さすがに刑事さん達が大勢動き回っている今は、犯人もヘタな行動はできないでしょう。しかし昨夜のうちに、この別荘のどこかに毒薬が仕込まれていたとしたらどうです。第二第三の犠牲者が出るかもしれない。それを阻止できないのならば、そのほうが探偵として不誠実で無責任になってしまう。だから僕は撤退するんです。これ以上ここにいても、僕にできることは何もありませんからね。暗くなる前に行って国道に出ないとタクシーも拾いにくくなります。では、失礼」

物凄くあっさりと、志我少年は、あっちを向いてすたすた歩いて行ってしまう。別れの挨拶もなしだ。木島は思わず声をかけ、

「後はどうなるんだ、放っておかれても困るよ」

しかし志我は、後ろ姿のまま片手をひらひらと振るだけだった。

またた。また探偵が途中で帰った。

前回に続いて二度目である。こんな展開がそう何度も許されていいのだろうか。あんまりではないか。探偵というのは得手勝手なものだとこの半年で学んだけれど、ここまでひどいと言葉を失う。

紅林刑事と、思わず顔を見合わせる。ぽかんとしている紅林に、木島も途方に暮れて、

「えーと、これからどうしたものでしょうか」

云ってみたものの、紅林が答えを持っているはずもなかった。

＊

とりあえず別荘内に戻った。

紅林刑事と二人、階段をどんどん下りる。

茫然としてばかりはいられない。白瀬くんを冤罪から救わなくてはならないのだ。このままでは熊谷警部達が、寄ってたかって白瀬くんを犯人に仕立て上げてしまう。何とかしなくては。その思いだけが木島を突き動かしていた。

一度、殺人現場に戻ることにした。

最下層の大浴場。

現場百遍という刑事の心得を聞いたことがある。改めて現場を見れば、何か閃くことがあるかもしれない。木島はただの随伴官であり、探偵の技能など何も持ってはいない。しかし何かをせずにはいられなかった。白瀬くんを冤罪に落とすわけにはいかないのだ。

狭い地底トンネルみたいな、急勾配の階段を下りる。大浴場に至るこの階段はちょっとしたアトラクションのようで、恐ろしいことこの上ない。長く、梯子段みたいな急斜面だ。うっかりしたら転げ落ちる。両側の手摺りを摑んで、恐る恐る下がった。律儀な紅林刑事も、黙ってついてきてくれる。

長い階段が終わりかけ、大浴場の全貌が見渡せるようになってきた。そこで木島は仰天して、あやうく転がり落ちそうになる。

湯気で濛々《もうもう》とした大浴場。その洗い場の黒い石の床。そこに人が倒れていたのだ。

志我少年のさっきの言葉が頭に蘇る。

「第二第三の犠牲者が出るかもしれない」

大変だ。また殺人だ。しかも同じ場所で。二人目の被害者が出た。

また毒殺か、はたまた直接的な危害を加えられたのか。

大慌ての木島は、被害者の許に駆け寄った。

と思ったら、やにわに倒れている人物が起き上がった。

「うわあっ」

突然のことに、思わず声を上げてしまう。驚いて尻餅をつきそうになる。後ろから来た紅林刑事が、背中を支えてくれた。

死体が蘇った。というわけでは、もちろんない。別に死んでなどいなかっただけである。大浴場の床に立ち上がった人物は、木島も見知った男だった。

すらりとスマートな長身。端整な顔立ち。ざっくりと羽織ったジャケット。二枚目ぶりを台無しにするぼさぼさの頭髪。見間違えようがない。

「勒恩寺さん」

木島は思わず、彼の名を口にする。

そう、床に寝そべっていたのは、自称名探偵、勒恩寺公親その人であった。

勒恩寺は薄い唇に微笑を湛え、こちらに視線を向ける。

「おや、俺のことを知っているようだね。これはいよいよ名探偵としての名声が高まってきたということかな。失礼だが、どなたですか」

また忘れている。木島はがっくりくる。毎度これだ。そんなに印象が薄いのか自分は、と若干気落ちしながらも、

「僕ですよ、木島です、随伴官の、警察庁の」

そこまで云ってようやく勒恩寺は、

「ああ」

と、驚いたように目を見張る。

「やあ、君だったか、奇遇だね、こんなところで」

とんちんかんなことを云う。探偵と随伴官が事件現場で出会うのは奇遇でも何でもない。むしろ普通だ。

「君も来ていたんだね、ああ、また会えて嬉しいよ」

さっきまで忘れていたくせに、しれっと勒恩寺は云う。

「勒恩寺さんこそ何をしていたんですか、床に寝転んで。死体かと思ってびっくりしましたよ」

「なあに、死体発見現場がここだと聞いてね、死者の視点がどんなものかと思って、試しに追体験してみていただけだ」

「何か判りましたか」

「いや、さっぱり判らん。死人の気持ちは摑めないものだね」

要領を得ないことを云っている勒恩寺を、紅林刑事に紹介する。

「県警捜査一課の紅林です」

変人の奇行に毒気を抜かれているだろうに、紅林はあくまでも生真面目に挨拶している。

勒恩寺は陽気に、

「やあ、初めまして、俺が勒恩寺です、名探偵の。どうぞよろしく」

脳天気に握手を求めている。やたらとフレンドリーだ。

そういえば志我少年が、軽佻浮薄と評していた。このノリの軽さは、高校生にそう云われても仕方があるまい、と木島は思う。

それで思い出した。

「そうそう、勒恩寺さん、さっきまで志我くんがここにいました」

「おお、少年探偵か。相変わらず小生意気だったかな。どこへ行ったんだ、姿が見えないけれど」

「それが、帰っちゃったんですよ、作馬さんの時と同じで」

と、木島はさっき地上で交わしたやり取りを説明した。勒恩寺はおかしそうにくつくつと笑うと、

「少年はまだまだ青いねえ、若いから完璧主義に縛られる。もう少し融通を利かせることを覚えないと、つまらない大人になっちまうといつも忠告しているんだがね」

面白い大人の代表格みたいな男は、そう少年探偵を評する。

「さて、木島くん、これからどうしたものだろうね」

勒恩寺は他人事のように云う。視線はなぜだか、シャワーの隣に立てかけてあるデッキブラシのほうを向いている。

そうだ、面倒くさい人だけれど、来てくれたのは助かった。探偵としての実力は、あの完璧主義の少年探偵も一目置いていた。頼もしいといえば頼もしい。

「事件の詳細をまだ知らないでしょう。説明しますよ」

木島の提案に、勒恩寺は涼やかな笑顔で、

「オーケー、いつになくやる気だね、木島くん。しかし風呂場で突っ立ってミーティングというのも変だ。まずは落ち着けるところに移動しよう」

変人が極めてまっとうなことを云った。

*

梯子のような階段を上がってリビングに出た。

そこのソファに三人で座った。

勒恩寺と木島が向かい合わせで、紅林刑事は三角形の頂点の位置に腰を据える。

ここで前回同様、木島のボイスレコーダーが役に立つこととなった。勒恩寺に事件の経緯を伝えるためだった。今日一日、あちこちで録音した音声を、探偵は三倍速で聞き、紅林刑事が補足としてタブレット端末の写真を見せた。

「というわけで、志我くんが帰ってしまって、今後の指針を見失っていたところなんです」

木島は説明をそう締め括った。

「なるほどなるほど、よく判った」

と、ソファの上で足を組んだ勒恩寺は、ふんぞり返った行儀の悪い姿勢で、何度かうなずいた。

「僕としては、やはり見立ての謎が気になっています。龍神湖の岸辺に切断した足を並べて脛斬り姫の伝説を再現するなんて、正気を失っていないのなら犯人は一体何のつもりなんでしょうか」

木島が訴えかけると、自称名探偵はふんぞり返ったまま、見下《みくだ》すような目でこちらを見て、

「木島くんには判らないのかい」

「さっぱりですね」

「でも、志我くんは判ったと云ったんだろう。高校生に読み解けた謎を、大の大人の君が判らないなんて、おかしいじゃないか」

「別におかしくありませんよ。僕は探偵じゃないんだし」

「でも、警察庁のれっきとしたお役人様だろう。少年に負けて悔しくないのかい」

「いいえ、特には」

「つくづく自己評価の低い男だねえ、木島くんは。変なやつだなあ」

と、勒恩寺は機嫌よさそうに、にんまりと笑って上体を起こすと、

「紅林くんといったね、一課の刑事の君の意見も聞きたい。どう思うかね、見立ての謎を」

突然話を振られて、紅林刑事はちょっと慌てて、

「いえ、自分も五里霧中です」

「犯人の意図が判らないかい」

「ええ、まったく」

「雁首並べて情けないね、君達は。生意気盛りの高校生にも敵わないなんて」

酷い言い草で勒恩寺は、それでもなぜか上機嫌で両掌を揉み合わせる。

そこへ、ドアが開いて一人の男が入ってきた。門司清晴だ。貧相に痩せた体軀の清晴は、木島達三人がソファに座っているのを見て立ち止まった。

「門司さん、自室で待機を、と何度もお願いしたでしょう」

生真面目な紅林刑事が早速苦言を呈する。

「いやあ、申し訳ない」

こそこそしているのを見つかった清晴はバツが悪そうに、奥のキッチンまで行き冷蔵庫を開ける。

「こいつを取りにきただけですんで、どうかご勘弁を」

と、コーラの缶を掲げてこちらに見せると、すぐにぷしゅっと開けている。よほどの好物らしい。

木島は、志我少年が云っていたことを思い出す。犯人はすでに毒薬をどこかに仕込んでいるかもしれない。注意する前に清晴は、缶に口をつけてうまそうにごくごくと飲んでいる。まあ、缶入りだからめったなことはないか、と木島がその姿を見ていると、勒恩寺が視線の動きでそちらを示して、

「ひょっとしたら、彼が門司清晴氏かな」

木島は答えて、

「そうです、被害者の弟さんの」

「やっぱりそうか、声が録音のものと同じだ」

探偵が云うと、清晴はコーラの缶を持ったままこちらに寄って来て、

「私がどうかしましたか」

「いえ、ご挨拶しようと思っていたところです。お目にかかれてよかった」

機嫌のよさそうな勒恩寺に、清晴は怪訝そうな目を向けて、紅林に尋ねる。

「こちらはどなたでしょう。あまり警察の人らしくは見えませんけど」

「そう、そんな野暮な連中と一緒にしてもらいたくはありませんね。俺は探偵、しかも名探偵、勒恩寺といいます。どうぞお見知りおきを」

と、名刺を差し出す。

「これはご丁寧にどうも」

受け取った清晴は、目をぱちくりさせている。それはそうだ。〝名探偵　勒恩寺公親〟としか印刷されていない名刺を渡されたら、誰でも面喰らう。

「時に清晴さん、ちょうどあなたに聞きたかったことがある。今、いいですね」

十年来の知己《ちき》のごとく馴れ馴れしく勒恩寺は、

「まあ、とりあえず座って」

「はあ」

と、コーラを片手に不得要領な顔つきの清晴は、ソファの空いている席に腰かける。

勒恩寺は、馴れ馴れしい態度のままで、

「ひとつ質問に答えてください」

「ええ、私に答えられることなら」

「昨晩、バーベキュー会の席であなたはまめまめしくゲストの世話を焼いていたそうですね。後片付けにも積極的に参加して。どうしてですか」

「どうしてって、ホスト側の者としては当然でしょう」

ちょっと困惑した様子の清晴に、勒恩寺は遠慮のない口調で、

「それだけの理由で、ですか」

「ええ、まあ」

「土日を潰してサービスを？　得心がいきませんねえ。あなたはお兄さんの会社とは全然関係ない立場ではないんですか。なのにどうして、ホスト側としてかいがいしく働かなくてはいけないんです？」

と、勒恩寺は詰め寄る。厚かましさのパワーに気圧されたのか、ため息をついて清晴は、

「判りました、自白しますよ。どうせこれから警察に洗い出されて、すぐに明らかにされる事情

でしょうから」

　と、ちらりと紅林刑事を見て、

「兄に頭が上がらない理由があるんです。実は借金をしていましてね、兄から。離婚の時、慰謝料をたんまり持っていかれたんです。私の有責だったから、向こうがいい弁護士を雇って。法外な額を毟り取られたものですよ。それで兄に泣きついた。その返済も、このところ滞りがちでね。そのせいで兄の云うことに逆らえなくなった。だからせっせとご機嫌取りに滅私奉公しているんです。会社の慰労会をやると云われれば、休日返上でへいへいと手伝いに来る。やもめ暮らしで炊事はそこそこできるんで。それだけの話です」

「なるほど、そういう理由が。うん、よく判りました」

　と、納得顔の勒恩寺は両掌を擦り合わせて、

「では木島くん、関係者全員を集めてくれないか。警察の捜査陣も含めてね。一番広そうなのはここだな、このリビングでいい。すぐに集合させてくれたまえ。一人残らず、全員を」

「何をするんですか」

　疑義を呈した木島に、勒恩寺は、さも当然と云わんばかりの顔つきで、

「決まっている、解決編さ。名探偵が全員を集めるように指示を出したんなら、それしかないだろう。名探偵による謎解きの名場面が始まるんだ」

「ということは、解決したんですか、事件を」

　ここで事情を聞いただけで解決なんてできるものだろうか、と木島が幾分驚きながら尋ねると、

「もちろんだ」

勒恩寺は自信たっぷりにうなずく。そして、にんまりと笑うと、

「俺の論理がそう告げている」
＊

紅林刑事にも手伝ってもらって、全員に声をかけた。

門司清晴は何が始まったのかときょろきょろしている。

最初にリビングに入って来たのは門司真季子だった。不安そうな顔つきで、

「ここに集合するように云われたんですけど、何でしょうか」

辺りを見回して少し怯えた様子だ。

次に入って来たのは一谷英雄だ。

「突然の招集にはどんな意味があるのでしょうか。そろそろ帰してもらいたいのだが。社長があんなことになって会社での処理が色々あるから」

と、明瞭な発音で淡々と云う。銀縁眼鏡の奥の目は、相変わらず冷静そのものである。

そして最後に、白瀬直と熊谷警部がやって来た。

警部はいきなりの呼集に不満そうだった。捜査責任者を差し置いての勝手な指示には、不機嫌になるのも当たり前のことだろう。

白瀬直は、まだ困惑している様子だった。自分の置かれた理不尽な状況が呑み込めていない、

という顔つきである。彼は両脇をがっちりと固められていた。例の黒豹と狼の両刑事が、腕を片方ずつ押さえているのだ。手錠こそ嵌められていないけれど、実質的に拘束されている。熊谷警部は彼の容疑が揺るぎないものと信じているらしい。これでは冤罪が生まれてしまう。

木島は、勒恩寺の耳にそっと、

「問題の白瀬くんです」

と、冤罪から救うべき人物であることを教える。

「判った」

短く答える勒恩寺が、頼もしく感じられた。

こうして関係者全員が揃った。

ソファだけでは席が足りないので、ダイニングの椅子も動員する。それで皆が、ローテーブルを囲んで車座になった。

木島はそっと見回して、集まった面々を確認する。

門司清晴、門司真季子、一谷英雄、そして白瀬直。容疑者メモに記された四人である。それに加え、熊谷警部に紅林刑事。そして肉食獣系刑事の二人組。二人は白瀬の両脇を固めたままだ。絶対に逃がさないという強固な意志を感じさせた。

勒恩寺が、すっくと立ち上がった。

スマートな二枚目なので、その立ち姿は決まっている。ただし髪が乱れてぼさぼさだから、格好良さは若干割り引かれていた。

勒恩寺はよく通る声で話し始める。

「皆さん、よく集まってくださいました。初めまして、私は勒恩寺公親、探偵です。いや、正確にいえば名探偵です。これから事件の解決編を始めようと思います」

熊谷警部は、不満を隠そうともせずに、

「これは何の茶番ですかな。こんな権限が誰にあるというんですか」

非難する口調で云った。木島は平身低頭で、

「すみませんすみません、しかし彼は警察庁嘱託の正規の探偵です。どうかここは警察庁の立場に免じて、どうかお許しを。お願いします」

それでどうにか、警部は黙った。権威側に立つ警部としては、警察庁という錦の御旗にだけは弱い。鼻を鳴らして、むっつりとした顔は変わらないけれど。

門司清晴は、不思議そうに名探偵と名乗った男を見上げている。

門司真季子は、不安そうに視線を左右に動かしている。

一谷英雄は、冷静そのものの態度で落ち着き払っている。

そして白瀬直は、途方に暮れたみたいに、やはり困惑顔のままだった。

そんな関係者一同の様子を見渡してから、勒恩寺はどっかりとソファに座った。

その場にいる誰より大きな態度で、勒恩寺は口を開く。

「さて、今回の事件は、この別荘の持ち主でもある門司重晴氏が毒殺され、両足を切断された挙げ句、脛斬り姫の伝説に見立てられるというものでした。今からこの事件をすべて解決していきますので、ご静聴をお願いします」

勒恩寺は、自信たっぷりに云う。

「ではまず、見立てについて考えてみましょうか。私の随伴官も大いに気にしている、脛斬り姫伝説の見立てです。これは確かに一見、見立てに見えます。遺体の足は脛の部分で切断され、それが龍神湖の湖岸に並べられていた。脛斬り姫伝承のラストシーンにそっくりです。印象的な場面ですからね。しかしこれは本当に見立てなのか。私は甚だ疑問に思うのです。ひょっとしてこの見立ては成立していないのではないか。そう思うのです」

　のっけから何を云い出すのか、この探偵は。誰がどう見ても見立てだろう。そんな木島の疑念をよそに、勒恩寺は云う。

「脛斬り姫伝説の眼目は、姫様が人身御供になった点にあります。自身の命と身を湖に投じて、龍神様の生け贄になった。重要なのは湖に身を投げ、命を捧げたところにあるはずなのです。献身的に民のためを思った姫様の行いこそが、重要なはずなのです。入水した事実がメインであって、湖畔に残された脚部の場面は、云ってみればつけたりでしかないのですよ。そして、今回の見立ては、この最も重要な要件を満たしていない。そう、成立していないのです。もし本当に脛斬り姫の見立てを構築したいのならば、脛から下の足を湖岸に残した上で、本体の胴体部分は湖に投じないといけない。ここまでしてようやく、見立てとして完全になるはずでしょう。そうしないと未完成なのですから。しかし犯人はそうしなかった。どうしてでしょうか」

　勒恩寺の問いかけがこちらに向かっている気がして、木島は思わず口を挟んで、

「最も印象的な場面を再現しただけなんじゃないでしょうか。だって胴体は重いし、湖まで運ぶのは大変ですよ」

　すると勒恩寺はにんまりと笑って、

「おお、いいことを云ったな、木島くん、今君は本質を突いたぞ。さすが俺の随伴官だ。しかし今はそれは措いておこう。とりあえず見立ての話を進めるぞ」

と、一同のほうに改めて向き直って、

「象徴的な場面の再現ならば、尚のこと胴体は湖に投じなければならないのではないでしょうか。なぜならば、そこが脛斬り姫伝説のメインの部分だからです。難しいことではありません。殺害現場を湖畔にすればいいだけです。湖の近くまで被害者自身の足で歩いて来てもらって、そこで殺害する。そして脛をその場で切断して、胴体部分だけを引きずって湖にドボン。残った脚部は湖畔に並べておく。ほら、これで見立てはより完全な形になるでしょう。手間は大して変わらない。しかし、犯人はその手段は取りませんでした。なぜでしょうね」

「湖に沈んだら、胴体のほうは発見されない恐れがあります。それを警戒したんではないでしょうか」

「それはないんだよ、木島くん。そうでしょう、警部殿、脛から切断された人体の脚部が湖畔に並んでいたら、そして胴体部分が見つからなかったら、警察はどう動きますか」

問いかけられて、仏頂面のままで熊谷警部は、

「もちろん、浚う。殺人と死体遺棄の可能性が高い。足が岸辺にあるのなら、胴体は湖の中にあるかもしれないと推定する。どこの警察でもそう考えるはずだ。船を出して湖の底を棒で浚い、潜水チームも潜らせて水中を捜索する。捜査とはそうした地道なものだ」

「大捜索になるでしょうね」

「無論だ」

不機嫌そうな警部の答えに、勒恩寺は満足げにうなずき、

「万一警察の大捜索で見つからなくても、そのうち腐敗ガスで膨らんで死体は浮かんでくることでしょう。それほど巨大な湖というわけでもありません。胴体が発見されないということはないはずです。だから、もし犯人が見立てを万全に成立させるつもりだったのなら、胴体を湖に投じないはずがないのです。ところが犯人はそうしなかった。従ってこれは見立てなどではないと、私は判断します。少なくとも犯人にとって、脛斬り姫の伝説を再現するのが第一義ではなかった。それは確実と云えるでしょう。つまり、足を切断した理由も、見立ての場面を作るのが目的ではなかったことになる」

「では、何のためにわざわざ脛を切断したというんですか。目的が判りませんよ。脛を切るのだって結構な大仕事でしょうに」

「おお、また木島くんが本質を突いたぞ。君はまったく随伴官向きだな。うん、脛を切るのは大仕事。これは後で重要なファクターになるから、皆さんよく覚えておいてくださいよ」

と、教え諭すように云って勒恩寺は、両掌を揉み合わせながら、

「そう、木島くんの云うように犯人はわざわざ脛を切断した。しかしそれは見立てを成立させるためではない。では何のためでしょう。今回の事件ではこれが最大の謎になります。殺害するのだけが目的ならば、脛を切る必要などなかった。水筒にヒ素を投入すれば、後は自動的に目的は達せられるはずです。しかし犯人は、手間暇かけて切断した。わざわざ皆さんが寝静まった夜中に、大浴場まで下りて作業している。見立てを作るのが目的ではないのに、どうして両膝を切断したのか。これが本件での一番不可解な点です。この大きな謎を解くために、まずはいくつかの

小さな謎を考察する必要があると、私は考えます」

　そう云って勒恩寺は、聴衆を見渡した。そして、

「まず、小さな謎のひとつ目。犯人は水筒に毒物を混入しました。大浴場で被害者がスポーツドリンクを飲みながら筋トレをする習慣を利用して、服毒するよう仕掛けました。そして深夜になってから、自らも死体のある大浴場に下りて行って、足を切断した。しかし、大浴場は他の人が来る可能性がゼロではありません。確かに皆さんは、大浴場を重晴氏専用スペースと認識していました。他の人は遠慮して、あまり行かないとの証言も出ています。けれど同時に、重晴氏の不在の時には大浴場を使わせてもらうこともある、との証言もありました。清晴さん、そうですね」

「ああ、確かにそう云いましたね。実際、兄が使わない時は私や真季子さんも、たまに温泉に浸かりに行ったりしていたし」

　そう清晴が肯定すると、勒恩寺は満足げに、

「そう、特に重晴氏の筋トレが終わって、本人が疲れて寝てしまった深夜など、この時間帯ならば誰かが気まぐれを起こして、たまたま入浴しに来ないとも限らない。深夜の大浴場は、誰かがいきなり現れるかもしれない、犯人にとってはあまり安全とは云えない場所なのです。そんな場所で悠長に足を切断などしていたら、見つかってしまう恐れがある」

　と、勒恩寺は、ぼさぼさの頭髪をざっと片手で搔き上げて、

「確かに浴場は、血液などを流してくれて、証拠をすべて洗い流してくれるメリットがある。だから凄惨な作業をするには、もってこいの環境なのかもしれません。しかし、あくまでもベター

でしかありません。ベストの場所ならば他にあります。云うまでもなく被害者の自室です。重晴氏の泊まっているあの部屋ならば、誰かが気まぐれを起こしてふらりと入浴に来る危険はない。何より鍵がかかります」

勒恩寺の言葉で、木島は重晴の部屋にあったドアノブのロック機構を思い出していた。

「誰かが何か用事があって重晴氏を訪ねて来たとしても、鍵がかかっていれば、突然ドアを開かれる恐れはありません。鍵をかけておけば、ああもう寝てしまったんだなと、諦めて立ち去ってくれるでしょう。ロックしていれば誰にも邪魔されず、そして切断現場を目撃されることなく、ゆっくり作業に没頭できるはずです。どうです？　これがベストでしょう。布団などで覆って切断すれば、返り血もある程度防げるし、周囲が血塗れになるのも抑えられるでしょう。各部屋にバストイレ付きなので、犯人の手についた血痕はバスルームで洗い落とせるはずです」

と、ちょっと血腥《ちなまぐさ》いことを云ってから勒恩寺は、

「どのみち死体は次の朝には発見されるのです。それは大浴場でも被害者の私室でも同じことです。どうせ発見されるのだから、部屋の中が血で汚れていても構うことはないでしょう。深夜、訪ねて行って、撲殺などの手口で殺害してもいいし、どうしても毒殺にこだわるのなら、何か飲み物を差し入れてもいい。ドアのロックの指紋から、被害者は鍵をかけて眠る習慣はなかったようなので、寝込みを襲うのもありですね。そして殺害後、中から鍵をかけて、ゆっくり切断に取りかかれるというわけです。どう考えてもこれがベストでしょう。被害者の部屋というベストの場所があるにもかかわらず、犯人は大浴場を切断場所に選んだ。さあ、これはどうしてでしょうか。作業の途中でひょっこりと第三者が顔を出すかもしれない、ベターでしかない場所を選んで

いるのです。これが謎のひとつ目。①犯人はなぜ大浴場を現場に選んだのか」

勒恩寺はそう云って、全員の顔を見回した。誰も何も答えなかった。この疑問に解答できないのだろう。もちろん木島も、うまい答えを思いつかなかった。

「次に、小さな謎のふたつ目です。道具小屋で血痕が見つかっていますね。地上に建っている木造の小屋だ。紅林くんが見せてくれた画像にあった。血痕が残っていたのがどこか、覚えているね」

勒恩寺に問われ、紅林刑事は少し硬くなって、

「はい、鉈の柄の部分に付着していました」

「そう、部位はどの辺だったかな」

「柄の横の部分でした。刃に近いところです」

紅林は若干緊張しつつも、テンポよく答えている。

「その鉈はどんな状態で置いてあった？」

「他の道具に交じって、横に積み重なっていました」

「結構。それで、その血痕は誰のものだった？」

「被害者のものと推定されています。血液型が一致していますから」

「よろしい。皆さん、聞きましたね。紅林刑事の報告で、道具小屋の鉈に被害者の血液が付着していたと判明しました。脛を切断したノコギリも、この小屋から持ち出されたものでしたね、警部殿」

熊谷警部は眉をひそめたまま、

「ああ、そうだな」

「では、警部殿。この血痕が発見されたことから捜査に何か進展がありましたか」

「いや、特にない」

「誰か特定の一人の容疑が濃くなったとかは？」

「そんな事実はない」

「では、この血痕の付着が犯人の偽装だと私が主張したら、警部殿はどう思いますか」

「バカバカしい、と一笑に付すだろうな」

と、実際に苦笑して熊谷警部は、

「そんなくだらん偽装があるものか。そもそも血痕は非常に薄かった。鑑識の綿密で地道な捜索でやっと見つかったものだ。偽装だったら、もっとはっきり判る形で残すはずだろう。べったりと血をつけた状態で。その上、鉈に血痕が付着していたからといって、我々の捜査方針に何か影響があったわけでもない。何の変換点ももたらさない偽装など、まるっきり意味がないだろう」

「だったら警部殿は、血痕は偽装ではないとおっしゃるんですね」

「無論だな」

「よかった、私と同意見です。そう、私も警部殿と一緒で、鉈の血痕は偽装などではないと思っているのです。つまり、犯人がわざと残したものではない、ということですね。そして、死体発見者の一谷さんの手や着衣に付着していたものが、偶然なすり付けられたのでもない。そうですね、一谷さん、あなたは死体発見後、道具小屋には行っていませんね」

「ええ、もちろん」

と、突然の指名にもかかわらず、一谷は顔色ひとつ変えず、冷静な口調で、

「道具小屋に用事などありませんから。だいいち警察から自室待機を要請されていた。地上に出ることなどできません」

その答えが期待していたものだったようで、勒恩寺は楽しそうに両掌を揉み合わせて、

「発見者の一谷さんが付着させたのではない、そして犯人が故意に残したものではないことも警部殿の推測で判っています。となると当然、犯人の意図とは別に付着してしまった、と考える他はありませんね。つまり、この鉈の血痕は犯人がうっかり残してしまったものだ、と断定しても構わないでしょう。そうすると今度は、いつ如何なる状況で血痕が付着したかが問題になります。そこでふたつ目の謎です。②鉈の血痕はなぜ付着したのか」

勒恩寺はここでまた、一同を見渡す。誰も言葉を発しないのを確認してから、再び口を開いて、

「そして、次の疑問点。その三です。皆さんはご存じでしょうか。被害者のスーツケースがなくなっていたことを。他にも色々なくなっていたそうですね、奥さん」

いきなり名指しされて、真季子夫人はぎくりとしたようだったが、一度大きく息をついてから、

「ええ、なくなっていましたね」

「具体的には、何です?」

「スーツケースの他には、着替え、シェーバー、歯ブラシセット、整髪料、スマホの充電ケーブル」

「日用品ばかりですね。まるでご主人が旅支度をしたようだ、と奥さんはおっしゃった」

「ええ、そう見えました」

真季子夫人はうなずく。そこで勒恩寺は熊谷警部のほうへ視線を向けて、

「そして警察の報告には、スーツケースが別荘内のどこかで見つかった、というものはありませんでした。スーツケースと被害者の身の回りの物は、別荘の外へ持ち出されたと考えるしかないようです。さあ、これが三つ目の謎です。③スーツケースはなぜなくなっていたのか」

と、聴衆を見回す。皆、固唾を呑んで探偵の話に聞き入っている。その様子に満足したように、勒恩寺は不敵な笑みを浮かべて、

「さて、三つの謎が並びました。これをひとつずつクリアにしていきましょうか。まず『③スーツケースはなぜなくなっていたのか』。一応聞きます、どなたか重晴氏のスーツケースを見ていませんか。身の回りの物がどこへいったのか、ご存じのかたはいらっしゃいませんか」

全員が、互いに顔を見合わせる。一様に怪訝そうな表情になっていた。誰も答える者はいないようである。

「この際、盗みの罪は問わないことにしましょう。殺人と比べたら微々たることだ。警部殿もお目こぼししてくれることでしょう。お心当たりのあるかたは、今名乗り出ないとマズいことになりますよ。ここで申し出ないと捜査妨害になって、犯人隠避の罪に問われる可能性が出てきます。警部殿もそこまでは大目に見てはくれないでしょうね。もし自分が盗ったというかたは、今すぐ白状してしまってください。今ならまだ間に合います」

しかしやはり、皆、顔を見合わせるだけだった。門司清晴がおずおずと、

「いないようです。兄のスーツケースなど盗んだところで使い道はないですし、誰も盗ったりはしないと思いますよ」

「そうですか。だったら被害者本人か、もしくは犯人が持ち出した、ということになりますね。さて、どちらでしょう」

と、勒恩寺は両手を広げてみせて、

「状況としては一見、被害者本人が旅行にでも出かける準備をしていたふうにも見えます。着替えなどの日用品を一式詰めて、次の朝に出発するから車のトランクに積んだか、駅のロッカーにでも預けたか。それでスーツケースがなくなっていた、というように見えるのです。昨日の夜、重晴氏はいつものように大浴場での筋トレに勤しんでいますから、荷造りをしたのは昼間のうち、だと推定される。しかし、それだと一点、納得のいかない品が交じっているのですよ。旅行の何時間も前には、まだ荷物に入れないだろうという物です。判りますか。それは、スマホの充電ケーブルです。普通、長い旅に出るのならば、携帯電話は出発の直前まで充電しておくことのほうが多いでしょう。前もって荷物に充電ケーブルを入れるようなことをするとは、ちょっと考えにくい。他の品は、昼間の内にスーツケースに詰めて準備を調えたとしても整合性が取れます。しかし充電ケーブルだけはいただけません。早朝に出立するのなら、就寝時に充電する。夜中に旅立つのなら、出かける直前まで充電ケーブルに挿しておく。たいてい誰もがそうするでしょう。長旅に出るのなら、携帯はその前にフル充電にしておきたくなるのが人情ですから。充電ケーブルは出発の直前まで使っていて、最後に手回り品としてポケットやバッグにでも入れるものです。前もってスーツケースに詰めたりなどしない。さあ、これで判りましたね。スーツケースは被害者本人が持ち出したものではないのです。充電ケーブルがなくなっているのが、持ち主当人が荷造りしたのではないことの何よりの証左となるのです」

と、勒恩寺は乱れた髪を、ざっくりと片手で掻き上げて、

「そして、皆さんの中にもスーツケースを持ち出した人はいませんでした。となると、残りは犯人だけなのです。犯人が前もって持ち出したと考えるしかない。死体が発見された後で、持って出たとは思えませんね。警察がやって来て、刑事さん達が大勢、別荘内を闊歩している最中に、大きなスーツケースをごろごろ引きずって歩くわけにはいきませんので。犯人は、事件発覚前にスーツケースを別荘の外へ持ち出しているのです。恐らく、死体の足を切断する前でしょう。後だと、切った脚部の処理と重なって煩雑になるでしょうから。皆さんが就寝のために解散した直後かもしれませんね。持ち出した後の処理はさほど難しくないでしょう。重りを詰めて龍神湖に沈めてしまうのもいいでしょう。昼間の内に買い出しという口実を作って駅まで行って、東京行きの特急列車の網棚にでも載せてしまうのもいいかもしれない。東京駅には毎日大量の遺失物が集まりますからね。日用品の詰まったスーツケースのひとつぐらい、その遺失物の山の中に交じっても、駅員さんもそれが犯罪に関わる品だとは、夢にも思わないことでしょう。『③スーツケースはなぜなくなっていたのか』。その解答は『犯人が持ち出したから』。それしかあり得ません。犯人が何の理由でそうしたのかは、後ほどはっきりさせましょう」

別にもったいぶるふうでもなく、勒恩寺はそう云う。そして続けて、

「次は『②鉈の血痕はなぜ付着したのか』。この謎を突き詰めてみます。まず、どのタイミングで血がついたのか。昨夜の犯人の行動を追ってみましょう。まず犯人は、バーベキューの後片付

けの混乱に乗じて、水筒に三酸化二ヒ素を混入しました。これで殺人の準備は終わりです。そして、関係者の皆さんが寝静まるのを待ち、被害者が確実に毒入りドリンクを飲んだ頃合いを見計らって、行動開始です。まずは地上に出て道具小屋に行きます。ノコギリを持って行かなくては切断作業ができませんからね。道具小屋の鍵は、玄関の内側の壁にぶら下がっています。内部にいた人ならば、誰でも使うことができます。そして、ノコギリを手にして大浴場へと下りて行く。被害者が毒で死んでいるのを確認してから、ノコギリで両足を切断します。ノコギリの指紋を拭ってその場に置くと、今度は切り取った両足を抱えて階段を上り、外へ出ます。闇の中を湖畔まで歩くと、岸辺に両足をセット。見立ての場面を作ります。この時は、懐中電灯か何か使っていたのかもしれませんね、外はまっ暗だったでしょうし。それから別荘に戻って、自分に割り当てられた部屋に戻ります。そして朝になったら他の皆さんと合流し、後は大浴場の死体が見つかるのを待つだけです。おや、これはおかしいですね、鉈に血痕が付着する機会がないじゃないですか」

と、勒恩寺は芝居がかりに、自分の言葉に驚いた振りをすると、

「鉈の血痕が付着したのはいつでしょうか。犯人が最初に、ノコギリを取りに道具小屋に入った時でしょうか。いや、それはありませんね。この時はまだ、犯人が大浴場に下りる前です。被害者の死体に触れもしていないのですから、ここで血痕が残るはずがないのです。よしんば一旦大浴場に行って死亡を確かめてからノコギリを取りにいったとしても、この時はまだ切断の前なのですから、血が出ているはずもない。ですからやはり、この時に血痕が付着したわけではないことになります」

と、勒恩寺は続ける。

「では切断した後でしょうか。この時ならば犯人の手か衣服に血液がついていて、その血が鉈になすり付けられた、とも考えられます。しかし犯人には、切断した後、道具小屋に立ち寄る用事などないはずなのです。切断に使用したノコギリは大浴場に残しています。道具小屋に返しにいったわけではない。両足を龍神湖の湖畔に置きに行く前に、道具小屋に寄る必要があるとも思えません。犯人が道具小屋に入る用事があるのは、ノコギリを取りに行った最初の一度きりのはずなのです。そう考えると、鉈に血痕が付着するタイミングなど、そもそもどこにもない道理になってしまいます。これは変です、どこかが間違っているのです。はて、どこが間違っているのでしょうか」

と、再び芝居がかって首を傾げてみせると、勒恩寺は、

「血痕のついた鉈が道具小屋で発見されている。これは取りも直さず、脚部切断後に犯人が道具小屋に立ち寄ったことを意味しています。被害者の死因は毒殺で、切られた脛以外には外傷はないのですから、鉈に付着した血痕の出所は、この部位と考える他はありません。では、何のために立ち寄ったのでしょうか。意味もなく立ち寄るはずもない。殺人という重大事件の最中です、犯人にはよほどやむを得ない理由があったのでしょうね。さきほど警部殿が云ったように偽装工作などではない以上、何か絶対に道具小屋に立ち寄らなければならない事情が、犯人にはあったに違いないのです」

勒恩寺は、熱の籠もった瞳で一同を見回してから、

「そこで、血痕の位置に注目してみましょう。さっき紅林刑事が説明してくれたように、血痕は

鉈の柄の横の部分、刃との境目に近い箇所に付着していました。そして、他の道具類に交じって積み重なっていた。これは普通に考えて、犯人の手や衣服についた血が、うっかりこすれて付く位置ではありませんね。道具類は横になって積み重なっていたのですから、もしこすれて付いたのならば、柄の底面に付着するはずです。こちらを向いているのは、柄の底の部分だけなのですから。持ち手の、刃に近い部分に血痕があったということは、それが付着した時は鉈は積み重なった状態ではなく、棚から外に出ていたことを示しています。積み重なった柄の横っ腹に付着していたのですから、血が付いた時はそこではない他のところに出ていたと考えるしかないのです。どこに出ていたのでしょうか。道具小屋の床？　いやいや、それはないでしょうね。犯人がノコギリ以外の道具を取り出す必要はないのですから。では、鉈はどこに出ていたのか？　床などよりもっと相応しい場所があります。そう、大浴場、すなわち切断現場です。血痕はそこで付着したと見るのが最も自然ではないでしょうか。道具小屋にやって来た犯人の着衣に付いていた血が、こすれて付いたとはちょっと考えにくい。なぜならば、鉈は他の道具類の下敷きになっていたからです。そんな場所にあった柄の部分に、偶然こすって付けてしまった、ということは起こり得ないことです。そう考えるよりも、血塗れの切断現場で直接、犯人がうっかりこすってしまったと考えるほうが、はるかにありそうな話です」

勒恩寺は続けて云う。

「そう考えると、犯人が何のために道具小屋に立ち寄ったのかも説明がつきます。もちろん、他ならぬ鉈を戻しに行ったわけです。犯人は、鉈に血痕が付着していたことに気がついていなかったはずです。もし気がついていたのなら、きれいに洗い流しているか、鉈そのものを湖にでも放り込んで処分してしまっていたことでしょう。犯人の心情として、血痕などの証拠になりそうな物は、できるだけ処理してしまいたいはずですからね。犯人は、道具小屋に戻したことから、犯人が血痕の付着に気づいていなかったことが判るのです。犯人は、鉈にほんの少し血痕がこすれてしまったことを知らずに、道具小屋に戻した。そして、その血痕が付着した場所は、大浴場だった可能性が極めて高い。そう、犯人が大浴場に持ち込んだ道具は、ノコギリだけではなかったのです。ノコギリの他に鉈も持ち込んだ。そう考えれば、血痕の問題はすべてすっきり解消するのです。そして鉈だけではありません。道具小屋で、鉈の上に積み重なっていた物は何でしょう。はい、紅林くん」

小学校の教師のように、勒恩寺は紅林刑事を指さす。いきなり名指しされて紅林は動揺しつつも、

「小型の手斧、糸ノコ、片刃のノコギリ、そういった物が載っていました」

「そう、鉈の上には他の刃物が載っかっていたんですね」

大変よくできました、と云わんばかりの口調で勒恩寺は、

「犯人は鉈を棚に戻したわけですが、しかし他の物が上に載っているのは変だとは思いませんか。もし普通に戻すのならば、一番上にひょいっと載っければいいはずです。下のほうに突っ込む必要はまったくないのです。犯人は鉈に血痕が付着していることに気づいていなかったのですから、一番上に置くことに何の抵抗もなかったはずなのです。ところが実際には、鉈の上には他の道具類が積み重なっていた。その理由を考えるに、その上に載っていた道具、それらもまた犯人が持ち出していたと考えるのが最も自然です。戻す時、ごちゃっとひとまとめに置いたので、

それで鉈が他の道具類の下敷きになってしまったわけです。つまり、手斧、糸ノコ、片刃のノコギリ、そして鉈に、実際使用した両刃のノコギリ、この少なくとも五種類の刃物を、犯人は持ち出した。無論、その中の鉈とノコギリのふたつだけを大浴場に持ち込んだと考えるのは不自然ですね。全部持っていったと推定するのが、最もあり得そうな話なのです」

そう云って勒恩寺は、一同の顔を見渡した。

「鉈の血痕の位置、そして積み重なった他の道具類の状況、それらを総合的に考えると、そう結論づける他はないのです。これで②の疑問点は解消しましたね。『②鉈の血痕はなぜ付着したのか』。答えは『犯人が鉈を始めとした複数の刃物を切断現場に持ち込んだから』。こうとしか考えられません」

勒恩寺はそこで一拍、間を置いて、皆が理解しているかどうか顔色を窺ってから、

「さて、これで核心に近づいてきました。犯人は多数の刃物を携えて大浴場に下りて行った。そこにはヒ素入りドリンクを飲んで死亡した遺体がひとつ。多数の刃物にひとつの死体、です。犯人が何をしようとしていたのか、これで想像がつきますね。可能性はひとつしか考えられない。ノコギリで足を切断して、ノコギリが血脂の付着と刃こぼれで使えなくなったら、糸ノコに持ち替えて今度は腕を切断する。糸ノコがダメになったら鉈で首を切り落とし、手斧で胴体の背骨を断ち切る。犯人は複数の刃物でそうしようとしていたのではないでしょうか。刃物を多数持ち込んだ理由としては、それしか考えられません」

木島はその言葉に仰天して、

「ちょっと待ってください、勒恩寺さん、それってバラバラ殺人じゃないですか」

すると、勒恩寺はにんまりと人の悪そうな微笑みで、

「その通り。今回の事件はバラバラ死体になりそこなった死体が発見された事件だったのですよ。さあ、一番大きな謎はこれで解明できました。木島くん、ここでひとつ質問だ。バラバラ殺人のメリットは何だと思う？」

「もちろん、死体を運びやすくする、そして隠しやすくする、この二点ですね」

木島が答えると、勒恩寺は満足げにうなずき、

「そう、被害者は筋トレマニアで大柄、体格もがっちりしている。当然、体重もある。そのままでは大浴場の急勾配の階段を引きずり上げるのは到底不可能だ。だから犯人は死体を小分けに分割して運びやすいようにした。これが今回の事件の全貌だよ」

勒恩寺の言葉に、木島はあの大浴場に至る梯子段みたいな階段を思い出していた。両側の手摺りを摑んでいないと転がり落ちそうになる、恐ろしい角度の階段だ。しかもそれが、２フロア分くらいの長さがある。確かにあの滑り台じみた階段で、重い物を引き上げるのは無理があるだろう。

「さっき木島くんは、胴体は重くて湖まで運ぶのは大変だ、と発言しただろう。それが本質を突いていたのだよ。重くて運ぶのが困難な死体は、バラバラにして運ぶしかない。さあ、木島くん、ここでもうひとつ質問だ。バラバラに死体を切断するとしたら、君だったらどこから切る？」

そんな恐ろしいこと、僕はしないけどなあ、と思いながらも、木島はつい律儀に考えてしまう。

首は切り落とすのはエグいよな、顔が近いし、これは後回しにしたいな、慣れてからのほうがよさそうだ。胴体もないな、色々と気色悪いものがでろでろと出てくるだろうし、これも後回しだ。腕も、顔が近いから嫌だな、死に顔を近くで見るのはなるべく後にしておきたいし。とすると、やっぱり最初に切断するとしたら——

「足、でしょうかね」

と、木島は答える。勒恩寺は我が意を得たりとばかりに、

「そう、その通り、足だ、それが一番いい。もちろん犯人もそうしたことだろう。まず脛の部分を切断した。そこでさっき木島くんが本質を突いた、もうひとつの発言が意味を持ってくる」

そう云われてもピンと来ない。はて、何か云ったっけ、僕は。と、木島が考え込むと、

「忘れてもらっては困るな。君はこう云ったんだよ。『脛を切るのだって結構な大仕事だ』と。犯人にとっても予想外の大仕事だったんだろうね。脂で刃が滑る、筋が引っかかる、筋肉の繊維が刃先に絡みつく、骨も想像していたより数段硬い。両方の脛を切ったところで犯人は悟った。これは全部切るのは到底無理だと。多分、思っていたのより遥かにキツい作業で、くたびれ果てたんだろうね。木島くんの言葉通り、結構な大仕事だから。足の切断面から、解剖の知識のある者の手による仕事ではなさそうだ、というのが監察医の意見だったはず。犯人は素人なのだろう。恐らく、報道などでバラバラ殺人のニュースを見て、あれだけ世間で多く起きている事件なんだから、そんなに難しくはないと想像していたのかもしれない。しかし、いざ自分でやってみると予想以上の重労働だ。さらに時間も限られている。朝になったら、誰か起きてくる。それまでにはすべてを片付けておかないといけない。タイムリミットに間に合わないと判断したのだろ

うね。両脛を切ったところで断念せざるを得なかった。死体を隠すのを諦めたんだ。胴体は重くて、勾配の大きい階段を引きずり上げることは不可能だからね。大浴場の、外向きに開いている壁のないところから落としても、下は森や茂みが繁茂していて、人が近づけない状態だ。藪がひどくて、後で猫車などを使って回収に来ることもできそうにない」

ああ、思い出した。覗き魔の心配をした時、下の森は誰も入り込めそうもないと、木島も思ったのだった。

勒恩寺は、聴衆を見渡して言葉遣いを改めると、

「犯人はやむなく、死体を大浴場に放置することにしました。下の藪に落としても、すぐに発見されることには変わりはありません。切断に使ったノコギリも、指紋を拭うだけで置いておくことにした。これだけ隠しても意味がないですからね。ただし、バラバラにする計画だったことは隠しておきたかった。そこで使わなかった鉈や手斧などの刃物は、道具小屋に戻しておいたわけです。戻さずに現場に残しておいたら、多数の刃物イコールバラバラ死体という、今の私の連想と同じ筋道を辿って、捜査陣に元の計画を気取られてしまう危険があります。使わなかった刃物は、道具小屋に戻しておくのが一番安全です。しかし実際は、うっかり鉈に血痕を残してしまいましたが、慌てていた犯人はそれに気付くゆとりはなかったのでしょう。そしてさらには、切断した両足の処理にも困った。その場に胴体と一緒に置いておけば、やはりバラバラ計画に気付かれる恐れがあります。困った挙げ句、苦し紛れに思いついたのが脛斬り姫の伝説だったのです。関係者は皆、話し好きの五十畑老夫婦に聞かされて、あの伝説を知っています。それを利用して、湖の岸辺に両足を並べておけば、あたかも見立てのように見える。そう思いついた犯人

は、まるで見立ての場面を作るのがメインの目的で、そのために足を切断したかのように装ったわけです。ただ、最初に申し上げたようにこの見立ては不完全です。胴体を湖に投じなければ、見立ては完成しない。しかし、追い込まれた結果の破れかぶれの選択です。不測の事態なのだから、不完全なのには目をつぶるしかなかったのでしょうね。時間に追われていた犯人には、何とか誤魔化して見立てもどきにするのが精一杯だったのでしょう。まあ、そんなその場しのぎで安易な思いつきの工作なのに、それを手間暇かけてわざわざ作った凝った見立てだと勘違いしてしまったそそっかしい者が捜査陣の中にいたようですが」

と、勒恩寺は、少し皮肉めいた顔でにやりと笑って、こちらに流し目を送ると、

「こうして朝になり、湖には見立ての如き両足が置かれ、大浴場ではバラバラ死体になり損ねた死体が発見されるという事態になったのです」

勒恩寺の言葉に、木島は疑問点を述べて、

「しかし、さっきから勒恩寺さんは、犯人がバラバラ計画を隠したがっていたと何度も云っていますけど、どうして犯人はその計略を知られたくなかったのでしょうか。そんな苦しい見立てもどきの場面なんか作らなくっても、両足も大浴場に置いておいても構わなかったんじゃないですか」

自分が見立てにすっかり目を晦まされ、犯人の偽装に引っかかっていたことを棚上げにして、木島は尋ねる。すると勒恩寺は、ちょっと強く首を振って、

「いやいや、バラバラにする計画がバレたら、犯人の正体がすぐに露見してしまうだろう」

「えっ、なぜですか。そんなことで犯人が判明したりするんですか」

少し驚いた木島を、勒恩寺は手で制して、

「まあまあ、木島くん、焦らずに。それはこれから説明するよ。その前に、犯人の計画についてか。話しておこうか。犯人はバラバラにして運びやすくした死体をどうするつもりだったのでしょうか。恐らく当初の計画では、小分けにした死体は、道具小屋にあった麻袋にでも詰めて、ひとつずつ地道に、地上階まで担ぎ上げるつもりだったのでしょう。そうやって外に運び出し、重りを括り付けて湖にでも沈める予定だったのか、はたまた森の中へひっそりと埋めてしまう算段を立てていたのか、いずれにせよバラバラにして各パーツを小さくしたほうが隠匿が容易で、処理するにも都合がよかったのでしょうね。埋めるにしても、ひとつひとつの穴は小さくて済みますから」

と、一同を見渡し、勒恩寺は云う。

「そしてここで謎①の解答が導き出されるわけです。『①犯人はなぜ大浴場を現場に選んだのか』。もうお判りですね。大浴場はお湯がふんだんに使えます。ベストのはずの被害者の個室では、バラバラにするのは難しいでしょう。痕跡が残りすぎてしまいます。血液や体液、細かい肉片、その他諸々を、普通の部屋できれいに後始末をするのは困難を極めます。その点大浴場ならば、お湯を使い放題です。汲めども尽きぬ温泉が湧いていますからね。犯人としてはバラバラにした痕跡を、きれいさっぱり洗い流したかったのでしょう。バラバラにした死体を全部処分してしまえば、殺人事件のあった痕跡も消してしまうことができる。これが大浴場を殺害現場に選んだ理由です。床に肉片や内臓の欠片などが散らばったとしても、デッキブラシでかき集めて、壁のないところからまとめて落としてしまえばいい。崖の下に落ちたブツは、森の中の野生動物達がおいしく始末してくれることでしょう。デッキブラシで床を磨いておけば、何の痕跡も残らない。無論、殺害だけは被害者の個室で行うという選択もあったでしょうが、それでは後の処理に困ります。あの部屋は遺体を外に運び出すのに向いていません。廊下に無駄なアップダウンがあるからです」

云われて、被害者の部屋に向かった時に下がって上がった階段を思い出した。廊下の途中にあった、アスレチックみたいな急角度の階段だ。筋トレマニアの主人が大腿筋などを鍛えるボーナスステージと考えていたと覚しい、あの階段。

「重い死体を引きずってあの急階段を上がり下がりするのは、大変難しいでしょう。だからといって、部屋でバラバラにできないことは先程述べた通りです。もちろん野外で殺害すれば、こんな苦労はすることもないのでしょうが、ここは別荘地です。都会と違って夜はまっ暗になることでしょう。そんなところに被害者を呼び出すのも不自然ですし、闇の中では殺害も、死体の処理も困難です。発電機で灯りをつけたりしたら、他の別荘に泊まっている人に見られる恐れがある。何より返り血や死体から流れる血を、洗い流すことができません。やはり大浴場で、たっぷりのお湯を使いながら切断するのが効率がいい、と犯人も考えたのでしょう」

と、ここで勒恩寺はぼさぼさの髪を片手で掻き上げ、ちょっと間を取り、

「死体を大浴場で切断してすべてを無くしてしまう。刃物類もきれいに洗って道具小屋に戻しておく。毒殺に使用した水筒も洗ってヒ素の痕跡を消し、キッチンにでも置いておく。そしてもちろん、被害者の遺留品のバスローブやスマホの処分も忘れない。さあ、どうでしょう。こうすれば事件など何も起きていないも同然に見えます。そこで謎の③が活きてきます。『③スーツケー

スはなぜなくなっていたのか』。夜が明け、泊まっていた皆さんが起き出すと、門司重晴氏の姿が見えない。別荘の中のどこにもいない。大浴場は洗い清められているから何の痕跡もない。個室にもいない。しかしよく調べてみると、スーツケースが見当たりません。重晴氏の身の回りの品々もなくなっている。これはどう見ても、重晴氏が自分の意思で姿を晦ませたとしか思えないではないですか」

と、一同に問いかけるように勒恩寺は云う。そして、

「スーツケースはそのための、犯人の手による仕込みだったのですよ。重晴氏が自ら出かけたように見せかける仕掛けだったわけです。ひょっとしたら『捜さないでください』などと書かれたメッセージのダミーも用意していたのかもしれません。重晴氏は姿を消して、そのまま戻って来ない。もちろん死んでいるのだから帰らないのは当然なのですが、そんな事情を知らないご家族はどう思うだろうね、木島くん」

いきなりの名指しの質問に面喰らいながらも、木島は、

「えーと、失踪した、としか考えないでしょうね」

「そう。全国には年間、数十万人の失踪者がいます。重晴氏もその一人だと思われることでしょう。そういえば動機もある。見当がつくでしょう、ねえ、一谷さん」

と、こちらは指名されてもやはり変わらず冷静なままの一谷は、銀縁眼鏡をくいっと指先で押し上げて、

「それは、会社の資金繰りが厳しい、という状況を示唆しているのでしょうか」

「そうです、社長さんにとっては経営の行き詰まりは、何より大きなストレスでしょうからね。

表面上はけろっとした楽天的な態度でいても、内心ではひどく思い悩んでいたのかもしれない。失踪を知った周囲の人達は、きっとそう思うことでしょう。何もかも捨てて消えてしまおうと決意するほど落ち込んでいたのだな、と勝手に信じ込んでくれるわけです。さあ、それで警部殿、失踪の相談を受けたら県警は捜査をしてくれますか。草の根分けても失踪者を捜してくれるでしょうか」

「いや、子供の失踪ならばともかく、成人男性が蒸発しただけではそこまではしないな」

答えた熊谷警部の態度は、明らかにこれまでより軟化していた。語気も顔つきも、穏やかなものになっている。勒恩寺の謎の解明が、捜査に貢献しているのを認め始めているのだろう。

「捜索はしてくれないのですね」

勒恩寺の問いかけに、熊谷警部はうなずいて、

「まあ、そうだな」

「大浴場のルミノール反応を調べたりはしませんね」

「ああ、無論だ。事件性があるのならともかく、ただの失踪では我々は動けない。そう決まっているんだ。事件とも呼べない出来事に割ける人員もいないからな。残念ながら、それが現状なんだ」

「そうでしょう、失踪者が出ても警察は動いてはくれません。せいぜい失踪人リストに名前と特徴を一人分、加えることくらいしかできない。行旅死亡人《こうりょしぼうにん》の身元を照会するためのリストですね。それが普通です。誰かがいなくなった程度では、公的機関は何もできないのです。そしてこれが犯人の企ての眼目なのだろうと、私は思います。殺人そのものを最初からなかったこととし

て、警察を介入させない。殺人者にとっては、これが最善の結末だとは思いませんか。死体をバラバラにして処分することで、殺人事件をただの失踪事件にスケールダウンしてしまう。犯人にとってこれ以上の成果はないでしょう。ただし計画は頓挫し、結果的に両足を切断された死体が残ってしまいました。そして犯人は苦し紛れの知恵を絞って、見立てをデッチ上げるのに奔走することになったわけです」

と、再び皮肉っぽい笑みで、薄い唇を歪めた勒恩寺は、すぐに真顔に戻ると、

「では、最後の謎を解き明かしていきましょう。犯人は誰なのか。これが残った謎です。捜査陣は、内部に犯人がいると想定しているようですね。被害者が水筒を持って大浴場に下りる習慣であることを熟知していて、水筒にヒ素を混入する機会があったのもまた、内部にいる人間だけです。外部の者がこっそり別荘内に忍び入り、毒を盛ったり、大浴場に足を切断しに自由に行き来したと考えるのは無理がある。ごもっともです。私もこの警察の見解を支持します。内部犯の犯行と考えて差し支えないでしょう。犯人はこの中にいるのです」

勒恩寺はついに断言した。その言葉に、門司清晴は驚いたように目を瞬かせ、真季子夫人は唇を一文字に引き締める。一谷は相変わらずクールなポーカーフェイスで、何の反応も示さなかった。

そんな各人の顔を見渡して、勒恩寺は、

「犯人は毒殺という手法を使いました。メリットが多い手口ですね。今回のように、被害者が体格に優れている場合は、特に有効です。撲殺や絞殺を狙っても、筋トレマニアの激しい抵抗に遭えば、遂行は困難を極めるでしょう。ヘタをすればマッチョに返り討ちにされてしまう。その

点、毒殺は殺害時に近づかなくてもいい、しかもアリバイも無関係。水筒に毒が混入されたのは、バーベキューの後片付けで皆が忙しなく立ち働いていた時です。機会は等しく、誰にでもありました。犯人一人が疑われる危険もありません」

と、勒恩寺は云う。

「ただし、デメリットもあります。毒物は入手が難しい。これは大きな難点です。人間を即死させるような劇薬ともなれば、入手経路を辿られたら、たちどころに犯人に行き着いてしまいかねない。今回使われた三酸化二ヒ素は、東京の白瀬くんの引き出しの奥から盗まれたものです。これも犯人が内部にいることの傍証になりますね。外部の者には、白瀬くんの自室に隠してあった薬品を掠め取るのは困難ですから」

と、勒恩寺はもう一度、容疑者候補達の顔を見回した。

「犯人の元々の計画では、今回の一件はただの失踪事件として片付けられる予定だった。となると、デメリットがひとつ消えることになりますね。そう、警察に毒物の入手経路を調べられる恐れがなくなるのです。失踪事件では警察は動かない。当然、毒物の出所も調べられない。犯人はそのつもりでした。ただ、考えてもみてください。門司重晴氏が失踪したのと同時に、隠しておいた三酸化二ヒ素が減っているのに白瀬くんが気付いたらどうでしょう。いや、気付かないはずはないでしょうね。ほんの少量でも致死性のある猛毒です。薬学部の白瀬くんが、慎重に保管していないはずがないのです。もちろん分量も、ミリグラム単位で正確に把握していたことでしょう」

と、勒恩寺は続ける。

「重晴氏の失踪が警察に届けられる。それと同時に、白瀬くんが三酸化二ヒ素が減っていると警察に申告したら、どうなるでしょうか。どちらも同じ門司家で起こった出来事です。勘のいい刑事ならば、失踪事件と毒物の盗難を結びつけて、ピンとくることでしょうね。紛失した毒物は、ひょっとしたら失踪した重晴氏に使われたのかもしれない、と。犯人がこの危険性を考慮しないはずがあると思いますか」

　そう問いかける勒恩寺の言葉を遮って、木島はちょっと片手を上げて発言する。

「いえ、でも白瀬くんは、三酸化二ヒ素を大学の薬品庫からこっそりくすねています。白瀬くん自身にも後ろ暗いところがあるんですから、もしかしたら毒物の紛失も申し出ないかもしれません。自分の悪事も告白しなければならないんですから。犯人はその可能性に賭けた、ということはないでしょうか」

　しかし勒恩寺は、ゆっくりと首を横に振って、

「それはないんだ、木島くん。なぜならば、犯人は、白瀬くんがこっそり内緒で三酸化二ヒ素を持ち出したと、知っているはずがないからだ。薬学部の院生である白瀬くんが、合法的な、正規のルートで三酸化二ヒ素を入手しただけ、という可能性を犯人は必ず考慮するだろう。机の奥に保管してあるのは、誰かが間違って猛毒に触れたりしないよう配慮しているだけで、入手方法は何ら後ろめたい事情などないのかもしれない。犯人だってそう考えるはずだ。もし正規のルートで入手した毒薬だったら、それを盗んで使うのは犯人にとってあまりにも危険だ。後で白瀬くんが申告して、警察に知られるかもしれない。その可能性がある限り、三酸化二ヒ素はヘタに使うわけにはいかない。そんな足のつきやすい手段を取るくらいなら、いっそ大浴場に刃物でも持ち

込んで刺殺を狙ったほうが、まだマシというものだろう。裸だから、水筒にナイフを隠し持ったりしてね。どうせならば古典に敬意を表して、氷で作ったナイフを使うなんていうのもいいかもしれない」

余計な脱線をして、勒恩寺は喜んでいる。

ふざけている場合ではないと思う。

「犯人の当初の目論見では、重晴氏の失踪はただの蒸発として片付けられ、警察の出動もない予定でした。だから当然、死因が毒殺だと露見しないつもりだった。バラバラ死体を処分してしまえば、司法解剖などされるはずもない道理ですからね。ところが計画通りに事は運ばず、死因がヒ素中毒だとバレてしまった。さっき私は、バラバラにする計画を隠さないと犯人がすぐに判ってしまう、と云いましたね。それはすなわち、犯人は事件が発覚などしない前提で行動していたから、遠慮なく自分の得意な毒殺という手口を選んだ、という意味なのです。逆に云えば、三酸化二ヒ素を使ったと露見すれば、その持ち主がまっ先に疑われるという意味でもあります。だからこそ犯人は、バラバラにする計画を悟られないように、必死の悪足掻きを見せたわけなのです。脛斬り姫の伝説を無理やり引っぱり出してきて、見立てのごとく見えるようにして誤魔化そうとしたのも、すべてはそのためです。バラバラにしようとしていたことが判明すると、犯人が一発で判ってしまう。ほら、これで犯人が判りましたね。さて、それで動機は何だったのかな、どうして重晴氏を殺害したのか、聞かせてくれるか、白瀬くん」

おかしなことを云いだした勒恩寺に、木島は慌てて、

「ちょっ、ちょっと待ってください、何ですかそれは。それじゃまるで白瀬くんが犯人みたい

じゃないですか」

「まるで、ではないよ、木島くん。白瀬くんが犯人だ、と俺は云っている。今云ったように、白瀬くん以外の人物は毒殺という手段を取れない。そこで自動的に、唯一その条件から外れている白瀬くんが犯人だと断定できる道理だ。ただ、動機だけはいくら考えても推定できなかった。これじゃ少年探偵のことをとやかく云えないね。しかし、そこは志我くんとは違って、俺は完璧主義者ではない。判らないのなら本人に聞くのが一番手っ取り早いと思っただけだ」

涼しい顔で、勒恩寺は云う。

えっ？　と、木島は後ろから膝をカックンとされた気分になる。

白瀬くんが犯人？

いやいや、いくら何でも、そんな安直な、と思いつつ、

「いや、だってそもそも、ヒ素が使われたから白瀬くんは犯人ではないって話だったんじゃないんですか。毒物を入手しやすいのは薬学部に通う白瀬くんだから、そんな露骨に自分が犯人だって証拠を残すわけがないって、そういうことじゃないんですか」

木島の抗弁を、さらりと受け流して勒恩寺は、

「だからそれは、死体が発見されたから白瀬くん自身がそう主張したってだけの話だ。当初の計画では、三酸化二ヒ素を使ったことはバレない予定だった。このことはさっきから何度も云っているだろう。最初はただの失踪で終わらせるつもりだったんだって。しかしその計略を放棄せざるを得なくなって、白瀬くんは苦しい言い訳をするしかなくなったんだ。ヒ素が使われたから薬学部の自分が犯人だなんて、そんな身も蓋もないバレバレの殺人があるはずがないでしょう。

と、そう開き直るしか手がなかったわけだ。実際は、毒物を入手しやすい白瀬くんが犯人である可能性が誰よりも高いんだが」

「それじゃそのまんまじゃないですか」

木島は呆れ返って叫ぶのが精一杯だった。何なんだ、それは。

最初は、ヒ素が使われたことで白瀬くんが筆頭容疑者と目された。薬学部の院生だからで、熊谷警部もそう目星をつけていた。だが、本人がそれは違うと主張した。そんな、あまりにも露骨に怪しまれる犯行を自分がするなんてあり得ないだろう、と反論したのだ。

木島はそれを信じた。

確かにそんな安直な事件などあるはずがない、と。

ところが、その安直が正解だと勒恩寺は云う。３６０度回って、結局元のところへ戻ってしまったわけだ。

ああ、そういえば、この仕事に着任した時、上司の刑事局次長にも云われたっけ。世の中の大抵の事件はそのまんまだと。今回もそうだったわけか。見た通り、素直にそのまんまだったのだ。

口をあんぐりさせながら、木島は、

「解決編って、捻《ひね》らなくてもいいんですね」

「捻る必要がどこにある。これは探偵小説ではないんだよ、木島くん。ただの現実の殺人事件だ」

勒恩寺は、しれっとした顔で、そう云った。

その開き直りとも取れる態度を見ながら、もしこれが探偵小説ならば、これも意外な犯人ということになるのかなあ、などと木島は考えていた。

捻りも工夫もなく、身も蓋もないそのまんまの犯人。意外性はここにあるのだろうか。読者に怒られるんじゃなかろうか。

そんな木島の想いとは関係なく、勒恩寺は、

「犯人は三酸化二ヒ素を使った。それを持っているのは白瀬くんだけ。よって犯人は白瀬くんである。以上、証明終了。Q．E．D．だ。探偵の出る幕なんてなかったかな」

「本当にそのまんまなんですね」

「何か不都合でも？」

「いえ、ありませんけど」

と、木島は口ごもる。やっぱり怒られるんじゃないかなあ、と心配になったからだった。

「でも、それじゃ引き出しの中に保管してあった三酸化二ヒ素が盗まれたかもしれない、という可能性は？　志我くんがそう推測していましたけど」

おずおずと尋ねる木島に、勒恩寺はあっさりと、

「ないだろうね。あれは志我くんの思いつきだ。根拠のない、ただの想像上の仮定にすぎない。というか、口から出任せといったほうがいいかな。あの少年探偵、時たま嘘八百のもっともらしい理屈をデッチ上げて、大人を混乱させて楽しむ悪癖があるから」

と、さらに脱力させることを云う。

「ちなみに、白瀬くんが大学の薬品庫からヒ素をくすねたのも、元々事件は失踪で終わる計画だ

から、バレるはずはないと踏んだんだろう。スポーツジム経営者が一人ひっそりと失踪した小事件など、大学関係者の耳に入る恐れはないはずだ。実際、刑事に呼び出されて確認させられるまで、教授も三酸化二ヒ素が減っていることに気づきもしなかったわけだからね。管理が杜撰《ずさん》だと、白瀬くんはよく知っていたんだろう」

と、勒恩寺は、白瀬に顔を向けると、

「さあ、もう誤魔化しきれないよ、白瀬くん。君が犯人と判ったからには、警部殿達は君の周辺を虱《しらみ》潰しに捜索するだろうからね。滞在している部屋に、君の着衣に、血痕の一滴も残っていないと断言できるかい。あのスーツケースは完全に処理できたかな。湖を浚っても出てこないという確証はあるかい。そこに自分の指紋がひとつとして残っていないと云い切れるかな。見立てもどきを作る時に森の中を往復するのに使った懐中電灯。まさか自分の部屋に隠していないだろうね。毒の容器はどう処理した？　森の中へ投げ込んだとしても、警察犬が見つけ出すかもしれないよ。容器の指紋はちゃんと拭き取ったかな。死体を埋めるために、あらかじめ森に穴なんか掘っていないよね。そんなのが残っていたら証拠になるかもしれないよ。穴を掘った道具はしっかり始末したかな。道具小屋のスコップに君の指紋が残っていたりしないよね。さてさて、もう逃げられないよ。どうせなら洗い浚い喋ってくれないかな。動機は何だい。どうして殺した？」

詰め寄るというふうでもなく、勒恩寺は穏やかに話しかける。

すると、ずっと顔を伏せていた白瀬が、ゆるゆると勒恩寺のほうに向き直る。それで顔が見えるようになった。長い睫毛と憂鬱そうな瞳の色をしている。表情の抜けた虚ろな目つきで探偵の顔を見ると、低く抑揚に乏しい声で語り始める。

「あなたは不愉快な人ですね、何もかも見通しているみたいで。でも、そんなあなたにも見抜けないものがありますよ。僕の心の中が、どれほど冷たく煮えたぎっているか。憎悪の炎がどんなに冴え冴えと燃え盛っているのか。教えて上げますよ、あの悪魔の所行を。いいですか。僕の父は車の事故で死にました。自損事故として処理されましたが、実質的にはあの男のせいなんです。あいつは恒常的に父を苛んでいました。ビジネスパートナーなんてとんでもない。ただのサンドバッグです。遊び半分で嗜虐性の犠牲にして、いたぶり続けてこき使っていた。父が事故を起こしたのも、あの悪魔に虐められ無理な仕事を押しつけられたせいで、慢性的な睡眠不足だったからだ。時間的にほぼ不可能な日程を組まされて、急いでいたせいもある。最近、父の当時の同僚だった人に偶然会って、そんな話を聞くことができました。その後、あいつは僕を引き取った。今度は責め苛む相手を息子の僕に代えるためにね。それからの日々がどれほど屈辱と恥辱にまみれていたか、あなたには想像もつかないでしょうね。知らないでしょう。筋肉ダルマに性的に陵辱されて、男としての尊厳を踏みにじられる苦痛を。人としての誇りも矜持も奪われて、一方的に嬲《なぶ》られる怒りを。知らないでしょうね。中学生の頃からずっと、そんな地獄が続いたんです。大学院に進むのを強要したのも、お気に入りのオモチャをずっと手放したくなかったからです。だから僕はあいつを排除することにした。いけませんか。取り憑いて離れない悪魔を、僕の人生から取り除くことが。そんなに悪いことでしょうか。さあ、どうですか、何でも見抜ける探偵さん。僕の苦しみを見抜けましたか。いいや、誰にも判るはずがないでしょうね、僕の憎しみと怨嗟の深さを。判るはずがないんだ」

虚ろな目で勒恩寺を見つめながら、感情を失ったかのように淡々とした調子で訴える白瀬。その両腕を、黒豹と狼の両刑事が取り押さえた。熊谷警部が顎をしゃくって合図を送る。二人の肉食獣系刑事は、白瀬を引っ立ててドアの向こうに姿を消した。熊谷警部もその後を追う。こちらを一度も振り向かなかった。紅林刑事が慌てて立ち上がり、木島達に大きく一礼すると彼もドアへ小走りに向かって、出て行った。立ち去る前の白瀬の、表情を欠いた、やけに青白い横顔が木島の胸に刺さった。

取り残された関係者達、門司清晴、真季子夫人、一谷の三人は、気まずそうに目を伏せ、沈黙するばかりだった。

＊

外へ出ると、もう薄暗がりが広がっていた。

曇り空のせいで、沈んだ太陽の名残も見えない。

陽が落ちたためか、残暑が随分落ち着いている。

勒恩寺は、玄関のコンクリートの小屋から離れながら、不平そうに、

「やれやれ、見立て殺人だと思ったのに、幕引きはとんだ愁嘆場だったな。せっかく面白い見立て事件の謎を暴けると思ったのに、これじゃ無駄足だ」

「そんな不謹慎な。殺人事件に面白いも何もないでしょう」

木島が諫めても、勒恩寺はどこ吹く風で、歩を進めながら、

「しかし、ここのところ三連続でスカを引いてるぜ。どれもこれも中途半端な事件ばかりだ。出

来損ないの密室に、カラ振りの予告状。そして今日はまた、見かけ倒しの見立てだ。つまらんことこの上なしだな。全部、随伴官が木島くんに代わってからのことだぞ。木島くん、君はあれか、疫病神か何かか」

「いや、僕のせいにしないでくださいよ」

「だったら君は何だ」

「ただの随伴官です」

木島が云うと、勒恩寺はにんまりと笑って、

「ほほう、君も自覚が出てきたじゃないか、感心感心。早速メモに追記しておこうか」

「やめてくださいよ、変なメモ作るのは。あと、それを探偵の間で回覧するのも」

木島が愚痴っぽく云うのを、きっぱりと無視して勒恩寺は、

「あのね、木島くん。俺はただ、純粋な完全犯罪に出会いたいだけなんだ。狡知《こうち》に満ちた犯人の手による、超絶技巧のトリックを駆使した究極の犯罪。暗黒に輝く美の極致にあるような、神の悪知恵だけで構築されたみたいな究極の犯罪だ。この世のものとは思えない、完璧な数式さながらに美しく、詩的な。そんな完全犯罪の謎に対峙する時がきたら、どんなに幸せだろうね。だから俺は夢見ているんだよ、そんな日がくるのを」

そう云って、勒恩寺は曇天の空を見上げる。そこに星の灯りを探すかのように。

まったく名探偵というのは面倒くさい、因果なものだ、とその端整な横顔を見ながら、木島は思うのだった。

file E

突然の呼び出しだった。

前回の事件の報告書を提出してから一週間。

木島壮介は、霞が関の中央合同庁舎第2号館の奥へと向かう廊下を足早に歩いていた。

廊下のこちら側まで足を踏み入れるのは、着任したあの日以来のことだった。

何の用件の呼び出しだろうか。

木島は密かに、期待している自分に気付いていた。

異動願いは出してある。

そして今は九月最終週の数日前。タイミング的には充分あり得る話だ。

十月一日付けでの配属換え。

どう考えても自分に向いているとは思えない特殊例外事案専従捜査課から、他の部署への異動だ。それはすなわち、他殺死体を間近に見る恐ろしい経験からの脱出であり、社会人としていささか不適合とも云える得手勝手な探偵達との別離をも意味している。

期待に胸が高鳴った。

憧れのデスクワークへの配置換えはあるのだろうか。いや、そこまで贅沢は云わない。せめて警察庁の官僚として、ごく一般的で穏便な部署へ移れるのならそれで不満はない。少なくとも、血腥い事件現場や自分本位な探偵という人種と縁を切れるのならば充分だ。

緊張しつつ木島は、庁の幹部の個室が並ぶエリアに足を踏み入れた。

そして、そのドアのひとつの前に立つ。

刑事局次長の部屋の前である。

速まる心臓の鼓動を、手で撫でてなだめながら、木島はドアをノックした。

「失礼します」

入室すると、そこは半年前と何ら変わりはない様子だった。

機能的でスマートなオフィス。シャープなデザインのデスクがひとつ。無駄を一切排除した、エリート官僚の城である。

そして、机の向こうに座っているのはこの部屋の主である刑事局次長だ。本来ならば木島のような下っ端がお目通り叶うことなどないはずの、雲の上の存在である。その殿上人は、相変わらず怜悧そのものの印象である。ぱりっとしたスーツにメタルフレームの眼鏡。細身の体に秀でた額。どこからどう見ても有能な官吏そのものだ。

この雲の上の存在が、今の木島の直属の上司に当たる。

入室した木島に、次長は顔を上げ、眼鏡の奥から切れ者らしい鋭い目で見てきた。

「来たか」

「はい、木島壮介、罷《まか》り越しました」

緊張感から、つい珍妙な言葉遣いになってしまう。デスクの前に直立不動になる。

次長は笑うでもなく、怜悧な目つきのまま、

「今日呼んだのは他でもない」

異動の話だ。

そう続くのを木島は待った。

しかし、次長はふと、柔和な目になると、

「木島くん、特殊例外事案専従捜査課の随伴官になって半年が経つね」

「はい」

直立不動のまま、木島は答える。

「なかなか頑張っているようじゃないか」

「はい？」

「報告書を読んでも判る。君は随分、随伴官に向いているようだ」

「はいっ？」

いや、どこがだ。自分ほど探偵の随伴官などに不向きな者はいない、と木島は自覚している。まったく適性がない。ところが次長は、何を考えているのか、

「やはり君を任命したのは間違っていなかったようだ。適任らしい。長官も君の働きには甚《いた》くご満足のようでね、期待しているとのお言葉をいただいた」

「はあ」

話の雲行きが怪しくなってきた。果たして次長は、木島を地獄の底に突き落とす宣告を突きつけてきた。

「というわけで、木島くん、これからも随伴官として君の手腕を振るってもらいたい。探偵達は手がかかるだろうが、よろしく頼む。なに、君ならば探偵の手綱を捌くことなどお手のものだろう、適性があるようだからね」

次長は、機嫌がよさそうにそう云い放った。

木島は目の前がまっ暗になった。比喩ではなく。

*

木島壮介、警察庁特殊例外事案専従捜査課随伴官の任、継続決定。

この作品は「WEB asta*」二〇二二年七月〜九月まで連載されたものに加筆修正しました。「file 0」「file E」は書き下ろしです。

**倉知 淳**（くらち・じゅん）

1962年静岡県生まれ。日本大学芸術学部演劇学科卒業。93年、『競作 五十円玉二十枚の謎』への投稿を経て翌94年、『日曜の夜は出たくない』でデビュー。2001年、『壺中の天国』で第1回本格ミステリ大賞を受賞。『星降り山荘の殺人』で第50回日本推理作家協会賞（長編部門）候補。02年、「桜の森の七分咲きの下」で第55回日本推理作家協会賞（短編部門）候補。主な作品に「猫丸先輩」シリーズ、『ドッペルゲンガーの銃』『世界の望む静謐』など。

# 大雑把かつあやふやな怪盗の予告状

## 警察庁特殊例外事案専従捜査課事件ファイル

2023年2月13日　第1刷発行

著　者　倉知 淳
発行者　千葉 均
編　集　森 潤也
発行所　株式会社ポプラ社
〒102-8519　東京都千代田区麹町4-2-6
一般書ホームページ　www.webasta.jp
組版・校閲　株式会社鷗来堂
印刷・製本　中央精版印刷株式会社


N.D.C.913 407p　19cm　ISBN 978-4-591-17695-5